O DIA EM QUE TUDO MUDOU

EDWARD UNDERHILL

O DIA EM QUE TUDO MUDOU

Tradução de
Flora Pinheiro

Rocco

Título original
THIS DAY CHANGES EVERYTHING
A Novel

Primeira publicação nos EUA por Wednesday Books, um selo da St. Martin's Publishing Group.

Direitos para a língua portuguesa reservados
com exclusividade para o Brasil à
EDITORA ROCCO LTDA.
Rua Evaristo da Veiga, 65 – 11º andar
Passeio Corporate – Torre 1
20031-040 – Rio de Janeiro – RJ
Tel.: (21) 3525-2000 – Fax: (21) 3525-2001
rocco@rocco.com.br
www.rocco.com.br

Printed in Brazil/Impresso no Brasil

Preparação de originais
VANESSA RAPOSO

CIP-BRASIL. CATALOGAÇÃO NA PUBLICAÇÃO
SINDICATO NACIONAL DOS EDITORES DE LIVROS, RJ

U44d

Underhill, Edward
O dia em que tudo mudou / Edward Underhill ; tradução Flora Pinheiro. - 1. ed. -
Rio de Janeiro : Rocco, 2025.

Tradução de: This day changes everything : a novel
ISBN 978-65-5532-491-4
ISBN 978-65-5595-312-1 (recurso eletrônico)

1. Ficção americana. I. Pinheiro, Flora. II. Título.

CDD: 813
24-95154 CDU: 82-3(73)

Meri Gleice Rodrigues de Souza - Bibliotecária - CRB-7/6439

Esta é uma obra de ficção. Todos os personagens, organizações e acontecimentos retratados neste livro são produtos da imaginação do autor e foram usados de forma fictícia.

Para as "Dificuldades Logísticas" trans e queer.
Que todes vocês encontrem grandes histórias de amor
e pessoas com quem possam contar.

UM

TERÇA-FEIRA, 21 DE NOVEMBRO — 16H

ABBY

HÁ UMA CENA no meu livro favorito, *Os cem romances de Clara Jane*, na qual a personagem principal (Clara Jane) pega um elevador até o topo do Empire State Building, em Nova York, e, logo antes de as portas se abrirem, ela percebe que está prestes a se libertar, porque está verdadeira e loucamente apaixonada pelo cara esperando do outro lado.

Veja bem, na trama do livro, Clara Jane fica revivendo o mesmo dia várias vezes, mas, a cada uma delas, acaba se apaixonando por um sujeito diferente. No fim das contas, ela sempre pega o elevador até o topo do Empire State Building para encontrar o cara pelo qual se apaixonou daquela vez, mas durante a subida ela percebe que o sujeito não é o seu verdadeiro amor. Ele é o cara errado. E, assim que Clara Jane se dá conta disso, o dia começa de novo. Ela nunca chega ao topo.

No fim do livro, porém, ela pega o elevador e percebe que um dos caras (o sujeito se chama Chris — um nome meio sem graça, na minha opinião) *é* seu verdadeiro amor. As portas do elevador finalmente se abrem, ela vê Chris e os dois se beijam no topo do Empire State Building, pondo um fim ao loop temporal.

Não é um grande livro. Quer dizer, o nome do cara dos sonhos é *Chris*. E Clara Jane não tem de fato cem romances. São oito. Acho que a autora deve ter pensado que *Os cem romances de Clara Jane* soava melhor do que, sei lá, *Os oito romances de Clara Jane*.

E é verdade. Muitas pessoas devem ter tido oito romances.

Pessoas que não são eu, pelo menos.

Li uma teoria no Tumblr defendendo que Clara Jane poderia estar revivendo o mesmo dia antes de o livro sequer começar, então ela de fato teria vivido cem romances, e nós leitores só não vimos todos. Mas eu li o livro vinte e quatro vezes (e meia), e acho que a história deixou perfeitamente óbvio que Clara Jane não estava revivendo o mesmo dia antes de o livro começar, e o primeiro romance no livro é, de fato, o primeiro dela.

De toda forma, só por via das dúvidas, enviei um e-mail à autora pedindo esclarecimentos, através da editora dela. Ela nunca respondeu.

Enfim, *Os cem romances de Clara Jane* pode não ser um Grande Livro, mas eu adoro. Mesmo sendo piegas.

Porque na verdade... eu *sou* piegas. Eu acredito no destino. E em amor verdadeiro. E em beijar o seu amor verdadeiro no topo do Empire State Building.

Acho que o que estou tentando dizer é: eu acredito no Universo. Que às vezes você está no lugar certo e na hora certa, ou com a pessoa certa, e (às vezes) coisas mágicas podem de fato acontecer.

Tomara que eu esteja certa sobre isso. Porque estou jogando muita coisa para o Universo nesta viagem e uma ajudinha cairia bem.

Posso ser meio piegas, mas não acho que eu esteja completamente fora da casinha. Quer dizer, o Universo já mexeu seus pauzinhos. Neste exato momento, nossa banda marcial inteira de Westvale, Missouri — todos nós, noventa e seis pessoas, mais o diretor da banda, os assistentes de direção, acompanhantes, instrumentos, bandeiras e uniformes —, está a caminho de Nova York para o maior desfile do país: o Desfile de Ação de Graças da Macy's.

Centenas de bandas enviaram vídeos com apresentações na esperança de conquistar uma das doze vagas, segundo nosso diretor, sr. Sussman. E a Macy's *nos* escolheu para ser uma dessas bandas. Nós éramos "originais, afinados, divertidos e excêntricos". Foi o que o representante da Macy's disse quando apareceu na sala da nossa banda dezoito meses atrás, munido de uma bazuca de confete e uma enorme faixa com os dizeres: "Vocês vão para o Desfile de Ação de Graças da Macy's!"

O restante daquele dia foi um borrão de gritos, risadas, lágrimas e escapulidas apressadas entre as aulas para ir até a sala da banda confirmar que a faixa grande e brilhante ainda estava lá, pendurada acima dos armários de percussão. Foi bem mágico, ainda mais porque eu sempre quis tocar clarinete na banda marcial nos dias dos jogos de futebol americano do meu irmão mais velho, em vez de entrar para o time de debate, como minha mãe tinha sugerido.

Eu não seria aceita na equipe de debate mesmo. Eu consigo memorizar músicas e tocar um intervalo inteiro sem problemas, mas, quando preciso falar na frente de muita gente, tenho vontade de me enfiar num buraco no chão.

Nossa banda passou os dezoito meses seguintes preparando uma apresentação e arrecadando dinheiro para a viagem de nossa cidadezinha chata nos arredores de Kansas City até Nova York. Ensaiávamos de manhã, à noite e aos fins de semana. Na sala da banda, no campo de futebol americano, no estacionamento da escola em cima de uma lona verde gigante com a logo do Desfile da Macy's, presa por cones de trânsito emprestados pelo instrutor de autoescola. (A escola mandou fazer a lona especialmente para nossos ensaios. Ela tem o tamanho exato do retângulo verde na Thirty-Fourth Street para podermos planejar cada posicionamento dos membros, cada passo, de modo que tudo ficasse perfeito.)

Marchamos em cima daquela lona centenas, talvez milhares de vezes, além de tocarmos em todos os jogos de futebol americano de sempre. E de seguirmos com o cronograma da banda de concerto da última primavera. E de marcharmos no Desfile de Quatro de Julho de Kansas City e tocarmos no parque antes do show de fogos de artifício de Westvale. E de dois campeonatos estaduais.

E, sempre que não estávamos ensaiando, estávamos arrecadando fundos. Lavando carros. Vendendo bolos. Eu literalmente comemorei meu aniversário de dezesseis anos em um café da manhã de panquecas (não é tão divertido quanto parece quando é *você* quem as está servindo).

Mas agora — finalmente, finalmente, *finalmente* — chegou o momento. Daqui a dois dias, na manhã de Ação de Graças, marcharemos pela Sexta Avenida com nossos uniformes roxos e brancos, com plumas brancas nas barretinas, cercados por balões gigantes e carros alegóricos exibindo estrelas da Broadway. Vamos apresentar um pot-pourri de canções natalinas animadas enquanto nossa guarda-bandeiras agita bandeiras vermelhas e verdes diante daquele monte de câmeras. Milhões de pessoas nos assistirão ao vivo em rede nacional.

E, assim, isso é mágico. Um dia estou servindo sorvetes na Sundae Fun Day a fim de economizar dinheiro para minha poupança universitária; no dia seguinte, estou servindo sorvete na Sundae Fun Day enquanto todos que chegam me parabenizam. Passar de uma ninguém a alguém que é mais aplaudida durante o intervalo do jogo do que o time de futebol americano é... Bem, é mágico. *Não tem* como isso não ser uma intervenção mágica do Universo.

Então, no meu ponto de vista, se o Universo pode fazer *isso* — se o Universo pode levar nossa banda do Missouri à Macy's —, talvez ele possa me ajudar a dizer a Kat Wu que estou perdidamente apaixonada por ela.

Kat Wu, que toca flauta, usa o cabelo preto na altura dos ombros em um coque perfeitamente bagunçado e costura os próprios vestidos inspirados em um estilo vintage porque quer fazer faculdade de moda.

Kat Wu, a única outra pessoa que conheço que leu *Os cem romances de Clara Jane* e ama o livro tanto quanto eu.

Kat Wu, que está sentada ao meu lado, na décima oitava hora desta interminável viagem de ônibus para Nova York, porque ela é minha melhor amiga.

Kat e eu contamos tudo uma para a outra — tudo mesmo — há anos, desde que nos conhecemos na banda da escola. Fui a primeira pessoa para quem ela contou que sonhava em estudar moda. Eu sei que ela ainda dorme com o porquinho de pelúcia que tem desde pequena. E Kat sabe que chorei no meu primeiro acampamento de férias porque era a bebezona com saudades de casa. Ela sabe que abacaxi deixa minha língua coçando. Sabe, até, exatamente quantas fanfics de *Clara Jane* eu li (um número que nunca contarei a mais ninguém, jamais).

Mas há um segredo enorme e assustador que não lhe contei: tenho uma queda por ela há meses, desde a tradicional festa na piscina de fim de ano da banda marcial no Parque Westvale. A noite terminou com uma fogueira, e todo mundo espalhou toalhas na grama e ficou jogando cartas ou batendo papo. Kat e eu ficamos deitadas, discutindo os acontecimentos de uma fanfic de *Clara Jane* que ambas havíamos lido. E, de alguma maneira, no meio da discussão sobre Clara Jane trabalhar em uma cafeteria ser mais interessante do que Clara Jane trabalhar em uma revista, e se o personagem original criado para ser o interesse amoroso da melhor amiga de Clara Jane, Olivia, era de fato interessante, e se fanfics deveriam *ter* personagens originais...

Nossos dedos se entrelaçaram.

Senti um frio na barriga. Fiquei esperando Kat soltar, mas ela não soltou. Não até a sra. Lewis nos dizer que era hora de ir para casa.

Quando cheguei em casa, pesquisei no Google: *como saber se você é gay*.

Sei que é algo ridículo de se pesquisar no Google, mas não sabia mais o que fazer. Não sei se ajudou em alguma coisa. Quer dizer, metade das coisas que li fizeram parecer que eu teria que beijar uma garota para saber se sou mesmo gay. E eu com certeza *nunca* beijei uma garota.

Já *pensei* em beijar Kat. Muitas vezes. Em geral no topo do Empire State Building.

Parte do problema pode ser que também nunca beijei um garoto. Nunca beijei ninguém. Fiquei interessada em um cara da banda no ano passado. Ele era do último ano, e nada jamais iria acontecer entre nós, mas ele tocava trompete e tinha um cabelo loiro de surfista, e eu passei a achar Chris, o cara dos sonhos sem graça de Clara Jane, muito mais interessante depois que comecei a imaginá-lo como Blake Orlowski.

Então... talvez eu não seja gay. Ou talvez só tenha gostado de Blake Orlowski porque quase todas as garotas da escola também gostavam. Eu sou meio maria vai com as outras.

A única garota que parecia não ligar para Blake Orlowski era Kat.

E isso me dá um pouco de esperança. Porque, quer eu seja gay ou não segundo o Google, *com certeza* quero beijar Kat Wu. E agora que estou a caminho de Nova York, deixando a monótona Westvale para trás, espero — de verdade — finalmente ter a minha chance.

De agora em diante, pelo menos nesta viagem, vou me arriscar. Vou me jogar de cabeça e deixar o Universo me pegar. Vou ser a Abby Akerman destemida. Chega de Google. Chega de ficar presa no próprio loop temporal, no qual todos os dias eu queria poder dizer a Kat como me sinto... e então não digo. Chega de ser confusa, indecisa e *presa*.

A Abby Akerman destemida tem um plano. Um plano que Clara Jane vai me ajudar a executar.

Kat e eu temos edições de bolso surradas e com páginas marcadas de *Os cem romances de Clara Jane*. Kat as encontrou em um sebo em Kansas City e as comprou porque têm o Empire State Building na capa, e ela quer visitar Nova York há anos. Achou que seria divertido se nós duas lêssemos o livro ao mesmo tempo. Então, é claro, ficamos obcecadas com ele, e o restante é história.

Mas, dois meses atrás, encontrei uma cópia em capa dura, em perfeito estado, *autografada pela autora*, no mesmo sebo. Não tenho ideia de como foi parar lá, mas parecia um sinal do Universo. Então, eu comprei e passei semanas encontrando e sublinhando minhas frases favoritas. Passei semanas selecionando com todo o cuidado as páginas com as cenas mais românticas e escrevendo bilhetes românticos para Kat nas margens.

Tipo quando olhava nos olhos dela e me sentia exatamente como Clara Jane se sentiu nessa cena.

Como eu queria encostar minha testa na dela do mesmo jeito que Clara Jane fez nessa cena.

Como eu fechava os olhos à noite, imaginava o sorriso de Kat e sentia aquele sorriso *se espalhando por todo o meu ser, até a ponta dos dedos*, exatamente como Clara Jane na página 84.

Parecia meio que um sacrilégio, no começo, escrever nas páginas de um livro. Já peguei livros rasurados emprestados na biblioteca e isso sempre me irritou. Quem faz isso?

Mas esse não era um livro da biblioteca que cem outras pessoas iriam ler. Era um presente para Kat. Era a minha versão de uma carta de amor, escrita nas páginas do nosso livro favorito.

E, de qualquer maneira, escrevi tudo a lápis, só por via das dúvidas.

Agora a ocasião da viagem finalmente chegou, e eu tenho um exemplar em perfeito estado de *Os cem romances de Clara Jane* na mochila, autografado pela autora e com minhas anotações, e se o Universo puder me ajudar a encontrar o momento certo... eu vou entregá-lo para Kat. Vou dizer a ela que a amo.

E então, espero, vou beijar uma garota.

Passo para a próxima página da fanfic de OCRdCJ que estou lendo no celular e olho para Kat, que ainda está desenhando novos modelos de vestidos em um caderno, sentada de pernas cruzadas no assento ao meu lado, com os fones de ouvido.

Eu não precisaria nem de três palpites para adivinhar o que ela está ouvindo: *Pixelated Dreams*, o último álbum do Damaged Pixie Dream Boi, uma banda indie alternativa e estranha, a favorita de Kat. Eles são de Kansas City, e Kat é ainda mais obcecada por eles do que por Clara Jane. As músicas parecem efeitos sonoros de videogame misturados com death metal se você colocasse tudo no liquidificador com muitas reclamações sofridas, mas Kat adora.

O que é meio engraçado, dado que outra coisa que ela ama são musicais. Ela tem ouvido esse álbum sem parar desde que a banda se separou no verão. Pelo que dizem, dois dos membros estavam namorando e, quando terminaram, isso acabou com a banda.

O que é mais um sinal que me dá esperanças. Prova A: Kat segurou minha mão na festa da piscina. Prova B: ela não ligava nem um pouco para Blake Orlowski. Prova C: sua banda favorita é *gay*. Talvez seja até por isso que ela gosta deles.

Claro que não perguntei diretamente a ela. Se fizesse isso, Kat ia querer saber por que eu estava perguntando, e aí eu estaria ferrada. Não sou muito boa em mentir, e não poderia virar e dizer: "Bem, não é por nada, não, só estou tentando descobrir se você é gay."

Além disso, em Westvale, no Missouri, ser gay não é algo que você sai anunciando por aí. Ninguém fala sobre o assunto — como se, de alguma maneira, se fingirmos que o conceito inteiro não existe... ele não vai existir. Nunca ouvi um professor sequer dizer a palavra *gay*. E não acho que seja porque são todos extremamente homofóbicos, ou algo do tipo. É só que, a essa altura do campeonato, se tocarem no assunto, alguém vai se irritar e reclamar, e talvez até haja questões legais. Ou... mais questões legais do que já existem.

Talvez fosse um pouco diferente se vivêssemos em Kansas City ou do outro lado da fronteira, no Kansas. Mas no meu bairro, no Missouri, ser gay é algo que você apaga do histórico de pesquisa e jamais escreve em um diário. Ou pelo menos... eu não escreveria, se tivesse um.

É por isso que acho possível — ainda que Kat e eu não tenhamos o costume de esconder coisas uma da outra — que nós duas estejamos escondendo isso. Que talvez haja uma razão pela qual nunca falamos sobre a noite em que ficamos de mãos dadas. E, se não contei a Kat que talvez eu seja gay, talvez ela não tenha me contado que é também.

É possível.

Mas, em Nova York, você pode anunciar o que quiser. Pode ser quem quiser. É o tipo de lugar onde as Intervenções Mágicas do Universo acontecem o tempo todo. Nunca estive lá, claro, mas tenho essa impressão. Afinal, a autora de *Os cem romances de Clara Jane* mora em Nova York, e o livro se passa lá. Ela deve saber do que está falando.

Além disso, Kat é obcecada por Nova York. E não só porque nossa banda vai tocar no Desfile da Macy's. Nova York é a capital da moda do país; é onde Kat quer fazer faculdade de moda. Ela até quer que eu vá junto. Não estudar moda, mas para Nova York, para a faculdade. Não tenho ideia do que gostaria de estudar. Minhas duas atividades favoritas são a banda marcial e ler, e não sei como transformar nenhuma dessas duas coisas em uma faculdade. A menos que eu queira ser diretora de uma banda, e com certeza não quero. Para início de conversa, sou baixa demais. Ninguém no fundo da banda conseguiria me ver. Eu precisaria de pernas de pau.

Mas essa não é a questão. A questão é: Nova York é objetivamente romântica.

Kat é obcecada por Nova York.

Nós duas somos obcecadas por um livro romântico que se passa em Nova York.

E é por isso que esta viagem é o *momento* para confessar meus sentimentos por Kat, se é que algum dia vou fazer isso.

Ao meu lado, Kat afasta uma mecha de cabelo preto do rosto e pega um hidratante labial no bolso.

— Onde estamos agora? — pergunta ela, semicerrando os olhos para a janela do ônibus.

Rapidamente, olho pela janela em vez de ficar encarando minha melhor amiga.

— Hum... vi uma placa há um tempo que dizia: "Bem-vindo a Nova Jersey."

— Novo estado! — Kat equilibra seu caderno de desenho nos joelhos e segura o celular. — Hora da foto na estrada.

Isso me faz rir. Assim que saímos do Missouri, Kat decidiu que deveríamos tirar selfies pelo menos uma vez em cada novo estado, com a paisagem da janela ao fundo. Só que a paisagem tem sido sempre estrada, árvores nuas e campos marrons planos, e todas as fotos ficam iguais.

— Sério?

— Sim, olha! — Kat gesticula para a janela. — Tem prédios agora. Muito mais emocionante. De qualquer maneira, temos que completar o conjunto.

— De fotos inúteis?

Kat me lança um olhar muito ofendido.

— De belas paisagens americanas para comemorar nossa viagem.

Abro um sorriso.

— Tudo bem. — Faço o melhor para posar para a foto, como se estivesse apresentando os prédios cinzentos que passam rapidamente atrás de nós, e Kat tira uma foto em seu celular.

— Perfeito. — Ela vira o celular para que eu possa ver. Estou contra a luz na foto. Com meu corpo curvilíneo e o capuz do moletom cobrindo o cabelo cacheado volumoso, eu meio que pareço um buraco negro em formato de gnomo.

O que me faz rir.

— Você deveria postar no Tumblr — digo.

Kat dá uma bufadinha.

— Talvez eu possa transformar em meme.

Kat tem um Tumblr no qual posta os projetos de costura em que está trabalhando e "inspiração fashion". Até o momento, a inspiração fashion é composta por imagens que ela coleta na internet, desde vestidos de baile cintilantes até arquitetura europeia. E muitas fotos de Nova York. Sei que não vê a hora de postar fotos da cidade tiradas por ela mesma. Kat finalmente estará no meio de toda a inspiração fashion em vez de ficar às margens, vendo tudo filtrado por uma busca no Google ou posts do Pinterest.

Tudo o que Kat posta no Tumblr é compartilhado centenas de vezes, o que só mostra que ela tem bom gosto. Não consigo imaginar expor o que quer que seja para tanta gente, mas fiz um Tumblr mesmo assim, só para seguir o de Kat. E para ler posts de fãs de *Clara Jane*.

Nos últimos tempos, também tenho procurado conteúdo queer, navegando por hashtags sozinha tarde da noite, na esperança de me sentir um pouco menos como A Única. A Única Talvez-Gay Em Westvale. A Única Pessoa Procurando Por Si Mesma No Tumblr.

A Única Pessoa Lendo A Fanfic Gay De OCRdCJ... de novo e de novo. (Aquela em que Chris é Christina, e Clara Jane quebra o loop temporal quando percebe que está apaixonada por uma mulher.)

Então uso meu Tumblr para procurar bandeiras (são tantas bandeiras). E ver o que as pessoas queer usam. E se, caso eu seja gay, deveria cortar meu cabelo curto.

Tudo o que descobri até agora é que aparentemente garotas queer usam muitas camisas de flanela xadrez — como eu. Não faço ideia se isso significa que sou gay ou se é pura coincidência.

E não quero pensar nisso agora, então me viro para olhar por cima do banco do ônibus.

— Ei, Jared, o que o seu celular diz?

Jared Nguyen ergue os olhos do jogo que está jogando. Ele vem rastreando nossa localização obsessivamente durante toda a viagem.

— Um segundo. — Ele muda para um mapa. — Parece que Union City, Nova Jersey. Eu acho.

— Onde fica isso?

— Hum. — Jared está confuso. — Nova Jersey.

— É, essa parte eu entendi. O que quero dizer é: fica perto de Nova York?

Jared estreita os olhos para o celular.

— Espera aí, eu dei zoom demais...

— Ei, olhem! — Morgan Ellis, do outro lado do corredor no assento habitual próximo a Amira Aboud, de repente aponta o dedo para a janela. — Gente, é Nova York! É Nova York mesmo!

— Onde? — Kat salta de seu assento, derrubando o caderno de desenho no chão.

— Espera aí, espera aí... — Jared mexe freneticamente no celular.

Mas ninguém espera. Ao nosso redor, todo o ônibus se movimenta, as pessoas apontam, erguendo as vozes. Morgan pega o celular para filmar a vista. Amira está tentando enxergar, com Morgan na sua frente. Até Lacey Thompson, que dormiu durante três paradas, pisca e se mexe no assento.

Mas não consigo ver nada. A janela do ônibus ao lado de Morgan está muito longe e escura, e pela minha janela passam as mesmas casas, árvores e prédios baixos pelos quais estamos passando há tempos.

— Aqui, aqui! — Jared levanta o celular, triunfante. — Aquilo é Nova York! Tem que ser Nova York!

O ônibus faz uma curva, seguindo o contorno da rodovia em um semicírculo, e por alguns instantes tudo o que vemos é um paredão de árvores. Então elas se dissipam, e, do outro lado das faixas de concreto e do tráfego que ruge pela minha janela, está uma vasta extensão de água azul e, mais além, um horizonte irregular de arranha-céus chegando até a beira da água.

Nova York. A Nova York de verdade. Eu nunca a vi na vida real, mas não há dúvida de que é *definitivamente* Nova York.

Todo mundo no ônibus fica em polvorosa, todos gritando e comemorando. Kat solta um grito e me abraça de lado. Estamos quase lá. Estamos *finalmente* quase lá.

O que de repente é um grande alívio. Eu estava de boa até então, mas agora é como se as dezoito horas que passamos neste ônibus me alcançassem de uma só vez. Meu traseiro está dormente. Minhas costas doem. O cheiro aqui dentro não é muito bom.

O ônibus se volta para longe da vista, seguindo o contorno da estrada por uma leve inclinação.

— Iiih — murmura Jared.

O braço de Kat se afasta do meu ombro quando ela se vira para olhá-lo.

— O que foi?

Mas já ficou óbvio. Estamos indo para um túnel. E vamos desacelerando até quase parar.

— O mapa diz que este é o Lincoln Tunnel — informa Jared. — E é uma linha reta vermelha pelo trânsito. Meu celular diz que vai levar... Espera. Perdi o sinal...

— Vamos ficar debaixo da água — diz a sra. Gunnerson, prestativa, do seu lugar perto do motorista. Ela é uma das nossas acompanhantes e mãe de Zach Gunnerson, o ser humano mais irritante do planeta e que, felizmente, não está no nosso ônibus. Ele está no ônibus atrás do nosso. — O Lincoln Tunnel passa por debaixo da água para dar em Nova York. Não é legal?

Bem, seria mais legal se o túnel não fosse só luzes de freio. Aparentemente, todo mundo quer ir na mesma direção que nós.

— Talvez seja o trânsito do Dia de Ação de Graças — diz Jared.

Morgan geme.

— É *terça-feira*.

Kat afunda de volta no assento.

— Quer ouvir? — Ela oferece um dos fones de ouvido.

Eu aceito e me sento ao seu lado. As fanfics acabaram com a bateria do meu celular mesmo. Kat abre uma página em branco no caderno de desenho, traça o contorno de um vestido e me entrega o lápis. É um jogo que inventamos na viagem de ônibus para os campeonatos no ano passado: passamos o lápis de uma para a outra, cada uma adicionando um elemento, como uma flor, um babado ou um grande laço, até ficarmos sem espaço. Os primeiros vestidos que fizemos ficaram bem razoáveis, mas agora é quase uma competição para ver quem consegue ser a última a acrescentar algo. Os vestidos da nossa última viagem de banda ficaram bem ridículos.

Umas cinco vidas depois (ou seis vestidos — ficamos craques em enfiar novos detalhes), finalmente escapamos do túnel. Os últimos resquícios do sol da tarde iluminam o ônibus, e eu paro no meio do que deveria ser uma gola de renda, porque, de repente, *chegamos*.

Arranha-céus surgem ao nosso redor, tão altos que bloqueiam o sol, e eu não consigo ver os topos, mesmo com o rosto contra a janela. As ruas da cidade à nossa volta estão cheias de carros, caminhões e táxis amarelos, e as calçadas estão lotadas de pessoas, todas agasalhadas com casacos e cachecóis. Eu já vi multidões de boas-vindas das arquibancadas dos estádios de Westvale, e é muita gente. Também fui uma vez a um jogo dos Royals em Kansas City, que contou com ainda mais gente.

Mas aqueles eram eventos. Nova York tem multidões simplesmente *andando por aí*. Para onde todas essas pessoas estão indo?

— Ai, meu Deus. — Kat agarra meu braço. — Abby, olha.

Do lado de fora da nossa janela há um outdoor alto e retangular, saindo da lateral de um prédio. Preto, branco, verde... É um anúncio para *Wicked*. Embaixo do outdoor, há letras muito mais discretas com os dizeres GERSHWIN.

— É o Teatro Gershwin! — Kat se vira para mim com um enorme sorriso. — Vamos ver um show da Broadway.

Não consigo deixar de sorrir de volta.

— Eu sei.

— Vamos ver *Wicked*. Você e eu!

Sinto um arrepio na espinha. De acordo com a nossa programação, vamos ver a matinê, amanhã às duas da tarde. Sendo totalmente sincera, não sei se gosto tanto de *Wicked* quanto Kat. Ela sabe cantar todas as músicas de cor. Musicais não são muito a minha praia. Gosto de músicas em que você não sabe bem sobre o que estão falando. Elas não estão exatamente contando uma história, mas as palavras ainda são bonitas. Então é mais fácil imaginar sua história para combinar com elas.

Mas enfim. Um espetáculo da Broadway. Com Kat.

Eu me permito imaginar, por um minuto, que talvez fique de mãos dadas com Kat amanhã, no teatro da Broadway. Que talvez, até lá, eu já tenha entregado O Livro.

O ônibus vira em outra rua, que não está tão cheia. Passamos devagar por mais táxis e um *food truck* com uma placa de HALAL e finalmente paramos com um rangido.

A sra. Gunnerson se levanta.

— Certo, pessoal, por favor, vejam se pegaram todos os seus pertences e vamos ser educados ao descer do ônibus.

Eu me levanto tão rápido que o fone de Kat é arrancado do meu ouvido.

— Ai, droga. Desculpa...

Mas Kat não está olhando para mim. Ela está atrapalhada com o fone, enfiando-o na mochila com o caderno de desenho.

Ninguém dá ouvidos à sra. Gunnerson. Estamos todos ansiosos para sair do ônibus. Casacos me acertam no rosto. Mochilas se esbarram. Todos gritam, apontam e comemoram.

Eu me viro de lado e prendo a respiração enquanto avanço devagar pelo corredor atrás de Kat. Minhas pernas estão tão rígidas que quase caio quando enfim piso na calçada, logo atrás de Morgan e Amira. O ar é fresco e frio, e não exatamente *puro* — para ser sincera, tem um cheirinho de gasolina —, mas ainda é muito melhor do que o ar do ônibus.

Ainda bem que esta rua não é tão movimentada quanto a outra, porque dois grandes ônibus de viagem e um caminhão cheio de instrumentos ocupam muito espaço, e, agora que estamos todos descendo, ocupamos uma boa parte da calçada também.

À nossa frente, está um grande toldo preto com os dizeres GRAND FELIX HOTEL em letras brancas floreadas. Sob o toldo, portas automáticas com acabamento dourado se abrem para o sr. Sussman, que gentilmente empurra as pessoas para fora do caminho.

— Tenho que fazer o check-in, pessoal. Prestem atenção em seus acompanhantes. Com licença, Nick.

Os motoristas abrem as portas do bagageiro nas laterais dos ônibus, e a calçada se transforma em um caos enquanto todos avançam em busca de suas malas. A sra. Gunnerson grita e acena com os braços, mas todos a ignoram. Prestar atenção nos acompanhantes? Até parece. Estamos empolgados demais para pegar nossas coisas e entrar no hotel.

— Ah, estou vendo nossas malas!

Kat entra no meio da confusão e surge puxando duas bolsas de viagem roxas combinando. Nós as compramos juntas para nosso primeiro acampamento de verão, antes do ensino médio. (Sim, eu chorei porque estava com saudades de casa aos catorze anos. E daí?) A mãe de Kat tinha feito pompons de arco-íris de lã para prendermos nas alças das malas, porque se preocupava que alguém pudesse levar nossa bagagem por engano. O pompom de Kat caiu há muito tempo, mas o meu ainda está amarrado na alça da minha. Parece meio gasto agora, mas não consegui me desfazer dele.

E, de qualquer maneira, agora pode... significar algo. Talvez depois desta viagem, eu precise continuar usando-o porque ele dirá algo sobre quem eu sou. Ou talvez queira jogá-lo fora pelo mesmo motivo.

— Vamos, Abs! — Kat já está levando a bolsa em direção às portas automáticas douradas.

Eu pego minha mala e a sigo. Chegamos a Nova York. Respiro fundo.

Tudo bem, Universo. Lá vamos nós.

DOIS

TERÇA-FEIRA, 21 DE NOVEMBRO — 18H12

LEO

QUANTO O UNIVERSO me odeia? Deixe-me contar todas as maneiras.

Primeira: acabei de passar doze horas em um ônibus, o tempo todo convencido de que estava prestes a vomitar na minha mochila.

Segunda: agora estou em Nova York, o burburinho movimentado do inferno.

Terceira: vou aparecer ao vivo na televisão em dois dias.

E, agora, o bônus: outra banda marcial acabou de atravessar as portas do saguão do hotel como uma ameba de muitas cabeças.

Com certeza é uma banda marcial, porque todos estão usando jaquetas colegial combinando, carregando malas e mochilas cheias que nem a gente, e com olhares de admiração estampados nos rostos, assim como... Bem, que nem a maioria de nós.

— Ele está fazendo a Cara — diz Gina.

Evan baixa os olhos para mim.

— É, você está fazendo a Cara.

Reviro os olhos. Aparentemente, estou fazendo a Cara a viagem inteira, mas já no fim do dia, depois de três horas de sono e vários momentos em que quase vomitei, estou farto de me importar. Sei que deveria estar Feliz Por Estar Aqui, Grato Pela Oportunidade, mas doze horas preso em um assento apertado de ônibus tentando não vomitar não deixa ninguém de bom humor.

Gina aponta o polegar para a outra banda marcial.

— Ele viu mais pessoas que ousaram participar da Diversão.

— Ele também poderia participar da Diversão — diz Evan, solene —, mas, infelizmente, ele prefere fazer a Cara.

É a tentativa deles de me fazer rir, mas estou mal-humorado demais.

— É, já entendi, pessoal. Eu sou péssimo.

Tenho a intenção de soar amargo, mas sai amargo *demais*.

E isso tira o sorriso do rosto de Evan.

— Qual é, parceiro, estamos tentando ajudar.

Agora me sinto culpado. Evan deve estar preocupado, afinal usou "parceiro". Ele não gosta de Expressões de Macho, e eu também não, mas também sabe que me chamar de *parceiro* sempre faz eu me sentir, bem, mais como um cara. Ou um garoto. Um homem. Sei lá.

E isso quer dizer que ele pensa que não me sinto muito masculino no momento, porque estou estressado com os meus parentes e com aparecer na TV.

Estou irritado porque ele está certo.

Ele costuma estar. Evan Cartwright sabe muito sobre mim, embora a gente seja amigo há apenas dois anos, desde que nos conhecemos como calouros apavorados do ensino médio no acampamento da banda. Fui parar ao lado dele graças ao alfabeto, porque meu sobrenome é Brewer. Eu era uma figura magricela e esquisita que odiava meu primeiro nome (mas não entendia o porquê) e ainda não tinha pensado em um melhor, então olhava feio para todo mundo, esperando que ninguém perguntasse como eu me chamava.

A única pessoa que *não* perguntou foi Evan. Mesmo na época, ele era uma cabeça mais alto que todo mundo, o que deveria ter sido intimidador, só que ele é... Bem... Evan. Ele se sentou ao meu lado no campo de futebol americano durante a chamada na primeira manhã, notou que minha camiseta gigantesca dizia "marcho no ritmo do meu próprio tambor" e passou a me chamar alegremente de "Tambor" pelo restante do verão.

Ele ainda me chama assim, às vezes. Mas, na maior parte do tempo, usa meu nome verdadeiro agora — o que finalmente descobri no ano passado.

Eu suspiro e me forço a dar de ombros.

— Olha, eu sei que vocês estão tentando ajudar, é só que... uma hora eu entro no clima.

Eu não acredito no que digo, e, pelo jeito como as sobrancelhas de Evan desaparecem em seu cabelo loiro bagunçado, ele também não. Se considerasse cortar o cabelo de vez em quando, Evan pareceria mais o Capitão América do que um nerd da banda marcial. Tentei lhe dizer isso uma vez, e ele apenas me olhou com uma expressão confusa e disse que músculos são úteis para carregar sousafones.

Que é a mesma coisa que diz ao treinador Barton toda vez que ele tenta recrutá-lo para o time de futebol americano. O treinador Barton deveria saber que é inútil. Todos nós odiamos o time de futebol americano. É um requisito para estar na banda marcial.

De qualquer maneira, Evan nunca foi do tipo que nota o próprio queixo bem definido ou quantas líderes de torcida falam com ele antes dos jogos.

Tudo o que ele diz agora é:

— Bem, não vamos estar na TV amanhã. Você tem um dia inteiro para visitar os pontos turísticos e relaxar.

Gina me olha de soslaio.

— É, ou implodir.

Lanço a ela meu olhar mais fulminante, mas, sinceramente, sinto que posso implodir. Só de ouvir falar em TV já fico com vontade de vomitar de novo. A mensagem que está no meu celular há mais de dez minutos, ainda não respondida e parecendo queimar no meu bolso, não ajuda:

MÃE

Todo mundo está tão animado para te ver!!!!!!

O uso excessivo de exclamações da minha mãe é quase um crime.

Não, minha família não vai aparecer magicamente em Nova York em dois dias. Seria caro demais. Eles vão todos me ver pela TV, no grande bairro residencial de Springfield, na Carolina do Norte.

Meus pais é que vão receber a família no Dia de Ação de Graças este ano, algo que nunca fizeram. Em geral, vamos para a casa dos meus avós paternos perto de Fayetteville, mas este ano, com minha participação no desfile, meu pai disse aos meus avós que ele e minha mãe ficariam em casa torcendo por mim. Sinceramente, acho que ele estava feliz em ter uma desculpa para não ir. Todo Dia de Ação de Graças, o vovô Brewer "ainda não consegue acreditar" que meu pai preferiu ser engenheiro a tomar a frente da concessionária de carros da família, a vovó Brewer "esquece" que minha mãe é vegetariana, meu tio diz algo meio racista e minha tia briga com ele por causa disso enquanto meu pai tenta botar panos quentes, todo sem jeito. Na verdade, não sei por que continuamos indo. Meus pais nunca parecem gostar.

Infelizmente, quando meu pai disse que ele e minha mãe comemorariam a data em casa, meus avós interpretaram isso como "organizar o Dia de Ação de Graças" e anunciaram que poderiam levar a sobremesa. E meu pai, daquele jeito dele, não conseguiu dizer não, então, uma hora depois, meus tios, seus cônjuges e meus primos já tinham confirmado presença também. Minha tia até disse que daria carona para minha irmã mais velha, Casey, da NC State, em Raleigh.

Como minha mãe ficou furiosa com isso, ligou para o irmão em Baltimore e insistiu que ele levasse a família até a casa de repouso da vovó Cesari, ligasse a TV no desfile e a ajudasse a configurar o Skype para todos poderem fazer parte das festividades também.

Talvez algumas pessoas sonhem em ser expostas para todos os seus parentes durante o Desfile do Dia de Ação de Graças da Macy's em rede nacional ao vivo, mas eu não sou uma delas.

Até onde meus parentes sabem, meu nome é muito mais feminino que Leo, tenho cabelo curto porque sou *moleca* e toco percussão em vez de, sei lá, flauta, porque *garotas podem fazer o que quiserem, estamos no século XXI.*

Em outras palavras, para os meus parentes, não sou um garoto trans.

Ao meu lado, Evan dá de ombros. Ele está observando a outra banda marcial que olha para o teto alto, para a elegante fonte preta no meio do piso polido do saguão e, inevitavelmente, para nós.

— Sabe — diz ele —, ainda acho que você é tão baixo que as câmeras nem vão te filmar. Você vai ser apenas uma pena dourada passando. — Ele marcha o dedo indicador por cima do meu rosto, cantarolando uma marcha de Sousa.

— Eu só sou baixo perto de você — resmungo.

Tenho quase um metro e setenta e cinco, mais alto que muita gente (o que às vezes me ajuda a ter mais passabilidade, para ser sincero), mas Evan tem um metro e noventa.

Gina está ofendida.

— A única pessoa baixa de verdade aqui se sente atacada.

— Eu também estou na parte de fora, caso você tenha esquecido — digo a Evan. — Vou passar bem na frente das câmeras. E ainda tem o noticiário, lembra?

Evan suspira.

— Leo...

— Vai passar *duas vezes* na TV.

Gina também suspira.

— Nós sabemos.

Evan e ela ficam em silêncio. Nenhum dos dois quer falar sobre o noticiário porque nenhum de nós sabe o que fazer a respeito.

Evan pode até estar certo — minha família mal vai me ver passando pelas câmeras em Nova York durante o desfile. Mas o desfile é só uma parte do problema. O *restante* do problema é a cobertura da mídia local. Springfield não fala em outra coisa. Finalmente, uma notícia interessante. Muito mais interessante do que outra matéria sobre o problema dos guaxinins no Parque Hiller. (Eles vêm roubando comida dos piqueniques em plena luz do dia, *o que mais pode acontecer*?)

O Canal 4 local está preparando uma matéria desde que descobrimos que vamos para a Macy's. Eles filmaram nossos ensaios. Eles filmaram nossos eventos de arrecadação de fundos. Eles me filmaram ensaiando tambor com o restante da percussão — não com os uniformes que escondem todos os tipos de corpos, uniformes que são praticamente neutros, mas de camiseta e short. Com meu peito achatado graças ao *binder* e minhas pernas não depiladas.

E, quando você é um garoto branco e pálido de cabelo escuro, pernas não depiladas são *perceptíveis*.

O Canal 4 até me entrevistou ao lado de Evan. Foi a entrevista mais curta do planeta, e eles estavam entrevistando tanta gente que eu só fui junto porque todo mundo foi também. *O que você toca?* Tambor. *Está animado para o desfile?* Estou. *Você já foi a Nova York?* Você está brincando, né?

E eu disse que meu nome era Leo. Porque me perguntaram. E, pior ainda, Evan deu uma de Evan e falou algo tipo "Leopold, meu chapa" enquanto colocava o braço comprido em volta dos meus ombros e elogiava nossa linha de percussão.

E me esqueci de pensar no que fariam com todas aquelas gravações... até a semana passada, quando descobri que o Canal 4 iria transmitir sua matéria no noticiário local, logo antes do início do Desfile da Macy's. E mais uma vez depois.

Sabe, só para o caso de meus parentes não terem entendido de primeira que sou trans.

Meus pais surtaram quando descobriram. Eu pensei, por um breve momento, que isso finalmente os forçaria a agir. Bem, a casa caiu, podemos contar para a vovó agora.

Não. Eles queriam minha permissão para desconversar. Dizer que *Leo* é um apelido engraçadinho e que Evan estava me chamando de *Leopold* como piada. E ele estava mesmo, já que meu nome é só *Leo*, não *Leopold*. Mas não é a piada que eles querem fazer parecer.

Meus pais queriam minha permissão para me chamar de moleca mais uma vez, como têm feito há meses. Sinceramente, se eu lhes desse a oportunidade, acho que iam até inventar uma desculpa para os pelos das pernas. *Esqueceu-se de se depilar! Estava ensaiando dia e noite! Quanta dedicação!* Um pouco estranho, claro, mas eles tentariam.

Só que eu não dei permissão. Tivemos uma briga enorme em vez disso.

Ao meu lado, Evan faz um gesto com a mão.

— Qual é a dessa banda?

É uma tentativa clara para mudar de assunto, e estou tão cansado de pensar sobre tudo isso que o deixo continuar. Sigo seu olhar para o outro lado do saguão, onde várias garotas com jaqueta colegial roxa e branca estão conversando aos sussurros e olhando em nossa direção.

— É por sua causa — digo, fingindo um bocejo. — Elas repararam em Evan, o Galã.

Evan e Gina resmungam. Evan porque odeia quando eu o chamo de galã, e Gina porque garotas obcecadas por garotos são suas maiores inimigas. Gina Ramos tem um metro e cinquenta e oito, mataria para poder tocar trombone em uma banda de metal e, no momento, está usando uma camiseta que diz *Black Girl Magic* em letras brancas feitas com água sanitária aplicada com todo o cuidado — que ela mesma fez. Gina preferiria conhecer algumas garotas obcecadas por garotas.

Não é fácil em Springfield. Nossa cidade pode se vender como um bairro residencial de Greensboro — e, realmente, algumas pessoas vão para Greensboro todos os dias —, mas também tem apenas uma pizzaria e nenhuma Starbucks. Não tem nada para fazer lá. Talvez seja por isso que nossa banda marcial ficou tão boa. O que mais faríamos nas manhãs de sábado?

Suspeito que a sra. Rinaldi também teve algo a ver com isso. Desde que assumiu o cargo de diretora da banda da Springfield High, quase dez anos atrás, começamos a ganhar competições e irritar as bandas das cidades maiores que estavam acostumadas a levar os títulos para casa.

Por falar na sra. Rinaldi...

Olho para a recepção. Parece que ela foi fazer nosso check-in há horas. Sei que somos setenta e cinco pessoas — sem contar os vários pais voluntários que vieram de acompanhantes —, mas, sério, quanto tempo isso vai levar?

A sra. Rinaldi ainda está no balcão, mas ela ri e conversa com um careca de jaqueta roxa e branca com "Westvale" escrito nas costas.

Ah, *que ótimo*. A sra. Rinaldi encontrou o diretor da outra banda. Levando em conta quanto tempo ela é capaz de ficar conversando com outros diretores de banda em competições, vamos passar a noite toda aqui.

Eu só quero um quarto para poder dormir. Quem se importa com que horas são? Estou exausto.

Eu me contento em olhar feio para a banda marcial do outro lado do saguão, e meus olhos encontram uma garota às margens do grupo, perto das portas automáticas.

Não sei por que ela atrai minha atenção. Não é como se ela se destacasse muito. É branca, meio baixinha, com cabelo castanho encaracolado e comprido. Na real, a única coisa incomum nela é sua bolsa de viagem roxa chamativa, que tem um pompom de arco-íris amarrado.

Eu acabo me perguntando se Significa Algo.

A Baixinha também parece ser a única pessoa do grupo que não está conversando, ou rindo, ou olhando para nós. Em vez disso, ela encara o teto.

Então, obviamente, olho para cima também. Só para ver o que ela está encarando.

É um lustre enorme, com tubos pretos e lâmpadas expostas, como se estivesse tentando ter um estilo industrial chique de um armazém. Com certeza se esforçando até demais.

Mas acima do lustre está o teto, pintado de preto com estrelas douradas. A luz do lustre faz com que brilhem.

Na verdade, é até bonito.

Eu baixo o olhar. A Baixinha agora está olhando para mim. Não para Evan. Para mim.

Merda.

Ela deve achar que sou esquisito. Deve estar tentando descobrir qual é o meu gênero. Está prestes a fazer aquela cara confusa que fazem para mim *o tempo todo*. Vai ser uma prévia de como todos os meus parentes vão ficar na quinta-feira, quando me virem na TV. Eu me pergunto se seria muito estranho se me escondesse atrás do Evan agora...

A Baixinha sorri para mim.

E eu sorrio de volta. Automaticamente, minha boca se movendo antes que meu cérebro acompanhe.

A Baixinha desvia o olhar, virando-se para uma garota asiática-americana que tem uma bolsa roxa idêntica, mas sem o pompom. Sua amiga, imagino. Também desvio o olhar para meus tênis desbotados, para não ficar encarando.

— Brewer! Clyde! Ramos! Simmons!

Gina me dá uma cotovelada. A sra. Waggoner está vindo em nossa direção, o cabelo loiro tingido perfeitamente penteado e a maquiagem impecável, mesmo depois de uma viagem de ônibus de dez horas (e assim... como?). A sra. Waggoner é a mãe de Lindsay Waggoner, nossa comandante-mor e aluna do último ano. Lindsay vai nos liderar diante das câmeras na quinta-feira e vai amar cada segundo disso, assim como a sra. Waggoner ama cada segundo em que é a acompanhante principal. Ela esteve no comando de quase todas as reuniões informativas antes desta viagem. Estou começando a achar que ela gosta de dar ordens.

Evan franze o cenho para mim. Eu me obrigo a dar de ombros. Nós tentamos. Preenchemos o formulário de solicitação de colegas de quarto juntos. Até convencemos os gêmeos Nilsson — Ben e Jason, que tocam trombone com Gina — a se juntarem a nós para termos um quarto inteiro.

E Springfield High disse: "kkk nem pensar."

Bem, eles não disseram com essas palavras. Disseram algo muito mais longo e educado sobre "como instituição, nós valorizamos e apoiamos a expressão de individualidade de cada aluno", mas também "devido a preocupações dos pais, temos uma política rígida de separar os alunos de acordo com o gênero". Tudo bem vago.

Foi como um tapa na cara.

Porque a escola não tem sido horrível comigo, até agora. Eu só ando com o pessoal da banda, e eles estão cagando e andando para o fato de eu ser trans. A sra. Rinaldi sempre me chamou pelo nome certo, sempre usou os pronomes certos. E meus outros professores também, depois de algumas escorregadas. Sim, só há um banheiro unissex na escola inteira, e é o único que me sinto à vontade de usar, mas pelo menos ele existe.

O nível de exigência é baixo, mas é uma cidade pequena fingindo ser um bairro residencial na Carolina do Norte. Eu estava preparado para coisa pior.

Então, a viagem aconteceu. E, sim, eu já imaginava que minhas chances de dividir o quarto com Evan, Ben e Jason eram quase inexistentes, mas o que mais me incomodou foi a escola usar a palavra *gênero*. Como se tudo o que eu estivesse dizendo desde que me assumi oficialmente — sobre como gênero não é o mesmo que sexo e que não existem apenas dois deles — só importasse para minha escola até eu me tornar uma Dificuldade Logística.

E então, de repente, gênero e sexo significavam exatamente a mesma coisa. E só havia dois. Devido a *preocupações dos pais.*

Minha mãe tentou dizer que a escola tinha boas intenções, embora tivesse se expressado mal. Eles precisavam acomodar quatro alunos por quarto para podermos pagar pela viagem. Com quatro alunos por quarto, as pessoas teriam que dividir camas. E adolescentes dividindo camas deixam os adultos nervosos.

Acho que minha mãe não tem moral para falar, visto que ela e meu pai ainda têm a posição de "tudo bem você ser trans, mas, por favor, não na frente da família".

Além disso, a ideia de nos dividir em "dois gêneros" por termos que compartilhar camas parte do pressuposto de que todo mundo é hétero. Que ótimo saber que Gina também está sendo apagada.

Assim que contei o ocorrido a Evan e Gina — durante o almoço, no dia em que recebi o e-mail da escola —, Gina gritou "MAS QUE CARALHO" alto o suficiente para todo o refeitório ouvir e, então, foi direto até a coordenação para preencher o formulário para ser minha colega de quarto.

— Nós, queers, temos que nos apoiar — disse ela, então chamou Rebekah Clyde e Zuri Simmons para dividirem o quarto com a gente.

Rebekah é hétero (até onde sei), mas Zuri é bi. Não é exatamente assumida, mas ela e Gina se beijaram uma vez, no primeiro ano, e decidiram na mesma hora que ambas gostavam de garotas, só não uma da outra. Mas ainda são amigas. Zuri toca trompete, e Rebekah toca trombone com Gina. Então as três são um pouco caóticas — que nem o pessoal da percussão. Pelo menos todos temos isso em comum.

A sra. Waggoner marcha até nós quatro, um sorriso alegre estampado no rosto, segurando algumas pastas e uma prancheta.

— Olá, meninas — diz ela.

Gina parece prestes a meter a mão na cara dela.

— Meninas e menino — rebate.

O sorriso da sra. Waggoner vacila.

— Ah, sim. — Mas ela não diz mais nada, apenas entrega quatro pastas e quatro cartões de hotel, risca nossos nomes na sua lista e marcha em direção a suas próximas vítimas.

Se olhares pudessem matar, Evan e Gina teriam assassinado a sra. Waggoner várias vezes. Até Rebekah e Zuri estão irritadas.

Isso ajuda um pouco, embora eu não saiba se a sra. Waggoner usou "meninas" de propósito. Talvez tenha escapado. É um efeito colateral de ser constantemente confrontado com os gêneros binários — todos divididos em grupos, com aquelas caixinhas de *M* ou *F* marcadas, tudo decidido por outra pessoa.

Parece muito aleatório quando você pensa um pouco. Tipo, quem se importa? Sério?

Só que todos se importam, inclusive eu. Não quero ficar na caixa que todo mundo decidiu que devo estar, mas quero ficar em alguma caixa. Embora ao mesmo tempo eu também queira queimar todas as caixas.

Complicado, né?

Mas, bem, pelo menos agora tenho meu cartão do hotel. Estou um passo mais perto de cair na cama.

Ficamos esperando até Evan receber a sua chave, e então nós cinco — eu, Gina, Evan, Zuri e Rebekah — arrastamos nossas bolsas e mochilas até o elevador. É o elevador mais chique que já vi. Tem uma tela de TV dentro, com um cara animado de dentes muito brancos apontando para um mapa e nos informando a previsão do tempo.

É estranhamente hipnotizante. Ou talvez a gente só esteja sofrendo de privação de sono. Ficamos olhando para a tela por vários segundos depois que as portas do elevador se fecham, até Rebekah se lembrar de apertar o botão para o décimo primeiro andar.

O saguão pode ser impressionante, mas o décimo primeiro andar do Grand Felix Hotel parece o de qualquer outro hotel: agressivamente inofensivo. Carpete neutro. Arte neutra. Placas indicando o caminho para os diferentes quartos, naquela fonte que eu juro que todos os hotéis do planeta usam. Acho que o Grand Felix compra suas placas do mesmo fornecedor que os hotéis em Charlotte, Charleston e Atlanta — lugares que já visitamos para competições da banda.

Zuri lê as placas.

— Nosso quarto é por aqui. — Ela indica a direção com a cabeça, as tranças soltas escorregando pelo ombro.

— Ah. — Com uma expressão decepcionada, Evan me lança um olhar ansioso. — Meu quarto é por ali. — Ele aponta na direção oposta.

Sério que dividiram "meninos" e "meninas" de cada lado dos elevadores?

Gina cerra os dentes, do jeito que sempre faz antes de explodir, e em geral eu apoio quando ela xinga horrores a *cis-heteronormatividade*, mas no momento não quero ser uma Dificuldade Logística. E se Gina começar a xingar horrores, mesmo que por mim, isso ainda é uma maneira de reconhecer que é isso que sou.

— Bem, pelo menos estamos todos no mesmo andar.

É uma tentativa patética de soar alegre, mas Gina e Evan parecem entender. Gina suspira, e Evan dá de ombros, e então somos todos distraídos quando as portas do segundo elevador se abrem. Dele saem Ben e Jason Nilsson, junto a Nate Clyde, o irmão mais velho de Rebekah.

— E aí, gente?

Nate nos lança um sorriso tranquilo. Ele toca oboé e é supertranquilo, de boas com a vida, o que nos levou a apelidá-lo de Oboinhas. Não é uma boa piada, mas todos achamos engraçadíssimo à meia-noite no ônibus de volta de Atlanta na primavera passada.

Evan hesita, olhando para mim mais uma vez, então se vira e segue Nate, Ben e Jason pelo corredor.

E eu dou meia-volta e sigo as meninas. Nate é um cara legal e tal, mas ainda sinto que ele está ocupando meu lugar naquele quarto.

O corredor pode até ser sem graça, mas o quarto é bem elegante, apesar de um pouco pequeno. Uma parede tem uma enorme janela do chão ao teto. Outra tem uma grande TV de tela plana. As camas possuem cabeceiras de couro escuro, edredons brancos fofos e cerca de dez travesseiros cada.

Zuri assobia.

— O quarto é *bem* legal.

— Gente, olhem só esse banheiro. — Rebekah acende as luzes, revelando paredes de espelhos, torneiras cromadas brilhantes e pilhas de toalhas brancas dobradas. — Leo, quer tomar banho primeiro?

É uma oferta gentil, e claramente uma tentativa de fazer eu me sentir menos como uma Dificuldade Logística.

— Não precisa, eu só quero dormir. Podem ir primeiro.

Rebekah dá de ombros e entra no banheiro. Zuri a segue, murmurando:

— Meus dentes estão *nojentos*.

Gina aproveita a oportunidade para jogar a mochila na cama mais próxima da janelona.

— A gente pode ficar com esta aqui.

— Claro.

Deixo minha bagagem no chão e vou até a janela. Aqui de cima, as pessoas na rua parecem bonequinhos de Lego.

Gina se aproxima de mim. Nós olhamos para a rua. Depois de um minuto, ela diz baixinho:

— Você está bem?

Forço um dar de ombros indiferente.

— Estou.

Não é bem verdade, mas também não é mentira. Sinto como tenho me sentido há meses sempre que pensava nesta viagem. Como não quero estar aqui. Culpado por não querer estar aqui. Com raiva de mim mesmo por *não conseguir* simplesmente aproveitar estar aqui, longe de Springfield, na grande e emocionante Nova York. Deveria ser a oportunidade perfeita para esquecer a ansiedade que me consome.

Tenho total ciência de que Nova York é grande, emocionante, e que eu deveria aproveitar, como Evan e Gina disseram.

Mas não consigo me obrigar a fazer isso, o que faz eu me sentir um fracasso ainda maior.

A esta altura, eu meio que sou a minha Dificuldade Logística.

— Quer socar um travesseiro? — Gina aponta com o polegar por cima do ombro, indicando a enorme coleção na cama. — Temos várias opções.

Isso me faz abrir um leve sorriso. Sou muito grato pela amizade de Evan, de verdade, mas de alguma maneira, com Gina, sempre sinto que tenho mais espaço para desabafar. Ou para socar travesseiros. Talvez seja porque ela também é queer. Ela entende que, às vezes, a última coisa que quero é um olhar de pena. Às vezes, prefiro ficar com raiva, e ela não se incomoda em sentir raiva comigo.

Mas agora só me sinto cansado.

— Não, tudo bem.

— Certo. Bem... se mudar de ideia... — Ela suspira. — É melhor eu ligar para minha mãe. A atualização diária. — Ela prende os cachos escuros em um rabo de cavalo e me dá um sorriso.

Os pais de Gina quase não a deixaram vir nessa viagem, porque Nova York é muito mais longe do que Atlanta ou qualquer outro lugar onde já estivemos. Eles só concordaram depois que ela prometeu ligar todos os dias.

— Tudo bem — digo. — Vai lá.

Gina bate o ombro no meu, pega o celular e sai do quarto. Ouço a voz abafada dela no corredor, falando espanhol.

Desabo na cama mais perto da janela. Enfim, uma chance de dormir.

Só que agora, claro, estou totalmente acordado. Ouço a pia ligada no banheiro, Rebekah e Zuri conversando enquanto escovam os dentes e os sons do trânsito — além das sirenes esporádicas — que chegam da rua onze andares abaixo. Do meu lugar na cama, consigo ver uma frestinha do céu escurecendo em uma brecha entre dois prédios.

Qual é o meu problema? Estou em um quarto de hotel elegante no meio de Manhattan. Deveria estar Feliz Por Estar Aqui, Grato Pela Oportunidade.

Em vez disso, tudo não passa de um lembrete de como os próximos dois dias vão ser péssimos.

Obrigado, Universo. Vai se foder você também.

TRÊS

QUARTA-FEIRA, 22 DE NOVEMBRO — 8H05

ABBY

NOVA YORK DE manhã é tão agitada e rápida que só caminhar pela calçada já é uma dose de cafeína.

Também tenho cafeína de verdade, no entanto, na forma de um copo de café que estou dividindo com Kat. Pegamos no buffet do Planet Hollywood, onde tomamos café da manhã. Planet Hollywood foi melhor do que nosso jantar na noite anterior — pizza medíocre e refrigerante em mesas dobráveis em uma sala de reuniões do hotel —, mas ainda não foi bem o que eu imaginava de um restaurante em Manhattan. Os restaurantes em *Os cem romances de Clara Jane* são cheios de velas, toalhas brancas e pessoas com empregos como "editora de revista".

Acho que ver fantasias de Star Wars enquanto comíamos waffles até que foi legal. Mas não foi muito... Nova York, já que Hollywood fica na Califórnia e tal.

Tomo mais um gole de café. Tem um gosto horrível, embora talvez seja porque eu nunca bebo café. Acho que as pessoas se acostumam com o sabor terroso e amargo.

Kat também não costuma beber café, mas assim que ela viu no buffet do café da manhã...

— Temos que pegar um copo — disse ela. — A gente não pode correr o risco de perder *nenhum momento* do dia de hoje.

A maneira como ela enfatizou *momento* me deixou arrepiada. Concordei na hora.

Além disso, nenhuma de nós dormiu bem à noite. Estávamos empolgadas demais. Ficamos deitadas lado a lado na grande e luxuosa cama do hotel no quarto que estamos dividindo com Morgan Ellis e Amira Aboud, pesquisando em nossos celulares todos os lugares que iríamos visitar. Mesmo depois que Kat finalmente pegou no sono, fiquei acordada por mais uma hora, ouvindo o barulho que subia da rua. O zumbido do tráfego, as eventuais sirenes, alguém rindo. Ainda havia lugares abertos e pessoas andando por aí. A cidade ainda estava *viva*.

Quando meus pais me deixaram no estacionamento da escola às dez da noite de segunda-feira, tudo em Westvale estava fechado. O estacionamento era o único lugar onde algo acontecia: uma fila de carros parados com os faróis acesos enquanto levávamos nossa bagagem para os ônibus.

— Isso é meio estranho — falei para Kat.

Estávamos carregando nossas bolsas de viagem, andando em direção ao ônibus principal.

Ela olhou para trás.

— Por quê?

— Está tão escuro, e todo mundo está indo dormir. — Minha respiração formava uma nuvem na minha frente. — Parece que estamos em outra dimensão ou algo do tipo.

Kat sorriu.

— Espaço liminar.

— O que é isso?

— Tipo... um espaço que existe entre outros. Não é nem onde você estava, nem o lugar para onde você vai. — Pontos de luz dos faróis dançavam em seus olhos escuros. — O tempo entre *o que é* e *o que vem a seguir*. O Damaged Pixie Dream Boi tem uma música sobre isso, lembra? Eu já toquei para você, tenho certeza... — E ela começou a cantar a música, o que não ajudou muito, porque eu não lembrava. Não sem os barulhinhos de *blip blop* acompanhando.

Olho para Kat agora, vendo-a segurar o celular com um grande sorriso no rosto, tirando uma foto de um enorme outdoor digital — um modelo andrógino girando com um longo casaco elegante. Sua inspiração fashion, com seis metros de altura na lateral de um prédio do outro lado da rua.

Aperto os dedos ao redor do copo de café. É bom ter algo quente nas mãos, porque todas as ruas em Manhattan canalizam o vento. Eu estava preparada para o frio. Westvale pode ser bem gelada também. Mas ainda estou feliz por ter colocado a camisa de flanela *e* um moletom por baixo da jaqueta da banda.

Mas não prendi o cabelo, e agora me arrependo disso. E pior ainda, de alguma maneira consegui esquecer todos os meus elásticos de cabelo no quarto do hotel. Tivemos que acordar cedo hoje para tomar café antes de começarmos nosso grande passeio turístico por Nova York. Um passeio turístico durante o qual — assim que o Universo me der o momento certo — eu vou entregar a Kat a cópia de *Os cem romances de Clara Jane*, completa com as minhas confissões de amor.

Foi por isso que esqueci os elásticos de cabelo. Estava ocupada demais pensando em qual combinação de flanela e moletom eu queria usar no dia em que vou entregar O Livro para Kat. E então passei um tempão conferindo O Livro na minha mochila. Nem pensei em tirar o clarinete de lá, o que com certeza está adicionando vários quilos extras que agora vou ter que carregar por aí o dia inteiro. E O Livro também não é leve. É uma edição capa dura, muito mais pesada que a pequena cópia de bolso de OCRdCJ que estou acostumada a ler.

Tiro o cabelo do rosto enquanto outra rajada de vento nos atinge de frente. Por que me importei tanto com o que eu ia usar, afinal? Se continuar ventando assim, não vou nem tirar a jaqueta.

Kat e eu literalmente olhamos mapas em nossos celulares a noite toda, então sei que Manhattan é cercada por água. Mas ainda é estranho caminhar vinte minutos (sempre passando o café para Kat e pegando-o de volta, tirando fotos de tudo o que vemos) e de repente chegar ao oceano.

Beleza, *tecnicamente*, como Jared Nguyen diz, é o Rio Hudson. Mas ele dá no oceano. É salgado. Conta.

Nunca vi o oceano. Já vi *rios* — Kansas City é atravessada por um —, mas, quanto a grandes corpos de água, o maior que já vi foi um lago médio onde passeamos de barco quando eu tinha dez anos.

Mas aqui, bem na nossa frente, tem mais água do que já vi na vida, e, atrás de nós, todo mundo em Nova York segue a vida como se fosse normal.

Uma grande placa nas proximidades diz PÍER 83. (Isso quer dizer que a cidade de Nova York tem pelo menos oitenta e três píeres? Porque são muitos!) Bem na nossa frente, à beira da água, há um prédio com uma foto da Estátua da Liberdade acima das portas. Embaixo da imagem, em grandes letras vermelhas: CIRCLE LINE. E em letras brancas menores em um toldo verde: O PASSEIO DE BARCO FAVORITO DOS ESTADOS UNIDOS.

Algumas pessoas estão passeando na orla, mas nós com certeza somos o maior grupo por aqui. O que faz sentido, porque temos este passeio de barco só para nós. Um passeio só para nós, pelo Hudson, passando pela Estátua da Liberdade e voltando.

É tão romântico que meu coração bate mais forte toda vez que penso nisso.

O barco à espera perto do píer é baixo, largo e oval, parecendo uma amêndoa gigante que flutua — se amêndoas tivessem dois andares e uma tripulação com jaquetas brancas idênticas. Depois de contarem os presentes, todos subimos no barco, e, sem nem dizermos nada, Kat e eu imediatamente nos dirigimos para a escada que leva ao andar de cima, com Morgan e Amira logo atrás. Vamos passar pertinho da Estátua da Liberdade; com certeza quero a melhor vista possível.

Aqui em cima, o ar cheira a sal. O céu é quase da mesma cor da água: cinza-ardósia. Dá para ver lá longe, do outro lado do Hudson, até as árvores e prédios na margem oposta. É Nova Jersey?

— Selfie com as companheiras de quarto! — Morgan acena para mim, Kat e Amira.

Nós nos amontoamos ao seu redor, a grade de proteção contra nossas costas, enquanto ela tira várias fotos. Morgan está em quase todas as redes sociais existentes, e tenho certeza de que a foto vai ser postada imediatamente em todas elas. Ela provavelmente vai gravar um vídeo para o TikTok assim que chegarmos à Estátua da Liberdade.

O convés sob nossos pés treme, os motores do barco sendo ligados. Todo mundo comemora.

De repente, sinto como se o café estivesse revirando na minha barriga. É isso: *o que vem a seguir* se tornou *o que é*. O grande dia chegou.

Só preciso esperar pelo Momento. Esperar pelo sinal do Universo.

Tomara que eu não perca.

— Abs, você está bem?

Tenho um sobressalto. Kat está me observando, um pouco preocupada.

— Sim! Estou bem. — Tento sorrir. — O café está me deixando agitada.

— Ah. Então tá...

Kat parece não acreditar em mim, o que não é uma grande surpresa. Desde sempre, sou péssima em mentir. Uma vez, cometi o erro de tentar planejar uma festa de aniversário surpresa para Kat, e ela adivinhou o que eu estava tramando depois de, sei lá, três dias. Pelo visto, quando sua melhor amiga pergunta se você está planejando uma festa, rir histericamente e sair correndo a toda velocidade não faz você parecer inocente.

Antes que Kat tenha tempo de dizer mais alguma coisa, porém, há um som ensurdecedor da buzina do barco. Nós duas pulamos. Todo mundo ao nosso redor comemora outra vez.

— Bem-vindos a Nova York, Banda Marcial do Westvale High School! — Uma voz estrondosa ecoa pelo sistema de som do barco. — Estão prontos para ver a Estátua da Liberdade?

A resposta é outra comemoração. Kat me dá um sorriso, depois coloca as mãos em concha ao redor da boca e solta um grito.

Mas estou muito ansiosa. No que eu estava pensando? É um passeio de barco. *Claro* que há um guia turístico. Ele vai nos animar, mostrar cada ponto turístico, divagar sobre a história de todos os marcos.

Não vai ser um passeio de barco romântico.

O barco zarpa e navega lentamente pelo rio, nos dando uma vista perfeita do horizonte de Manhattan, os arranha-céus subindo até as nuvens cinzentas.

Kat prende a respiração.

— Pode tirar uma foto para o Tumblr? — pergunta ela. — Rapidinho?

— Ah. Claro. — Pego meu celular e deixo os pensamentos ansiosos de lado, voltando a ser a amiga de Kat. Não é difícil; faço isso há meses. Finjo que nada mudou, finjo que *eu* não mudei. — Hum... Fique ali, que tal? Não, um pouco mais para o lado. Isso, perfeito.

Costumo ser a fotógrafa de Kat sempre que ela termina de costurar um novo vestido e quer modelar a roupa para seu blog no Tumblr, então é fácil assumir esse papel. Tiro várias fotos dela em diferentes poses. Ela está usando calça jeans preta enfiada em botas marrons, um suéter grosso de malha e sua jaqueta da banda — nenhuma peça é tão estilosa assim, mas, de alguma maneira, ela faz parecer que é. Ou talvez apenas qualquer roupa fique mais estilosa quando há arranha-céus subindo nas nuvens atrás de você.

Quando terminamos, está mais frio e ventando, e o barco avançou bastante pelo Hudson. Puxo o capuz do meu moletom (o que pelo menos ajuda a conter meu cabelo) enquanto escolhemos as melhores fotos para Kat postar mais tarde, olhando para cima toda vez que o guia turístico aponta um lugar famoso. O Chrysler Building. O Empire State Building.

Kat agarra meu braço.

— Ali!

Meu coração dispara. O Empire State Building é muito reconhecível, mas é diferente vê-lo ao vivo. É alto e imponente, mas de alguma maneira também comum — apenas existindo, entre todos aqueles outros prédios, como faz todos os dias.

— Meu Deus, queria tanto que a gente pudesse vê-lo à noite, todo iluminado. — Kat apoia os cotovelos na grade de proteção. — Tipo quando Clara Jane percebe que Chris é seu verdadeiro amor.

— É. — Assinto, tentando não pensar em OCRdCJ, ou n'O Livro na minha mochila...

Espera aí.

O Empire State Building. E Kat acabou de falar em amor verdadeiro. Talvez *este* seja o Momento. Talvez seja o Universo me dando um sinal. Ou pelo menos uma dica.

Meu coração bate tão forte que quase posso ouvi-lo pulsando em meus ouvidos. Respiro fundo. Devo falar primeiro? Pegar O Livro primeiro?

Talvez falar primeiro.

Falar primeiro, com certeza.

— Hmm, Kat? Tem algo que eu queria...

E isso é tudo que consigo dizer antes de Jared Nguyen vomitar dramaticamente por cima da grade de segurança.

Um coro de gemidos e sons de nojo explode, tão alto que abafa até a voz do guia turístico chegando pelo sistema de som. Então, a sra. Gunnerson começa a abrir caminho pela multidão até Jared, que parece esverdeado.

Morgan, é claro, está documentando tudo para o TikTok.

A sra. Gunnerson pode até ser uma mulher franzina com cabelo loiro curto como a Tinker Bell, mas, ao que parece, tem a força de um elefante, porque arrasta Jared pela multidão como se fosse fácil, indo em direção à escada para o andar de baixo, resmungando algo como "o que você esperava?" e "esses adolescentes que não largam o celular".

Ela talvez tenha razão. Com certeza me sinto um pouco tonta depois de ficar olhando para o celular de Kat, escolhendo fotos para o seu Tumblr. Mas também sinto pena do Jared. Ele leva a sério a coisa de anunciar fatos e rastrear a localização. Além disso, está prestes a viralizar graças ao TikTok de

Morgan. Todo mundo na escola vai ficar sabendo quando voltarmos para casa. Coitado.

— Você ia dizer alguma coisa?

Hesito por um instante, surpresa. Kat está olhando para mim, as sobrancelhas erguidas.

Mas agora tudo está errado. O guia turístico fala sem parar, as pessoas estão debruçadas na grade de segurança, apontando, como se estivessem procurando o vômito de Jared na água (eca). O Empire State Building desaparece atrás de nós.

O Momento passou. Ou talvez não fosse o Momento. Talvez eu tenha me enganado.

Tento dar de ombros com naturalidade.

— Esqueci.

Kat sorri.

— Outro momento arruinado por Jared.

De alguma maneira, consigo sorrir de volta. Não tem problema. Não precisava ser o Momento. Temos um dia inteiro de Nova York pela frente — vamos ter muitos momentos.

Vamos deixando Manhattan para trás, e o guia turístico fala sobre Governors Island, depois sobre Ellis Island, e, enfim, avistamos o que viemos ver: a Estátua da Liberdade. Já a vi em fotos, filmes e na TV, mas aqui, pessoalmente, é *muito* maior do que eu imaginava. A estátua é enorme em comparação com a ilha onde está. Até o pedestal é mais alto que as árvores ao redor.

Morgan imediatamente quer que Amira a filme para o TikTok, Kat pede outra foto para seu Tumblr e depois me puxa para perto da grade de segurança para tirarmos selfies. Os próximos dez minutos se transformam em um caos entusiasmado enquanto toda a banda fala, aponta e tira fotos, celulares em mãos e se esticando para conseguir a melhor vista da estátua.

Mais tarde, o barco faz uma curva preguiçosa e começa a voltar para o píer. A maioria das pessoas segue a vista da Estátua da Liberdade, indo para o outro lado do barco, mas Kat e eu ficamos com os cotovelos na grade de segurança, observando os arranha-céus de Manhattan se aproximarem outra vez.

Estamos sozinhas. E o guia turístico está quieto, pelo menos por enquanto.

Tenho uma segunda chance.

Tiro a mochila do ombro, pronta para puxar o zíper. Pronta para pegar O Livro.

— Então, hum, aquilo que eu ia dizer mais cedo...

Ela olha para cima. O vento fez algumas mechas do cabelo preto se desprenderem do coque bagunçado, jogando-as nos olhos. Ela está tão perto, tão perfeita...

E eu travo. Congelo totalmente. O guia turístico volta a falar sobre a vida marinha do Hudson. Zach Gunnerson começa a tentar escalar o mastro do barco para fazer um grupo de meninas guarda-bandeiras rirem enquanto vários acompanhantes tentam tirá-lo de lá, que é o que está fazendo as garotas rirem, na verdade...

E meu cérebro se transforma em um enorme espaço em branco.

Este não pode ser o Momento, porque não sei o que dizer. E Andy Brentner está batendo palmas, e Morgan está filmando enquanto a sra. Gunnerson grita com Zach, dizendo que ele a está fazendo passar vergonha, e nada disso parece mágico.

Kat cutuca meu braço.

— Abby? Alô?

Eu coloco a mochila de volta no ombro, forçando meu cérebro a funcionar.

— Vamos olhar aquelas fotos com a estátua. Qual você quer postar?

Kat me observa por mais um momento, então pega seu celular, começando a enumerar os prós e contras de cada foto.

Eu solto a respiração. Modo amiga de novo.

QUATRO

QUARTA-FEIRA, 22 DE NOVEMBRO — 10H05

LEO

ATÉ AGORA EU aprendi que:

O Rockefeller Center tem estátuas nuas, uma árvore de Natal gigantesca e uma pista de patinação no gelo.

A Quinta Avenida está cheia de táxis amarelos e pessoas carregando sacolas de compras de lojas como Michael Kors e Tiffany & Co.

E o Central Park tem um castelo no centro sem qualquer motivo aparente.

Não demorou muito para eu ficar feliz por ter tomado uma xícara de café logo de manhã, em uma sala de reuniões do hotel que só pode ser descrita como "bege". Eu não sou nada matinal; sempre que temos ensaio da banda cedo, Evan tem que pegar seu sousafone e tocar um mi bemol grave bem na minha cara para me acordar. É como ter minha própria buzina de alerta.

Mas todos os nossos instrumentos estão guardados em algum depósito nos fundos do hotel, então tive que me contentar com um café horrível. Pelo menos me impediu de cair no sono, já que ouvir um guia turístico berrar sobre os Rockefeller encomendando estátuas — sendo que cada terceira palavra era levada pelo vento — foi tão interessante quanto observar tinta secar. A Quinta Avenida foi ainda pior; não entendi o que tinha de tão interessante em olhar vitrines de lojas chiques, mesmo que muitas tivessem exposições fofas de Natal nas janelas. Ou, bem, toda uma fachada de luzes de Natal torcidas em formas de árvores, com vários andares de altura, com estalactites cintilantes pingando. Era impressionante, e algumas pessoas gostaram, só que, quanto mais lojas víamos, mais irritada Gina ficava e até Evan começou a parecer desconfortável.

A viagem foi muito cara para nós três, mas acho que custou ainda mais para Evan e Gina. Os pais de Gina têm uma loja de conveniência pequena, e a mãe de Evan dá aula para o primeiro ano do fundamental. (O pai dele abandonou a família quando Evan tinha quatro anos.)

Meu pai é engenheiro, e minha mãe é enfermeira. Eles com certeza ficaram aliviados quando Casey conseguiu uma bolsa de estudos na NC State, mas, tirando isso, nunca parecem muito preocupados com dinheiro. Não é como se a gente tirasse férias chiques o tempo todo, mas, quando o Honda velho da minha mãe quebrou no ano passado, ela não pareceu muito estressada por precisar de um carro novo. Ou melhor, novo para os critérios dela. Acho que meus pais jamais compraram carros *zero*. O vovô Brewer acha que deveriam, e que deveriam comprá-los na concessionária Brewer. Lealdade à família. Publicidade gratuita. Outro assunto desconfortável que meu pai tenta evitar em todos os encontros de família.

Mas caminhar pela Quinta Avenida — além de jogar o Natal na sua cara — dá a sensação de que todo mundo em Nova York é rico. A Macy's deu uma boa contribuição para ajudar a começar nossa arrecadação de fundos para a viagem, mas agora estou me perguntando se não podiam simplesmente ter pagado todas as despesas de viagem de todas as bandas marciais que queriam ter no desfile.

O Central Park, por outro lado, só é um parque gigante. Muitas árvores. Pedras aleatórias enormes. E, sim, também tem um castelo gigante, mas pelo menos todo mundo andando pela área parece bastante normal. Pessoas passeando com seus cachorros, pessoas com carrinhos de bebê, até gente andando de patins.

A vista do castelo é bem legal. Fica no topo de uma colina, então dá para uma área vasta, a grama verde começando a ficar marrom. Daqui de cima, dá para ver arranha-céus se erguendo sobre o topo das árvores nuas. Mas do chão, tirando uma ou outra sirene, nem dá para saber que a cidade está logo ali.

— Cara, nossa banda teria um som incrível naquele anfiteatro — comenta Evan.

O anfiteatro está distante, do outro lado do que é um lago muito pequeno ou uma lagoa muito grande.

— Acho que nosso som seria igual ao que é na concha acústica — digo.

A única coisa que Springfield tem de bom é um parque público razoável com uma concha acústica. O colégio produz um musical lá ao fim de cada ano letivo, e cerca de metade da nossa banda marcial acaba tocando nele. É quente, e você sua em bicas e é atacado por mosquitos, mas, tirando isso, é até bem divertido.

Evan me olha como se fosse a coisa mais ridícula que eu já disse.

— Hum, *não*. Aquele anfiteatro é muito maior do que a concha acústica. Nosso som ia ser *muito* mais maravilhoso.

— E desde quando tamanho importa?

Gina bufa em desdém.

— Vocês *escutam* as coisas que dizem?

Evan a ignora.

— Tá, agora eu queria que a gente fizesse uma apresentação com uma banda marcial no anfiteatro e outra aqui no castelo, e elas fazem chamada e resposta. Os ecos seriam incríveis! E seria legal gravar com um drone para captar todo o efeito...

Gina e eu nos entreolhamos. Temos certeza de que Evan vai estudar em uma grande universidade com uma excelente banda marcial — como Ohio State ou a University of Tennessee —, provavelmente com uma bolsa por mérito, depois vai se tornar diretor de banda. Ele já organiza uma festa anual para assistirmos ao Campeonato Internacional Mundial de Corpo de Tambores. É tipo uma Olimpíada das bandas marciais. As formações são de ficar de queixo caído. Tipo, num nível isso-desafia-as-leis-da-física, quem-pensou-nisso?

É num nível que Evan passa a semana após o campeonato analisando tudo. Desenha em papel quadriculado como se estivesse fazendo seu próprio livro de marchas. Fala animadamente sobre as novas ideias que teve.

É por isso que ele vai ser diretor de banda.

Mas afasto o pensamento. Comecei a receber brochuras com informações sobre as faculdades — ou pela caixa de correio dos meus pais, ou da pilha na mesa do orientador na escola. Já é demais. Principalmente porque não sei o que vou fazer se Evan e eu formos para escolas diferentes. Não vejo a hora de sair de Springfield, mas também não tenho ideia de para onde quero ir. Sequer sei como vou sobreviver em qualquer lugar sem Evan. Ou Gina.

Meu celular vibra no bolso. Eu o pego. A tela exibe uma mensagem.

CASEY

LEO

Da minha irmã mais velha.

CASEY

Mas que merda

Ih, lá vem.

CASEY

Mamãe disse que vocês brigaram feio na segunda

As mensagens da minha irmã são sempre assim: como se tudo fosse muito intenso e ela não fosse capaz de colocar mais de dez palavras em uma única mensagem antes de começar outra. Parece um fluxo de consciência aos berros.

CASEY

Achei que vocês iam

Se resolver

O que aconteceu

Aff.

Eu amo minha irmã. Muito. Ela foi a primeira pessoa para quem me assumi, e não foi por acaso. Eu sabia que ela ficaria de boas. Sabia que não faria perguntas. E eu estava certo. Ela aceitou e seguiu em frente.

Meus pais fizeram perguntas. Não ficaram chateados. Disseram que me amavam.

Mas também disseram:

"Não é possível você mudar de ideia?"

E: "Você não poderia esperar para fazer a transição quando tiver dezoito anos?"

Não acho que tiveram a intenção de me magoar. Mas ainda foi muito diferente de Casey dizendo: "Tá, tudo bem."

O único problema é que Casey nunca, jamais, deu a mínima para o que nossos pais pensam sobre qualquer coisa que ela faça. O que é ótimo. Para ela.

Mas ela não entende por que *eu* me importo.

Talvez eu não devesse. Às vezes, eu queria não me importar. Mas é diferente quando você é o caçula. É diferente quando sua irmã mais velha vai para a faculdade e de repente você é o único filho na casa com seus pais, sem nada nem ninguém entre vocês.

É diferente quando você tem que usar um nome diferente toda vez que visita sua avó. Quando é obrigado a lembrar que esse nome já foi seu.

Mas, enfim, hormônios não são como piercings, não dá para você mentir a idade e colocar um escondido. Quer dizer, acho que poderia *tentar*, mas seria uma péssima ideia por cinco milhões de razões diferentes.

É melhor eu cortar o mal pela raiz antes que Casey comece.

EU

Não foi nada de mais. Só o de sempre.

CASEY

É por causa do restante da família de novo?

É muito tentador responder que, do jeito que nossos pais falam, parece até que não vai restar uma família depois do Transpocalipse do Dia de Ação de Graças.

Meus polegares pairam sobre o teclado. A última coisa que quero fazer agora é falar com Casey sobre nossa mãe ter gritado que, só porque o restante da família me chama por outro nome e usa outros pronomes, isso não significa que não me amem. Ou nosso pai ter gritado que "esse tipo de coisa" é difícil para as pessoas entenderem e que alguns dos nossos parentes ainda não estão prontos.

E eu realmente não quero falar sobre o que aconteceu depois da briga. O último ensaio geral que nossa banda fez no campo de futebol americano, na frente de toda a cidade. O ensaio geral que deveria ter sido uma simples revisão do espetáculo que praticamos milhares de vezes, enquanto todo mundo lotava as arquibancadas e aplaudia.

Só que, *claro*, a van do Canal 4 estava lá também, estacionada ao lado das arquibancadas. Filmando as últimas cenas para colocar na reportagem deles.

Acabou sendo demais para mim. Cada formação, cada ritmo que eu deveria tocar... Naquele momento, me deu um branco. Perdi o ritmo — todo mundo estava *esquerda*-direita-*esquerda*-direita e eu na *direita*-esquerda-*direita*-esquerda — e, então, virei para o lado errado, colidindo com Sandy Dixon e seu tarol, e depois disso foi um efeito dominó. Porque todo mundo na banda marcial está totalmente concentrado em marchar rápido, no mesmo ritmo que todo mundo, e tocar as notas certas, tudo de cor, enquanto aponta o instrumento na direção certa. Não há tempo de se concentrar em outra coisa. Não há tempo para olhar em volta e reparar no idiota que cometeu o erro mais básico de todos e causou um acidente no meio do ensaio geral para o maior momento das nossas vidas.

— Leo. — Gina bate de leve no meu braço. — Vamos.

Eu ergo o olhar. Estamos começando a andar de novo, deixando o castelo e voltando pelo caminho pavimentado.

Enfio o celular no bolso. Talvez, se eu a ignorar, Casey me deixe em paz. Nunca se sabe. Talvez hoje seja o Dia de São Nunca.

Dá certo... por tempo suficiente para eu apreciar mais ou menos o lago bem grande pelo qual estamos passando. Tento desligar o cérebro e apenas ouvir Evan e Gina debatendo se o lago é mesmo maior que o Hiller Park em Springfield. (Gina: É. Evan: Não é, só *parece* maior porque tudo é grande em Nova York.)

O lago fica para trás, e caminhamos pelo canto de um enorme espaço gramado quando, claro...

Bzz bzz.

Droga. Eu devia ter colocado o celular no modo avião, como costumo fazer — porque meu celular é da Idade do Bronze e a bateria não dura nada. Não fiz isso hoje porque... Bem, estou em uma grande viagem. Em uma cidade grande. Senti que deveria poder ser *encontrado*.

Talvez eu estivesse com esperanças, lá no fundo, de que meus pais fossem ligar. Ou mandar mensagem. Dizendo que a briga foi culpa deles e que vão finalmente contar a verdade para todos.

Em vez disso, é Casey. E não consigo ignorá-la. Pego o celular de novo.

CASEY

Conte você pro restante da família.

E daí?

E aqui está: o outro lado da moeda de Casey não ver grande coisa no fato de eu ser trans. Se não foi grandes coisas para ela, por que seria para qualquer outra pessoa?

Não, isso não é justo. Ela entende que algumas pessoas podem ter dificuldade com a ideia. Ela só não entende por que eu deveria me importar se isso acontecer. Por que não consigo só ignorar, que nem ela fez quando a vovó Brewer deu um escândalo depois de ela ter colocado um piercing no nariz.

Ela não entende que, para mim, me assumir é algo que não *quero* que seja grande coisa, mas, ao mesmo tempo, é. A questão não é só como o restante da família pode reagir.

É sobre como isso afeta minha relação com nossos pais se não contarmos. E como tudo pode afetar nossos pais se eu *contar* para todo mundo sem eles.

EU

Eles querem contar pro restante da família eles mesmos.

CASEY

Eles dizem isso só para você não contar.

porra vovó Cesari ainda acha que a mamãe sabe cozinhar

Eles nunca vão contar pro restante da família.

Meu estômago se revira. Por um segundo, odeio Casey por dizer isso. Odeio de verdade.

Então... Não, não a odeio.

Odeio ficar preocupado que ela possa estar certa. Odeio como ando pensando a mesma coisa. Talvez meus pais estejam só me enrolando, prometendo que vão contar a meus avós e aos outros. Prometendo que vai chegar o Momento Certo.

Algum Momento Certo em que contar para todo mundo não será Grandes Coisas.

Um momento em que não vai ser Uma Notícia Chocante.

Quando ninguém vai dar muita importância para isso, porque posso dividir o quarto com Evan, posso entrar no banheiro masculino sem meu coração disparar, porque não vou deixar ninguém desconfortável só por existir em um espaço que, de alguma maneira, é deles (eu acho).

Se esse é o Momento Certo pelo qual meus pais estão esperando...

Bem, provavelmente nunca vai chegar. Eu adoraria que chegasse. Adoraria poder dizer que *tenho esperanças* de que vai chegar. Acho que, nos meus melhores dias, até é o caso. Tenho essa esperança.

Mas, na maior parte do tempo, sinto que estou esperando fazer dezoito anos. Como se meus pais estivessem esperando eu fazer dezoito anos. Pelo menos assim eu posso ir para a faculdade e eles não vão mais ser responsabilizados pelas minhas decisões.

E até então vão continuar me pedindo as mesmas coisas: por favor, não leve para o lado pessoal; por favor, tente entender do ponto de vista dos outros; blá-blá-blá.

Então, talvez Casey esteja certa. Talvez meus pais realmente não pretendam contar para o restante da família que sou trans.

Mas, mesmo que isso seja verdade, a ideia de contar para o restante da família sozinho...

Bem, devo ser o maior hipócrita do planeta, porque, sinceramente, talvez eu preferisse continuar fingindo.

— Leo! Ei!

É Evan me chamando, parado vários metros à frente. Eu me distraí demais com as mensagens — nem percebi que estava ficando para trás. O restante da banda já saiu do parque, contornando um enorme pilar de pedra com três cavalos dourados brilhantes em cima, além de uma mulher dourada brilhante que parece estar em pé em uma concha. Há mais estátuas em volta da base do pilar.

Nova York gosta mesmo de estátuas.

Enfio meu celular de volta no bolso. Deixa isso pra lá. Eu deveria estar *presente na viagem*, não me esquivando das mensagens intensas de minha irmã.

Quando finalmente alcanço os outros, todos estão se organizando nos grupos menores nos quais fomos divididos antes de sairmos do hotel hoje de manhã. Cada grupo tem seu próprio acompanhante para ficar de olho em nós durante os passeios do dia. E vai ser um longo dia. Não só temos um monte de atividades turísticas programadas como também um ensaio na Thirty-Fourth Street em frente à Macy's, com câmeras e tudo… às três da manhã. É obrigatório para todas as bandas que participam do desfile.

Que banda marcial de ensino médio que se preze precisa dormir antes de se apresentar ao vivo em rede nacional? Somos durões. Quando morrer, a gente descansa.

Eu me pergunto se alguém mora perto da Macy's. Eu me pergunto o quanto odeiam a noite antes do Dia de Ação de Graças.

Pelo menos estou em um grupo pequeno com Evan, mais uma vez graças ao alfabeto. Nosso pequeno grupo não é tão pequeno assim — somos quase vinte, o que é claramente demais para nosso acompanhante, sr. Corbin, que tem enxugado o suor da testa com um lenço a manhã toda. A filha dele, Hallie, toca saxofone e é bem legal. O sr. Corbin também é; ou, pelo menos, ele tem riscado meu nome sem problemas toda vez que confere minha presença na lista, como se não houvesse nada de estranho ou incomum na situação.

Talvez eu não devesse estar surpreso. Como já mencionei, não tive grandes problemas na escola até a viagem. Mas depois do e-mail que recebi dizendo que eu não podia dividir o quarto com Evan devido a *preocupações dos pais…*

Bem, não tenho a menor ideia de quem são esses pais. E a viagem é grande, então temos mais pais voluntários como acompanhantes do que em nossas viagens regionais. Qualquer um deles poderia ter *preocupações*.

Talvez o sr. Corbin só esteja distraído demais para criar caso comigo. Ele parece meio sobrecarregado no momento, folheando um grande fichário de três argolas, os óculos escorregando pelo nariz enquanto os verdadeiros nova-iorquinos fazem cara feia em nossa direção, irritados com nossa presença na calçada, que os obriga a andarem dez passos a mais para desviarem de nós.

Será que os nova-iorquinos vivem com pressa?

— Certo, pessoal — diz o sr. Corbin. — Vamos para o nosso próximo destino de metrô.

Evan arqueia as sobrancelhas para mim. Faz sentido. Springfield não tem transporte público.

— Já compramos os cartões para vocês, carregados com todas as passagens que vão precisar para o dia de hoje. Não percam. — O sr. Corbin distribui os retângulos amarelos de plástico flexível. — Se perderem, terão que pagar por um cartão novo do próprio bolso.

Evan franze o cenho. Não que ele precise se preocupar. Não acho que Evan já tenha perdido alguma coisa na vida.

— Por favor, fiquem próximos do grupo — continua o sr. Corbin. — O metrô é lotado e grande. Todos os acompanhantes sabem para onde estamos indo — ele não parece muito certo disso —, mas vou explicar como chegar lá, só por via das dúvidas...

Meu celular começa a vibrar. Aquele zumbido longo que significa que alguém está ligando. Dou três chances para adivinhar quem é.

Sim. É Casey. E ela não está só ligando — está ligando pelo FaceTime.

Eu não devia atender. Realmente não devia.

— Vamos fazer um tour pelas estações de metrô abandonadas — acrescenta o sr. Corbin —, começando pela Chambers Street. Então, para chegar lá, pegaremos o trem A...

Minha irmã sabe que estou viajando. Ela sabe que estou ocupado.

— ... de Fulton Street, pegaremos o J para o norte, descendo na estação seguinte...

Mas me afasto alguns passos do grupo porque não sei dizer não e atendo a chamada do FaceTime.

— Oi, Casey.

— Leo. — Minha irmã está sentada na cama do seu dormitório, em frente a um pôster da Taylor Swift, vestindo um moletom enorme e óculos grandes. Ela herdou a péssima visão do nosso pai. — Você vai aparecer na TV *amanhã*.

— Hum, é, eu sei. Obrigado, Casey. — Eu me escondo na sombra do pilar gigante, olhando por cima do ombro. O sr. Corbin ainda está falando. — Estou meio ocupado por aqui.

Casey suspira.

— Tudo bem, eu só... estou preocupada com você. Com o que vai acontecer amanhã.

Isso me irrita.

— Você vai *estar lá* amanhã, Casey.

Agora ela franze a testa para mim.

— Eu sei. O que significa que vou ter que testemunhar a família em colapso.

Ah, coitadinha.

— Então por que está *me* perturbando para falar disso?

— Porque é a *sua* identidade. Você tem o direito de contar às pessoas.

Olho para trás de novo. Evan está olhando para mim, acenando. Nosso grupo começou a andar. Todos os grupos começaram a atravessar a rua em direção à Starbucks na esquina oposta e à entrada do metrô ao lado. Aceno de volta para ele, como quem diz: "Já vou."

— Olha, Casey, eu entendo, mas você já conhece nossa avó. Contar para ela seria um pesadelo.

— Você só está com medo da rejeição.

É sério isso?

— Sim, é *exatamente* disso que tenho medo.

Ela cora um pouco. Talvez saiba que falar isso foi meio sem noção.

— Desculpa. O que estou dizendo é que... Qual é, nós sabemos que o papai *precisa* dizer ao nosso avô que jamais vai assumir a concessionária, mas ele se recusa. Nossos pais vão continuar empurrando com a barriga enquanto você permitir. Eles te amam, mas não ajudam nessas coisas. São aquele tipo de gente que vota e pensa *pronto, salvei meu país.*

Casey já participou de vários protestos desde que foi para a NC State. Sua grande questão agora é o direito ao voto, e eu fico ao mesmo tempo intimidado e orgulhoso, só que, com isso, ela começou a usar metáforas políticas em todas as conversas.

Mas entendo o que ela quer dizer.

Ela quer dizer que nossa mãe leu um e-book sobre Questões Trans e acha que é suficiente. Ela quer dizer que nosso pai ligou para a escola e agora espera nunca mais ter que falar com ninguém sobre o assunto.

E ela quer dizer que tudo isso importa, mas não é suficiente.

Eu esfrego os olhos. Minha cabeça está começando a doer.

— Casey, tenho que ir.

Minha irmã suspira.

— Aham. Olha, eu te amo, tá? Mas é a sua vida. Tome uma atitude para variar. Diferentemente dos nossos pais.

Não consigo decidir se quero gritar com Casey e dizer que ela está sendo babaca ou se quero chorar porque tenho medo que esteja certa. Eu me contento em lançar um olhar furioso para ela.

— Tenho que ir. — E encerro a ligação.

Claro, todas as coisas que eu deveria ter dito me vêm imediatamente à cabeça. *Não sou o único que poderia tomar uma atitude. Que tal não colocar toda a responsabilidade em mim? Não precisa me tratar como covarde por não querer dar a todos os nossos parentes a chance de serem escrotos comigo.*

Agora não tenho tempo para ficar pensando nisso. Eu me viro e... *Ai, merda.* Meu grupo inteiro sumiu — a minha banda marcial toda. Não estão mais na calçada. Devem ter descido para a estação de metrô.

Meu celular vibra na minha mão.

EVAN

Anda logo, estamos indo pegar o metrô

Merda.

Corro para a faixa de pedestres. Espero uma brecha no trânsito. Então, disparo para a entrada do metrô e desço a escada. Estou indo tão rápido que meus tênis derrapam e quase caio de cabeça; me seguro no corrimão a tempo.

Dizer que a estação está cheia é um eufemismo. Está lotada. É gente por todo o lado, e ninguém anda tão rápido quanto eu gostaria. Desvio e me esquivo para chegar às roletas onde as pessoas estão passando seus cartões. Certo. Parece simples.

Tiro o cartão amarelo do bolso, passo e empurro a roleta.

Ela não se move. Só o que acontece é uma mensagem na telinha ao lado do leitor: TENTE DE NOVO.

Ah, agora *não* é hora disso, roleta.

Passo o cartão de novo. Agora a mensagem diz RÁPIDO DEMAIS.

Tá de sacanagem?

Tento outra vez. PASSE DE NOVO NESTA ROLETA.

EU ACABEI DE FAZER ISSO.

Na quarta vez dá certo. A roleta me deixa passar, e eu disparo pela estação. O que o sr. Corbin disse mesmo? O trem A. Isso... Tenho certeza de que foi isso...

Meu celular vibra de novo.

EVAN

Cadê você

Estamos entrando no trem

Devo pedir ao sr. Corbin para esperar??

Então o sr. Corbin nem percebeu que eu sumi? Mas que ótimo. Passei de Dificuldade Logística a invisível.

Mas não perco tempo respondendo à mensagem. Apenas corro enquanto tento ler as placas acima da minha cabeça. Tudo é um labirinto de UPTOWN e DOWNTOWN e BRONX e BROOKLYN. Ainda há gente por toda parte, e todo mundo está tentando ir em direções diferentes...

Arrá. Finalmente! Uma placa com um *A* branco impresso no meio de um círculo azul.

Disparo na direção que a seta aponta. Desço outro lance de escadas. E lá, esperando em uma plataforma de concreto, há um trem. Um trem de metrô quadradão com as laterais prateadas opacas e um círculo azul com um A branco nas janelas.

As portas estão abertas. Uma voz metálica sai do vagão mais próximo:

— Por favor, afaste-se. Portas se fechando.

Alguém dispara por mim: um borrão de roxo e branco, correndo para o trem. Eu corro também... *e consigo entrar*.

As portas se fecham com um aviso sonoro desafinado, e eu solto um suspiro de alívio tão grande que meus joelhos vacilam. Consegui. Porra, ainda bem.

Meu celular vibra. Evan de novo. Ótimo, ele pode me dizer em qual vagão eles estão. Talvez eu possa trocar de vagão na próxima estação e me juntar ao grupo antes que o sr. Corbin perceba que sumi. Ou pior, a sra. Waggoner.

EVAN

VOCÊ PEGOU O TREM ERRADO

Encaro a mensagem. Como ele pode saber que estou no trem errado? Ele está aqui, no mesmo vagão? Olho ao redor, como se ele fosse pequeno o suficiente para se esconder em algum lugar.

Mas por que ele diria que eu estou no trem errado se...

— Ai, merda — diz a garota ao meu lado.

Ela está vestindo uma jaqueta colegial roxa e branca. Seu cabelo castanho comprido e cacheado está todo despenteado. E ela encara as janelas retangulares das portas do trem como se o mundo estivesse acabando.

Sigo seu olhar. Lá, do outro lado da plataforma, está outro trem com um círculo azul e um *A* branco nas janelas.

E me olhando de volta pelas janelas está Evan, horrorizado.

— Ai, merda — digo.

CINCO

QUARTA-FEIRA, 22 DE NOVEMBRO – 10H42

ABBY

ACONTECEU O SEGUINTE:

O barco voltou para o Píer 83 com O Livro ainda na minha mochila.

Nós caminhamos até a Port Authority — um terminal de ônibus junto a uma estação de metrô nada romântico porque fede a xixi — e pegamos um trem para o Central Park.

O Central Park era lindo, cheio de casais passeando de mãos dados, famílias correndo atrás de crianças pequenas na grama e pessoas passeando com os cachorros.

E daí eu pisei em cocô de cachorro uns três metros depois de entrar no parque. Kat, Morgan e Amira acharam engraçado, mas fiquei com vontade de chorar. Parecia que o Universo estava rindo de mim. Eu não podia entregar O Livro a Kat com o sapato sujo de cocô de cachorro. Passei o tempo todo tentando limpar meu sapato na grama.

Quando finalmente saímos do parque para ir até a estação de metrô, achei que as coisas estivessem melhorando. Havia uma *food truck* perto da entrada do metrô — e tinha guardanapos!

Então, gritei para Kat que já estava indo, peguei um punhado de guardanapos e limpei o sapato — o melhor possível quando se está tentando não sujar as mãos de cocô de cachorro. Não acho que o cara do *food truck* tenha ficado muito feliz com a quantidade de guardanapos que usei, mas pedi desculpas e realmente fiquei me sentindo mal, mesmo que precisasse sair correndo para a estação de metrô.

Não achei que tivesse demorado tanto, mas, quando entrei na estação, não vi Kat, Morgan nem qualquer outra pessoa do grupo. E então percebi que havia deixado meu cartão do metrô cair e tive que voltar correndo para procurar. (Eu encontrei, por sorte, na calçada perto do cara do *food truck*, que me olhou feio e agarrou a caixa de guardanapos como se eu fosse tentar pegar mais.)

Quando finalmente passei pela roleta e corri pelo túnel até a plataforma, o trem estava ali parado e as portas estavam prestes a se fechar, então saí correndo...

E, por um momento perfeito, pensei que o Universo estava mesmo cuidando de mim. Consegui entrar no trem. O dia estava prestes a voltar aos trilhos — trocadilho absolutamente intencional.

Mas não. Era o trem errado.

O que percebi no segundo em que as portas se fecharam, quando Kat me mandou uma mensagem — porque ela estava espiando por entre as portas abertas do outro trem, procurando por mim, e me viu entrar neste.

Merda.

E agora aqui estou, no último vagão do trem errado. O que significa que tenho que passar sete segundos agonizantes assistindo ao trem do outro lado da plataforma, o trem no qual eu deveria estar, deslizar na direção oposta.

Levando Kat — e minha chance de salvar este dia desastroso — com ele.

— Merda! — diz a pessoa ao meu lado.

É o segundo *merda* desde que entramos nesse trem, então finalmente presto atenção na pessoa e percebo... que me parece familiar. E está com uma jaqueta colegial preta e dourada que também me é familiar.

Ah. É a mesma pessoa da outra banda marcial que vi no saguão do hotel ontem. Ou pelo menos presumi que estava em outra banda marcial.

Também presumi que era um garoto. Está com roupas de garoto: touca cinza cobrindo o cabelo escuro curto, moletom bordô por baixo da jaqueta colegial, calça jeans e tênis Adidas velhos.

Mas, por outro lado, quem disse que qualquer uma dessas peças só pode ser vestida por garotos? Já passei um bom tempo olhando visuais queer no Tumblr. Sei que hoje em dia não se deve presumir nada, não é mesmo?

Touca me pega olhando e franze a testa.

— Eu te vi no hotel.

O trem nos leva para a escuridão do túnel. Vagões de metrô, estou descobrindo agora, são barulhentos. Juro que consigo ouvir meus ossos chacoalhando.

— Eu não deveria estar neste trem — digo.

Não é a coisa mais educada a se dizer, mas é o que sai. Tenho muitas preocupações no momento.

Touca continua franzindo a testa.

— Eu também não.

— Então você deveria estar com sua banda...

— No outro trem.

— É. Eu também.

Nós nos encaramos.

— Bem... — Sem graça, respiro fundo, tentando acalmar a respiração. — A gente só precisa descer na próxima estação, certo? E voltar?

— Isso. — Touca assente, ainda franzindo a testa. Será que é a cara que faz sempre? — Descemos na próxima estação e embarcamos no sentido oposto. Provavelmente só vamos perder alguns minutos.

Eu também assinto. Está tudo bem. É só um pequeno contratempo.

— A que distância fica a próxima estação?

— Não sei.

Nós dois olhamos ao nosso redor, como se pudéssemos encontrar a resposta em algum lugar. Não está muito cheio. A maioria dos assentos laranja de plástico está vazia, o que não é o que eu esperava, com a estação movimentada como estava. Talvez todo mundo estivesse indo para trens diferentes ou na direção oposta. Um homem negro mais velho está lendo um jornal em um canto. Um cara branco mais jovem, de terno, mexe no celular, segurando a barra vertical que vai do chão ao teto com uma das mãos.

Peraí. *Celular.*

Pego o meu. Qual é o meu problema? Eu deveria mandar uma mensagem para Kat; deveria ter respondido à mensagem de Kat imediatamente.

EU

Tô no trem errado, mas acho que posso descer na próxima estação e dar meia-volta.

Três pontinhos aparecem na tela. Kat está digitando.

KAT

O que eu faço??

Devo falar com um acompanhante???

— Você tem sinal?

Tenho um sobressalto e ergo o olhar. Touca está com o celular na mão, fazendo cara feia para o aparelho.

— Sim — digo. — Você não?

Touca apenas grunhe e sua careta se acentua. Olho para seu celular também. Parece meio simples. E velho.

Não tenho tempo para prestar atenção nisso agora, porque não quero que Kat fale com um acompanhante. Não por enquanto. Como Touca disse, provavelmente vamos nos atrasar só alguns minutos, então há uma chance de ninguém perceber, certo? Há uma chance de eu conseguir voltar ao grupo antes do passeio pelas estações de metrô abandonadas.

Digito uma mensagem para Kat, envio...

Mensagem não enviada

O quê?

— Não, não, por favor...

Mas a única barra de sinal que eu tinha desapareceu. Agora meu celular diz *Sem serviço*.

— Talvez a gente esteja muito no subsolo — comenta Touca.

— Ou talvez seu celular seja ruim. — O tom sai irritado e maldoso, além de não fazer sentido, já que meu celular também não tem sinal mais. Eu me sinto culpada na hora. — Desculpa. Estou tendo um dia péssimo.

Touca simplesmente diz:

— É.

E continua de cara feia. Talvez eu não seja a única pessoa tendo um dia terrível. Afinal, não sou só eu no trem errado.

Hesito. Não conheço Touca e estou em uma cidade grande, e todas as reuniões informativas de antes da viagem diziam alguma variação de *preste atenção em seus entornos, não fale com estranhos*... Mas Touca não é uma figura ameaçadora, apesar da cara amarrada.

Então, eu digo:

— Meu nome é Abby.

Touca me olha e morde o lábio, ainda franzindo a testa.

— Leo.

Certo. Leo em geral é um nome de garoto, certo? Talvez?

Todas as pessoas queer que vejo no Tumblr colocam os pronomes nos perfis ou nas selfies. Já pensei em colocar meus pronomes nas minhas redes sociais — mas sempre acabo desistindo, porque não saberia o que dizer se Kat me perguntasse o motivo.

Então, talvez eu devesse perguntar os pronomes de Leo. Ou será que isso seria falta de educação?

— Ela, dela — solto de repente. — São os meus pronomes. Você pode me dizer os seus. Se quiser. Não precisa.

A carranca de Leo desaparece, substituída por algo que parece surpresa.

Ai, não. Cometi um erro. Leo é um cara cis hétero que nunca ouviu alguém anunciar seus pronomes nem sabe o que *cis* significa, porque caras cis hétero não ficam explorando o lado queer do Tumblr tarde da noite. Achei que Leo tinha mais ou menos a minha idade, mas nunca se sabe. Talvez seja um calouro muito alto sem um único fio de barba que agora me acha a pessoa mais esquisita do mundo.

Como se cada palavra estivesse sendo arrancada, Leo diz:

— Ele, dele.

Demoro um segundo para absorver a informação e, então, fico vermelha.

— Ah, está bem, desculpa. Não foi minha intenção deixar você desconfortável... Eu não sabia se devia perguntar, ou dizer os meus, ou...

As sobrancelhas de Leo continuam subindo.

Cala a boca, Abby.

— Desculpa. Prazer te conhecer.

Para minha surpresa, o canto da boca dele se curva. Só um pouquinho.

— Prazer te conhecer também.

— Sou cis — digo, porque pelo visto não consigo parar.

Leo parece prestes a rir ou vomitar, e não consigo saber qual das duas opções é mais provável.

— Certo, Abby. Eu sou trans. E ninguém diz que é cis.

Meu rosto agora está pegando fogo.

— Bem... talvez devessem — falo. É melhor mudar de assunto antes que Leo pergunte por que sou tão estranha. Olho para meu celular de novo, mas ainda está sem sinal. — Você já tem sinal?

Leo faz o mesmo.

— Não.

— Eu não costumava ter esse tipo de problema. Quer dizer, nunca andei de metrô, mas juro que meu sinal era bom até meus pais mudarem para esta operadora barata. — Olho pela janela para o túnel escuro do metrô. *Ainda estou falando demais.* — A próxima estação deve estar perto, né?

Leo se afasta de mim, e por um segundo penso que talvez já esteja farto das minhas esquisitices, mas então aponta com a cabeça, indicando um mapa na parede.

Ah.

Nós nos aproximamos do mapa. É um labirinto de diferentes linhas coloridas, rotuladas com letras e números. Como as pessoas não se perdem? Por que alguns trens são rotulados com números em vez de letras? Por que existe um trem G e um trem J, mas não tem trem H ou I? Seria de se pensar que os trens A, B e C seriam todos da mesma cor, mas não: o trem B está em uma linha laranja por algum motivo. Não faz sentido.

Meus olhos se fixam na coisa que *faz* sentido: um grande retângulo verde que deve ser o Central Park.

— Ali!

Meu dedo dispara para a frente ao mesmo tempo que o de Leo, e nossas mãos se chocam.

Nós dois recuamos. *Ai*. Acho que ele amassou meu dedo.

— Desculpa — murmura ele.

Finjo que não percebo.

— Columbus Circle fica bem ali, ao lado do Central Park.

— Sim. — Ele traça uma linha azul com o dedo fino. Suas unhas são muito curtas. Eu me pergunto se ele as rói. — Aqui está o trem A...

Algo farfalha atrás de nós.

— Vocês estão bem, jovens?

É o homem com o jornal. Ele está nos espiando por cima dele, os óculos de leitura puxados para a ponta do nariz.

A carranca de Leo volta. *Não fale com estranhos* me vem à mente de novo, mas precisamos de ajuda.

— Você sabe qual é a próxima parada deste trem? — pergunto.

— É na 125th Street — diz o Cara do Jornal.

Espera aí...

— Mas Columbus Circle fica na 59th Street, certo?

Seu olhar é de compaixão.

— Sinto muito, jovens. Vocês pegaram o trem A na direção norte logo quando ele vira expresso.

Ele volta a ler o jornal.

Leo e eu nos entreolhamos. Expresso? Então ele vai da 59th Street até a 125th Street sem parar?

Meu cérebro não consegue fazer as contas. Eu me volto para o mapa, seguindo a linha azul do trem A para cima, ao longo do Central Park...

Meu estômago se revira.

— É longe à beça.

— Mas há outras paradas — diz Leo. — Veja.

— Mas essas paradas dizem C. Deve ser outro trem.

— É o parador — fala o Cara do Jornal por trás da seção de Artes. — Este é o expresso.

Leo se vira e lança um olhar fulminante para ele, como se fosse tudo culpa do Cara do Jornal. Felizmente, o homem não parece notar.

Leo geme.

— Merda.

Também estou muito tentada a xingar. Ou a me encolher em posição fetal no chão e chorar, embora o chão do trem esteja nojento.

Por que eu tinha que pegar o único trem expresso passando direto por cinco bilhões de estações? (Acabei de ver um agora, aliás, passando como um borrão pela janela.) Se tivesse prestado um pouco mais de atenção, eu teria visto o outro trem A quando desci a escada. Se tivesse parado um segundo para *olhar*...

Leo volta para o nosso lugar original perto das portas, os ombros caídos sob a jaqueta. Não sei o que mais posso fazer, então o sigo. Mas ele não fala nada. Só fica com as costas apoiadas nas portas, rabugento.

Quando não aguento mais o (relativo) silêncio, digo:

— Então, para onde você deveria ter ido?

— Hum… — A carranca de Leo se acentua, embora agora pareça mais uma expressão reflexiva. — Chambers Street. Vamos fazer um tour pelas estações de metrô ou algo do tipo.

Por um momento, um pouco da empolgação volta.

— Ah, a gente também! Talvez no mesmo tour!

Isso só deixa Leo mais rabugento.

E me deixa na defensiva.

— O que foi? Um tour das estações de metrô abandonadas parece legal. Tipo… impressionante e mágico.

Leo ri com desdém.

Ora, que falta de educação. Qual é o problema em achar estações de metrô desativadas impressionantes e mágicas?

Fico esperando Leo pedir desculpa, mas ele não o faz. Só fica olhando feio para o nada como se tivesse se esquecido da minha existência. E eu aqui pensando que conhecer outras pessoas queer poderia ser divertido.

Mas não vou obrigá-lo a conversar se ele não quer, então me sento no assento laranja plástico mais próximo das portas e pego o celular. Só que ainda estou sem sinal; a única coisa que posso fazer com ele no momento é olhar as fotos que tirei de Kat mais cedo… e isso não vai me fazer sentir melhor.

Então, abro a mochila e pego o exemplar capa dura de *Os cem romances de Clara Jane*. Com cuidado, viro as páginas até encontrar uma das minhas cenas favoritas — uma em que fiz várias anotações para Kat — e começo a ler. Talvez eu possa me perder na história pelos próximos minutos. Me lembrar de quando preparei todas aquelas mensagens e trechos sublinhados e me tranquilizar de que ainda há tempo para consertar tudo que deu errado. Não é nem meio-dia ainda. Tem muito dia pela frente.

Várias páginas depois, o trem finalmente começa a desacelerar. O cara que estava mexendo no celular para e vai até a porta mais próxima. E entramos ruidosamente em uma estação, as grandes colunas verdes e as paredes de azulejos brancos passando em um borrão.

Leo se afasta das portas, a carranca sumindo do rosto.

— Acho que é aqui.

Tento abrir o zíper da mochila de novo, mas está emperrado. Os freios rangem, e o trem para tão de repente que Leo perde o equilíbrio e cai bem em cima de mim. Ele me derruba de lado. O Livro sai voando das minhas mãos.

E meu belo exemplar capa dura de *Os cem romances de Clara Jane*, autografado e cuidadosamente anotado, cai no chão grudento do metrô como um tijolo e desliza para baixo da fileira de assentos à nossa frente.

— Sai de cima de mim! — Empurro Leo e puxo o zíper da mochila com força. Ele finalmente desliza. *Isso.*

As portas do trem se abrem com um silvo. Eu me levanto, pronta para me lançar pelo vagão e pegar o Livro...

... mas Leo agarra meu braço e me puxa para a plataforma.

Fico tão surpresa que, por um segundo, permito que ele me arraste por entre a multidão que está se acotovelando para entrar no trem.

E então...

— Ei! — Eu me desvencilho e volto para o trem. Mas sou baixinha e ninguém está prestando atenção em mim, então não consigo passar. — Com licença! Desculpa! Só preciso...

Plim-plom.

As portas se fecham. O trem começa a se mover, ganhando velocidade até disparar pelo túnel, levando consigo todas as minhas anotações, todos os corações que desenhei nos cantos das páginas.

Ai, meu Deus.

— Abby. — Leo puxa a manga da minha jaqueta. — Vamos.

Eu puxo o braço. De repente, estou furiosa.

— Mas que merda!

Ele me encara, surpreso.

— Eu deixei o livro no trem por culpa sua! — grito, minha voz ecoando nas paredes de azulejos e no cimento da estação, mas não me importo. — Qual é o seu problema, porra?

A carranca de Leo volta com tudo.

— Não foi culpa minha, não. Eu estava tentando tirar a gente do trem, já que você não estava prestando atenção!

Mas que...

— Eu estava prestando atenção. Derrubei meu livro, e era *importante*, e eu teria conseguido pegar e sair do trem a tempo se você não tivesse sido um *idiota* e me arrastado!

Ele hesita por um instante, chocado.

— *Eu* sou um idiota? Desculpe por tentar fazer a gente não passar direto da estação.

— Eu não ia passar direto.

— Você estava indo atrás da porcaria de um *livro*!

Nunca quis tanto dar um soco na cara de alguém.

— Era um livro importante, um presente para uma pessoa importante, e agora eu perdi, e é culpa *sua*.

Eu me viro e começo a subir a escada. Meio que espero que todos na plataforma estejam nos encarando, mas ninguém nem olha. Estão todos mexendo no celular ou lendo seus livros como se nada tivesse acontecido. Não sei se isso faz eu me sentir melhor ou pior.

Também não sei se estou indo na direção certa. Era para eu estar subindo essa escada? Cadê as placas desse lugar?

Passos pesados sobem a escada atrás de mim, e Leo diz:

— O trem para o centro fica na outra plataforma.

Evito olhar em sua direção e não pergunto como ele sabe disso. Ótimo, estamos indo na direção certa. Nunca me senti tão furiosa a minha vida inteira.

Subimos a escada da plataforma do trem em direção aos bairros residenciais, andamos cerca de vinte passos pela estação e descemos outro lance de escada até a plataforma oposta. É bem vergonhoso.

Mas pelo menos agora as placas acima da minha cabeça indicam que o trem vai em direção ao centro. Isso é promissor, certo?

Esta plataforma está mais cheia do que a outra. Espero que isso signifique que posso deixar Leo para trás — mas ele continua me seguindo. Malditas pessoas altas, passando pela multidão enquanto eu fico esbarrando em todo mundo. Por fim, desisto em frente a um grande mapa no meio da plataforma, porque provavelmente deveríamos olhá-lo de qualquer maneira.

E seria bom checar o celular. *Isso*. Estou com sinal de novo. Reenvio a mensagem para Kat. Espero que ela ainda não tenha contado a ninguém o que aconteceu.

A julgar pela maneira como Leo está digitando em seu celular, ele parece estar com sinal também. Ele se vira para o mapa à nossa frente.

— Nós dois vamos para Chambers Street, certo?

Eu o encaro com raiva.

— Sim. Tenho quase certeza de que foi o que disseram.

— Você tem quase certeza?

Agora sou eu que o olho feio.

— Eu tive que lidar com um monte de merda, está bem? Literalmente. No meu sapato.

Por um momento, Leo apenas me encara. E então dá uma risadinha abafada — que ele logo transforma em uma tosse pouco convincente.

A vontade de socá-lo volta com tudo. O que é bom. Pelo menos está me distraindo de *ai, meu Deus, perdi o Livro, perdi o dia inteiro, perdi todas aquelas semanas que passei escrevendo mensagens...*

Cruzo os braços, como se o gesto pudesse conter meu pânico.

— Qual é a sua grande desculpa para ter pegado o trem errado?

Isso tira o sorriso do rosto dele.

— Minha irmã me ligou por chamada de vídeo — murmura Leo, e se vira para o mapa. — Parece que Chambers Street é uma parada do trem A, então podemos pegar o trem direto para lá.

A plataforma sob nossos pés vibra. Luzes surgem no túnel, e o metrô entra na estação, os freios rangendo. Avançamos, sendo levados pela multidão na plataforma, e nos enfiamos no trem. Não há assentos livres desta vez, então acabamos espremidos no meio do vagão, segurando uma das barras verticais, tão próximos que meu rosto está quase no sovaco de Leo.

Como se a situação precisasse piorar.

As portas se fecham com um *plim-plom* desafinado, e a composição arranca.

Finalmente. Estamos no trem certo, indo na direção certa.

A direção oposta à do Livro. Ele fica mais distante a cada segundo, provavelmente sendo chutado, pisoteado e coberto de sujeira.

Toda minha raiva contra Leo desmorona. Meus olhos se enchem de lágrimas até tudo ao meu redor virar um borrão.

Eu me sinto triste, boba e envergonhada. Não há mais como salvar este dia. Está completamente arruinado, quer Kat conte ou não a um dos acompanhantes onde eu estou. E talvez o plano com O Livro fosse uma fantasia ridícula de qualquer maneira, mas significava algo, e eu achava que poderia dar certo. Acreditei que o Universo poderia fazer acontecer.

— Humm — diz Leo. — Você está bem?

Meu Deus, queria que ele fosse embora. A última coisa de que preciso agora é chorar na frente de alguém que acabei de conhecer e que arruinou todas as minhas esperanças de um dia romântico e perfeito em Nova York.

Só o que consigo dizer é:

— Eu gostava muito daquele livro.

O trem desacelera, mais suavemente desta vez. Entramos em outra estação revestida de azulejos brancos. Será que todas as estações parecem banheiros subterrâneos gigantes?

Peraí. Por que estamos parando? Não deveríamos passar direto por todas as estações pelos próximos dez minutos, na linha expressa?

— *Esta é a 116th Street* — chia a voz de um homem pelo sistema de som do vagão enquanto as pessoas se acotovelam para sair do trem. Ele parece muito entediado. — *Esta é uma composição da linha A com destino ao Brooklyn. Próxima estação: Cathedral Parkway.*

Leo está confuso.

— Achei que iríamos da 125th Street direto para a 59th.

— Eu também.

Uma mulher espremida em um assento próximo tira os olhos do romance que está lendo, com dois caras muito musculosos sem camisa na capa. Eles talvez estejam... se abraçando. Peraí, ela está lendo um romance gay? No metrô, como se não fosse nada de mais?

— Estão fazendo obras na linha expressa do centro — diz ela. — Para o centro agora só tem parador.

Parador? Então vamos parar em todas as estações pelas quais passamos antes?

Retiro o que disse. A última coisa de que preciso é *isso*. Estou começando a achar que Nova York não quer que cheguemos a lugar algum e que o Universo está cagando e andando para mim.

Não, mentira. Estou começando a achar que o Universo me odeia com todas as forças.

O trem arranca de novo, e eu olho o celular. Vou estar tão encrencada quando voltar! Os acompanhantes tiveram que conferir todos em suas listas antes de sairmos do hotel hoje de manhã, e de novo quando chegamos ao Central Park. Mais cedo ou mais tarde, vão perceber que sumi.

Do jeito que o dia está indo, provavelmente vão mandar a polícia me procurar. E então serei *aquela garota* — a que se perdeu tanto em Nova York que um departamento de polícia inteiro teve que vasculhar a cidade atrás dela. Jared e seu vômito espetacular? Pffft. Todos na escola vão falar de *mim*. Como vou superar isso?

Será que devo mandar outra mensagem para Kat? Avisar que vou demorar mais do que pensei?

— Então. Hum. Como a merda foi parar no seu sapato?

Estou tão imersa em meus pensamentos horríveis que demoro um pouco para perceber que Leo está falando comigo. Olho para cima. Ele é quase uma cabeça mais alto que eu, e seu rosto está próximo demais, já que ainda estamos espremidos um contra o outro. Estou praticamente olhando para as narinas dele.

Ele não está franzindo a testa, o que é raro. Parece meio desconfortável e sem jeito.

Será que está tentando ter uma conversa educada?

Consigo piscar até afastar as lágrimas dos olhos e tento dar de ombros.

— Pisei em cocô de cachorro. No Central Park.

Leo morde o lábio.

— Pelo visto, as pessoas não limpam o cocô dos seus cachorros em lugar algum.

O trem desacelera de novo. Cathedral Parkway. A viagem vai demorar uma vida.

— Mas e aí, como foi que pisar em bosta de cachorro no Central Park fez você pegar o trem errado? — Leo se inclina para um lado enquanto as pessoas passam por nós para saírem do trem, depois para o outro lado quando uma nova leva de passageiros entra.

Não tenho energia para lhe dizer que não é da sua conta.

— Porque eu estava tentando limpar o sapato enquanto o restante do grupo continuou sem mim. Então, acabei pegando o primeiro trem A que vi, e era o trem errado.

O trem dá outro solavanco.

— Ninguém percebeu que você tinha sumido? — pergunta Leo.

A pergunta dói.

— Eu disse à minha amiga que já estava indo. — Não quero começar a chorar de novo, então aponto meu celular para ele no espaço extremamente apertado entre nossas jaquetas. — Ela sabe que estou voltando. Mas, enfim, você não pode falar nada. Claramente ninguém percebeu que você tinha sumido também.

Ele volta a fazer cara feia.

— Meu amigo Evan estava me mandando mensagens até eu perder o sinal.

Não consigo pensar em nada inteligente para responder. Estou ocupada demais me sentindo desanimada.

— Bom. Que ótimo.

— Ótimo.

Enfio o celular de volta no bolso. Olhamos feio em direções opostas.

A cada estação, o trem fica mais lotado. Como pude ter achado tudo isso emocionante? As pessoas, o trânsito, a coisa toda de cidade grande. Sou empurrada de um lado para o outro. As pessoas não param de pisar nos meus pés.

Quando finalmente chegamos à 59th Street de novo, sinto como se estivesse nesse trem há dias. Pelo menos, quando chegamos à 42nd Street, o trem esvazia um pouco. Na 34th Street, tenho espaço para respirar, e na 14th Street, há espaço suficiente para eu dar um grande passo para longe de Leo.

Quando chegamos à Chambers Street, estou preparada. Leo não vai me arrastar desta vez. Assim que as portas se abrem, corro para a plataforma em direção à escada, com Leo logo atrás. Passamos pelas roletas, subimos mais alguns degraus correndo, saímos para o ar frio e aberto...

Pego o celular e mando uma mensagem o mais rápido possível.

EU

Cheguei na Chambers St.

Cadê vocês?

Ao meu lado, Leo resmunga.

Eu o ignoro, concentrada nos pontos que indicam que Kat está digitando. Finalmente.

KAT

Chambers St!!

Não estou te vendo, cadê???

Fico na ponta dos pés, olhando ao redor, mas tudo que vejo são prédios altos, carros e pessoas andando. E nenhuma delas é Kat. Nem ninguém da banda. Aqui nem se compara a Columbus Circle em termos de multidão, o que torna ainda mais fácil perceber que Kat não está aqui.

Cadê todo mundo?

Ao meu lado, Leo diz:

— Estamos na Chambers Street errada.

SEIS

QUARTA-FEIRA, 22 DE NOVEMBRO — 11H42

LEO

ABBY ME OLHA como se eu tivesse anunciado o fim do mundo.

— Você disse que aquele trem ia para a Chambers Street.

— E ia mesmo. Estamos na Chambers Street. Mas Evan, meu amigo, disse que, depois do trem A, eles pegaram o *J*. Olha. — Aproximo o celular do rosto dela e aponto para o pequeno mapa na tela. — É uma estação diferente da Chambers Street.

— São *duas* Chambers Streets?

— Não! — Tenho vontade de gritar. — Existe *uma* Chambers Street com *duas* estações diferentes. Ou talvez mais de duas, não faço ideia. Mas *nós* estamos na estação *errada*.

Abby murcha. Ela olha para longe, cruzando os braços com força, como se estivesse com frio.

— Certo, entendi. Como chegamos à estação certa?

— Hum...

Tá aí a pergunta que não quer calar. Olho para o mapa no celular. Olho para as placas de rua. Mas nada faz muito sentido. Com Abby parada ao meu lado, me olhando de soslaio, acabo ficando atrapalhado. E me sinto meio culpado. Por causa do livro, por ter meio que gritado com ela...

Abby suspira.

— Me dá isso aqui.

Ela pega meu celular e toca na tela. Uma seta surge e a vozinha da navegação diz alegremente: "Siga na direção norte na Church Street em direção à Chambers Street..."

Legal. Bom saber que eu esqueci completamente como se usa o Google Maps na frente de uma total estranha.

Abby se vira e começa a andar.

Para uma pessoa tão pequena, ela consegue caminhar em uma velocidade incrível. Mas acho que eu não deveria ficar surpreso. Ninguém anda mais rápido que a galera da banda marcial.

— Hum... Pode devolver meu...?

Ela entrega o celular para mim em silêncio. Dou uma olhada rápida no mapa e desligo a navegação por voz, porque vai descarregar minha péssima bateria em cinco minutos. Enfim, parece simples: daqui, é só uma linha reta pela Chambers Street.

Nós meio que andamos, meio que corremos pela calçada, desviando das pessoas, contornando grades no pavimento. Ao meu lado, Abby enxuga os olhos depressa, como se esperando que eu não reparasse. Talvez seja só o vento. O ar frio sem dúvida está fazendo meus olhos lacrimejarem.

Mas tenho a sensação de que não é o vento.

— Hum... — Estamos passando por baixo de um andaime agora, montado sobre um longo trecho da calçada, transformando-o em um túnel improvisado. — Talvez exista um achados e perdidos do metrô ou algo do tipo. Quer dizer, tem que haver um, né? Um número de celular para o qual poderíamos ligar ou...

— É, talvez — diz ela em um tom inexpressivo.

Eu deveria desistir. Sei quando alguém não quer falar comigo. Poderia aturá-la só até encontrar meus amigos de verdade e, então, nunca mais precisarei vê-la. Claro, estamos hospedados no mesmo hotel, mas é um hotel grande e estaremos ocupados. E haverá centenas de pessoas no desfile amanhã. Talvez milhares. Além de todas as pessoas assistindo. Não vou cruzar com ela.

Mas, na minha cabeça, só consigo ouvir Evan dizendo: "Ele está fazendo a Cara."

E, além disso, ainda me sinto culpado.

Chegamos a uma faixa de pedestres e paramos para esperar o sinal, os carros roncando ao nosso redor.

Bem, aqui vai a última tentativa.

— Olha... sinto muito que você tenha perdido o livro. Hum... o que ele tinha de tão especial?

Ela me olha, e suas sobrancelhas se juntam — duas pinceladas castanhas acima dos olhos castanho-claros. Ela com certeza está me avaliando.

Eu a encaro de volta. Torço para parecer neutro.

O sinal da faixa de pedestres apita, e ambos desviamos o olhar. No meio da rua, Abby diz:

— É meu livro favorito. Se passa em Nova York e é um romance com todos os pontos turísticos famosos, e era um exemplar autografado e tinha algumas... — Sua voz falha. — Algumas coisas nele que eram um presente para alguém.

Um presente? Agora estou curioso.

— Que tipo de coisas?

Estou só imaginando ou ela fica vermelha?

— Não que seja da sua conta, mas eu ia dizer à minha melhor amiga que eu... meio que... gosto dela.

Abby olha para mim de novo. Percebo que seus olhos têm um pouco de dourado.

— Ah. — De repente, entendo. — Você quer dizer que gosta *de verdade* dela. (Qual é o meu problema? Pareço estar no fundamental.)

Mas ela apenas olha para um ponto no horizonte e diz:

— É o livro favorito dela também. Nós lemos ao mesmo tempo e nós duas amamos, e encontrei uma edição especial autografada, e escrevi várias mensagens para ela, e eu... eu ia usá-lo para dizer que... *você sabe*... e agora, graças a você, eu o perdi.

Ótimo. De novo essa história de que é tudo culpa minha.

— Eu nem sabia que você tinha deixado o livro cair, tá? Eu só estava tentando tirar a gente do trem.

Ela está irritada.

— Eu não *deixei o livro cair*. Você o derrubou das minhas mãos porque não tem equilíbrio algum.

O quê?

— Ei, eu estou na banda marcial. Consigo participar de formações tão complexas que você nem imagina. Com um tarol na frente do corpo. Tenho um *ótimo* equilíbrio. De qualquer maneira, quem dá um *livro* à amiga para confessar seu grande amor eterno?

Ela com certeza fica vermelha agora.

— É especial, tá? Tem um significado.

— Está bem. — Eu dou de ombros. — Mas parece uma maneira de se esquivar.

Ela revira os olhos.

— Ah, tá, porque sublinhar momentos românticos e escrever mensagens românticas nas margens de um livro romântico ambientado em Nova York enquanto estamos em uma viagem mágica para Nova York é uma *maneira de se esquivar*.

Aff.

— Feliz Por Estar Aqui, Grato Pela Oportunidade — murmuro.

Ela para no meio da calçada e me lança um olhar meio perigoso.

— O que você disse?

— Nada. — Eu sigo em frente. — A gente devia continuar.

Ela corre atrás de mim.

— Você se distraiu com uma chamada de vídeo da sua *irmã* e está julgando os *meus* planos para o dia? Meus planos deram errado por culpa sua!

Isso é injusto.

— Ok, primeiro de tudo, metade do seu dia deu errado porque você pegou o trem errado, e isso não teve nada a ver comigo. E, em segundo lugar, eu não me distraí. Minha família vai implodir amanhã, por minha causa, e minha irmã escolheu aquele exato momento para discutir isso. E eu tento ouvir quando as pessoas querem falar sobre alguma coisa. Foi só por isso que me atrasei.

Ela ergue as sobrancelhas.

— Você? Tenta ouvir? *Uau*.

Agora fico realmente irritado.

— Sim. Eu ouço. São os outros que não me ouvem.

— Não posso culpá-los, se você fica julgando tudo o que as pessoas dizem para você.

— Eu não julgo nada!

Ela para de novo, desta vez bem na esquina, o que é irritante, porque, se não formos logo, o sinal vai abrir.

— Olha, talvez você não ache que livros são importantes, ou talvez não goste de mensagens à mão e presentes atenciosos. Talvez, de onde você vem, se assumir para sua melhor amiga e dizer, "ah, oi, agora eu sou gay e estou completamente apaixonada por você" não seja grandes coisas. Mas eu sou de Westvale, no Missouri, onde ainda é grandes coisas, então se você não achou legal eu escrever mensagens secretas no nosso livro favorito para dar um presente romântico e especial e não perder a coragem… isso é problema seu.

Ela está com um olhar assassino, mas só consigo encará-la. Não sei bem o que esperava, mas com certeza não era tudo isso.

Perdemos o sinal. O tráfego volta a fluir na nossa frente.

Eu pigarreio.

— Bem, eu sou de Springfield, na Carolina do Norte, então… também é grandes coisas por lá.

— Eu não sou assumida — diz ela. Seu tom de voz é defensivo. E talvez um pouco assustado. Ela pisca de novo, rapidamente. — Eu nem sei se minha amiga é… queer.

— Só conheço mais duas pessoas queer.

— Duas a mais do que eu conheço.

— Nós nem temos Starbucks.

Ela me lança um olhar estranho, o que é compreensível. Não sei o que eu estava tentando provar com isso.

— Então… — Eu balanço nos calcanhares. — Você escreveu vários bilhetes de amor para sua amiga no livro, não sabe se sua amiga é queer e estava planejando dar o livro para ela durante a viagem.

Ela dá de ombros, pouco à vontade.

— É.

— Por quê?

Ela encara os sapatos.

— Porque contar aqui parecia mais fácil do que contar em Westvale.

Ah. Meu estômago dá um nó. Isso eu entendo. Claro, posso ficar irritado com toda aquela baboseira de "magia de Nova York", já que esta viagem está longe de ser mágica para mim, mas…

Mas eu entendo como uma confissão dessas pareceria menos assustadora em uma cidade que age como se nada fosse grandes coisas.

O sinal abre. Voltamos a andar rápido.

— O que você vai fazer agora? — pergunto.

Abby apenas diz:

— A gente deve estar chegando.

Certo, então o mecanismo de enfrentamento dela é a fuga. Ou ela quer me ignorar.

— Sim, acho que estamos chegando. — Pego meu celular, dando zoom no mapa minúsculo. — Não, espera. Chegamos. Acho que esta é a estação.

Olho para cima, e ela também, ambos nos virando para observar os entornos. A combinação de arranha-céus brilhantes e prédios de tijolos mais baixos deu lugar a um prédio imenso de pedra estranhamente antiquado que parece pertencer à Roma Antiga. Tem enormes colunas e esculturas humanas na pedra acima. Gravado no meio de tudo estão os dizeres NEW AMSTERDAM, MANHATTAN, NEW YORK. Além de um monte de X's e I's e outras letras que devem ser numerais romanos.

— Ali está a estação.

Abby aponta para a lateral do enorme prédio. Corrimão verde, lâmpada esférica branca e verde — com certeza é uma estação de metrô. E a placa no corrimão diz CHAMBERS STREET.

Então cadê todo mundo?

Olho minhas mensagens.

EVAN

Você chegou? Acho que posso continuar guardando o segredo, mas estamos saindo para o tour agora ☹

Merda. A mensagem é de dez minutos atrás; deveríamos estar discutindo na faixa de pedestres, e nem percebi quando meu celular vibrou. Ou talvez não tenha vibrado. Ele é uma porcaria.

— Eles já começaram o passeio.

Abby suspira. Também está olhando o celular.

— Sim, o meu grupo também.

Digito uma resposta rápida para Evan.

EU

Chegamos tarde. Para onde vocês estão indo agora? Por favor, guarde segredo até eu alcançar o grupo, ok?

Fico olhando para o celular por dez segundos, mas Evan não responde.

Ele está em um tour pelas estações de metrô. Um passeio subterrâneo. Talvez também esteja sem sinal. Será que o celular dele é tão ruim quanto o meu? Talvez. É bem velho.

Merda.

Tiro a mochila do ombro e me agacho na calçada, abrindo o bolso principal. Abby me olha.

— O que você está fazendo?

— Procurando a programação do dia. — Empurro minhas baquetas para o lado. Esqueci um monte de papéis soltos aqui dentro. Por que não deixei meu dever de Álgebra II no quarto do hotel? — Está aqui em algum lugar.

Abby se agacha ao meu lado e abre sua mochila também.

— Eu tenho um itinerário.

Ela puxa uma pasta muito parecida com a que recebi ontem, só que roxa e branca em vez de preta e dourada, com *Westvale HS* na frente. O mascote dela parece um pássaro agressivamente alegre.

— Estamos em bandas diferentes — digo. — Não vamos ter a mesma programação.

— Óbvio. Mas agora nossas bandas estão fazendo o mesmo tour, o que significa que vão terminar no mesmo lugar.

Ah. Certo.

Ela folheia o conteúdo da pasta.

— Certo, o tour das estações de metrô vai terminar perto da NYU, então não acho que vão voltar para cá. *Vamos almoçar rapidamente no Washington Square Park* — ela deve estar lendo a programação — *antes de ir para a Broadway para nossa peça às duas da tarde*. Que horas são agora?

Olho para meu celular.

— Quase meio-dia.

Abby fecha a pasta.

— Acho que devemos ir para o Washington Square Park então. Onde fica isso?

Eu abro o Google Maps.

— Para longe do centro. Eu acho. Pelo visto, vai ser uma viagem de metrô de dez minutos se voltarmos para a estação de onde viemos.

— O que sua banda vai fazer?

— O quê?

Ela me lança um olhar muito paciente.

— Bem, as nossas bandas vão parar no mesmo lugar, mas a sua vai ficar por lá?

— Ah, hum... — Eu reviro um pouco mais a mochila e finalmente encontro minha pasta. — Também vamos ver um espetáculo da Broadway.

Abby se mostra um pouco interessada.

— Qual?

— Uma adaptação musical de *O grande Gatsby*.

Ela franze o cenho.

— Tive que ler esse livro para a aula de inglês no ano passado. Ninguém é cativante, e todo mundo é egoísta. Ou uma metáfora para alguma coisa.

Ótimo. Parece divertido.

— O que você vai ver?

— *Wicked*. — Ela me dá um sorriso que de alguma maneira não é totalmente convincente. — É o musical favorito da minha amiga. Ela sabe todas as músicas de cor. — Abby olha para o celular. — É melhor irmos, ou vamos perder o almoço. Vocês também vão almoçar no Washington Square Park?

Olho de novo para a pasta nas minhas mãos.

— Não sei. Só diz *almoço antes do espetáculo da Broadway*.

As sobrancelhas de Abby se erguem.

— Isso... não ajuda muito.

— É. — Estou começando a achar que quem planejou a viagem de Abby é mais organizado do que quem planejou a minha. A sra. Waggoner ficaria muito irritada. — Acho que a gente podia ir para o Washington Square Park e ver se Evan me manda uma mensagem em algum momento. Ou eu poderia ir direto para a Broadway? Mas então acabaria tendo que pular o almoço.

Como se ouvindo a deixa, meu estômago ronca. Alto o suficiente para eu conseguir ouvi-lo mesmo com os barulhos de Manhattan.

Abby me olha, surpresa. Aparentemente, ela também ouviu.

— É, acho melhor você não pular o almoço.

Fico de cara amarrada. Comi o máximo que pude esta manhã. Como posso já estar com tanta fome?

— Acho que não sabemos quando nossas bandas vão chegar ao Washington Square Park. — Abby morde o lábio, franzindo a testa para o celular. — E elas ainda terão que ir de lá para a Broadway, então... E se nos desencontrarmos deles?

— Desencontrarmos?

— Em Washington Square. — Ela olha para cima. — E a gente acabar perdendo o almoço.

— Qual é a sua ideia?

— A gente poderia encontrar algo para comer por aqui — ela indica as ruas ao redor — e ir direto para a Broadway, para ter certeza de que não vamos nos desencontrar de novo. Quer dizer, a gente pode tentar mandar uma mensagem para eles, mas só por via das dúvidas... Acho que Kat pode guardar o segredo do meu sumiço, e talvez seu amigo possa fazer o mesmo por você? Não seria por muito tempo.

Meu cérebro leva alguns segundos para acompanhar o raciocínio.

— Certo. Ah, sim, Evan provavelmente pode guardar segredo. Faz sentido.

Não sei se faz sentido mesmo, mas não consigo pensar em nada melhor, e realmente não quero perder o almoço. Se tiver que assistir a uma peça da Broadway de estômago vazio, provavelmente vou assassinar alguém.

— Certo. Então. — Abby olha ao redor. — Será que a gente devia voltar pelo mesmo caminho? Quer dizer, é Nova York, então... provavelmente podemos encontrar alguma coisa para comer, certo?

Dou de ombros.

— Claro.

Mal andamos três quarteirões antes de encontrarmos uma pizzaria.

A loja não tem um nome, até onde posso ver. Apenas um toldo verde com a palavra PIZZA em letras brancas grandes. Uma placa néon na janela diz FATIAS DE PIZZA.

Parece fácil. E barato.

— Que tal aqui? — pergunto.

Abby estica o pescoço para olhar o toldo.

— Pode ser.

A loja é do tamanho do meu closet e está cheia, com todos os clientes aglomerados junto ao balcão em uma das extremidades. Duas mesas minúsculas foram espremidas perto da janela da frente, com duas cadeiras cada, mas claramente não é um lugar com espaço para comer ali.

Os olhos de Abby se arregalam.

— Que cheiro maravilhoso.

Ela não está errada. A loja é quente, barulhenta e com um cheiro intenso de queijo, molho de tomate, sal e algo fritando. Muito melhor do que a Domino's que temos em Springfield.

O lugar está lotado, mas a fila anda rápido. Todo mundo está pegando fatias para viagem, em caixas triangulares de papelão.

Quando chega a nossa vez, o sujeito atrás do balcão nem tira os olhos do bloco de papel em que está rabiscando.

— E aí?

Abby fica na ponta dos pés e ergue a voz:

— Eu gostaria de uma fatia de muçarela, por favor. Para viagem.

O sujeito assente e olha para mim.

— E você?

Eu pigarreio. Meu batimento cardíaco acelera, como sempre, toda vez que faço os cálculos mentais de quão grave devo deixar minha voz para aumentar minhas chances de passabilidade, de um jeito que não pareça falsa nem acabe ficando baixa demais a ponto de as pessoas não conseguirem me ouvir.

— O mesmo para mim, acho.

O cara apenas assente de novo. Ele se vira e pega um cortador de pizza como se nada de anormal tivesse acontecido.

Minha mãe acha as pessoas do nordeste dos Estados Unidos "rudes", uma opinião que ela baseia (até onde sei) em uma viagem a Boston com meu pai antes mesmo de Casey nascer. Mas, sinceramente, se ninguém em Nova York jamais disser algo como "e para a senhorita?", vou considerar os nova-iorquinos as pessoas mais educadas do planeta.

Ser um ninguém é incrível. Nunca consigo ser um ninguém em casa.

O sujeito atrás do balcão desliza duas caixas triangulares em nossa direção. Abby tira dinheiro da carteira. Eu desenterro várias notas dos bolsos. O cara nos entrega nosso troco sem dizer uma palavra, e saímos da loja.

Comer uma fatia de pizza enquanto caminho e seguro uma caixa de papelão é quase tão difícil quanto marchar em formação. Ainda mais com o vento batendo bem na nossa cara. Talvez eu devesse ter sugerido que nos sentássemos em uma das mesinhas em vez de enfrentarmos a calçada.

Mas os outros clientes pediram sua pizza para viagem. Então andar e comer deve ser possível.

— Podemos pegar o mesmo trem A para a Broadway, certo? — pergunta Abby. Há um longo fio de queijo indo da fatia de pizza até a sua boca.

— Acho que sim. — Seguro minha caixa de pizza em uma das mãos e pego o celular com a outra. A bateria já está em cinquenta por cento. Maravilha. — Pela linha A, tem uma estação na 34th Street. Parece perto.

— Bem, se *parece* perto... — Ela me olha de soslaio, o que não é muito ameaçador quando está com queijo pendurado no rosto.

— Hum, você está com uma sujeirinha... — Aponto para meu queixo.

— Ah. — Ela limpa o rosto. Está corada de novo. — Obrigada.

Continuamos andando, mas agora fico sem graça. Sinto que deveria puxar conversa. Dizer algo mais para não deixar o foco da conversa em um comentário sobre o rosto dela estar sujo de queijo.

— Então, hum... quanto tempo durou a viagem de ônibus de vocês? Ou vocês vieram de avião?

Ela me olha de relance. Eu poderia jurar que parece quase surpresa.

— Viemos de ônibus. Foram umas dezenove horas, ou coisa do tipo. Eu acho.

— Uau. Ou, hum... que droga.

Ela ergue as sobrancelhas.

— Quer dizer... — Quando fiquei tão ruim em conversas normais? — Nossa viagem durou umas dez, e eu já estava de saco cheio no fim.

— Aham. — Ela olha para sua fatia de pizza, mexendo na borda. — Acho que foi a viagem mais longa que já fizemos. A minha banda, quer dizer. E eu também.

— Não consigo nem imaginar o que você ficou fazendo por dezenove horas.

As sobrancelhas dela se juntam.

— Passei um tempão pensando que esta viagem seria perfeita e mágica.

Ah, ótimo. De novo essa história. Por uma fração de segundo, fico tentado a gritar com ela de novo, dizendo que *não* foi culpa minha ela ter perdido aquele livro. Ou a apenas desistir, dar meia-volta e sair sozinho, embora eu não saiba para onde iria. Estamos indo na mesma direção, para o mesmo lugar. Dada minha sorte até agora, provavelmente nos encontraríamos de novo daqui a um quarteirão.

Respiro devagar, inspirando pelo nariz e exalando pela boca.

— Desculpe, ok?

Ela estreita os olhos para mim.

— Desculpe por... acidentalmente cair em cima de você, o que não foi minha culpa, mas ainda assim fez você derrubar seu livro e perdê-lo.

Por um segundo, o rosto dela fica inexpressivo. Então, seus lábios se contraem em um sorriso pequeno.

— Obrigada. — O sorriso desaparece, e os ombros dela desabam. — Sei lá. Se não tenho o livro, talvez eu deva desistir de tudo.

— Por quê? — A pergunta sai da minha boca antes de eu perceber que é uma intromissão.

Ela dá de ombros.

— Talvez este seja o verdadeiro sinal do Universo. Passei um tempão preparando o presente perfeito para Kat e em um certo momento hoje de manhã até tive oportunidade de entregar a ela, eu acho, mas estraguei tudo. Não soube o que dizer. — Ela suspira. — E, em vez de me dar outra chance, o Universo me faz perder o trem e manda o livro para sabe-se lá onde, mas agora com certeza não posso dar o presente para Kat. — Ela enfia o último pedaço da borda da pizza na boca com surpreendente violência.

Então ela está dizendo que ficar presa comigo é uma punição do Universo? Uau, como isso me faz sentir especial.

Não seja babaca, Leo.

— Bem, e se o Universo na verdade estiver cuidando de você? — *Não está, porque o Universo é uma merda, mas estou tentando ser legal.* — Talvez a ideia do livro fosse um grande erro, então o Universo se livrou dele para você.

A boca dela está cheia demais para responder, mas Abby não parece convencida.

— O que estou querendo dizer é... talvez o Universo *esteja* te dando uma segunda chance. Dizendo que há uma maneira melhor de fazer isso.

Ela engole e diz:

— Qual?

Dou uma mordida na minha pizza para ganhar tempo.

— Você disse que aquele era seu livro favorito, certo?

— E o favorito de Kat também. Minha amiga.

— Certo. Então... talvez essa ideia seja óbvia demais. Ou, sei lá, não seja singular o suficiente.

Estou forçando a barra, e o rosto de Abby me diz que ela sabe disso.

— E como um livro autografado que eu mesma fiz anotações não é singular o suficiente?

— Não é realmente a *sua* história, é? — A resposta é improvisada, mas sinto que posso estar indo na direção certa. — Tipo, sim, você pode fazer suas anotações, mas isso é só uma maneira de se inserir na história de outra pessoa. — Jogo minha caixa de pizza vazia em uma grande lata de lixo de metal na esquina. — Por que você não pode simplesmente *contar* a ela seus sentimentos?

Abby joga fora sua caixa de pizza após a minha. Paramos, esperando o próximo sinal abrir, e ela fica quieta por alguns instantes.

— Porque não sou assumida. — Ela fala baixo. — Eu nem sei o que sou, grande parte do tempo. Eu... eu queria contar a ela, mas, sei lá, sem *realmente* contar. O livro pareceu... romântico. E menos assustador. — Ela dá de ombros, mas desta vez está desanimada. — O livro é o tipo de história da qual eu quero fazer parte. Quer dizer, a heroína, Clara Jane, sobe até o topo do Empire State Building para encontrar seu verdadeiro amor no fim da história. É piegas e tal, mas... acho que eu queria fazer algo assim. Claro que não podemos ir ao topo do Empire State Building. Não é um dos passeios turísticos que vamos fazer. Mas nós duas amamos o livro, então dar um exemplar de presente, com todas as coisas que escrevi... Isso pareceu o mais próximo que eu poderia chegar de uma cena de amor grandiosa.

Nunca pensei muito em romance. Não que eu tenha algo contra, só não parei para pensar no assunto. Talvez seja porque nunca gostei de ninguém desse jeito. Ou talvez porque, tirando o único beijo com Zuri, Gina não teve nenhum outro evento romântico e Evan está praticamente em um relacionamento exclusivo com sua tuba, então meus amigos e eu não conversamos sobre isso. Muitas outras pessoas na banda ficam, namoram ou se agarram debaixo das arquibancadas durante os jogos de futebol americano. Nós... não.

Talvez eu não tenha *me permitido* pensar no assunto. Porque sei, no fundo, que não há chance de alguém se interessar por mim. O único garoto trans em Springfield? Quem vai se interessar por isso? Se Gina não consegue nem encontrar uma garota para namorar, que esperança eu tenho?

E será que eu gosto de garotas?

Não sei. Acho que sim. Às vezes, acho que também poderia gostar de garotos.

E, às vezes, não consigo distinguir se quero *ser* um cara ou se também quero *ficar* com um cara, e isso é... Aff. É demais para o meu cérebro.

Então, sempre caguei para romances. Ou foi o que disse a mim mesmo.

Mas agora, encarando Abby enquanto ela encara os próprios sapatos, pensando no livro com o qual gastou tanto tempo sendo pisoteado por um monte de gente no metrô...

Bem, talvez seja culpa, mas eu quero que ela tenha aquela cena de amor grandiosa.

Mas, enfim, ela é queer e vem de uma cidade pequena, que nem eu, e um de nós deveria se divertir na viagem.

— Que outros lugares aparecem no livro? — pergunto.

Abby fica confusa.

— Como assim?

— O livro. Seu favorito.

— *Os cem romances de Clara Jane.*

— Isso, esse mesmo. Você disse que se passa em Nova York, certo? Então a última cena é no Empire State Building, mas onde o restante da história se passa?

Ela olha para mim, confusa.

— Em vários lugares, eu acho? Chinatown, Union Square, um café no Brooklyn... embora esse talvez seja inventado. Há uma cena no Grand Central Terminal...

Quantas vezes ela leu esse livro?

— Certo, e se... se não conseguir o livro de volta, talvez você possa encontrar algo que represente cada um desses lugares. Sabe, lembrancinhas de viagem ou algo assim. E então você poderia dar tudo para, hum...

— Kat.

— Isso, Kat. — O sinal abre, e começamos a andar de novo. — Se você encontrasse um suvenir de cada um desses lugares, ainda seria na temática do livro, mas também mais sobre vocês, não? Mais sobre esta viagem. Quer dizer, você poderia ter conseguido o livro em qualquer lugar, mas só vai encontrar lembrancinhas de Nova York em Nova York.

Abby franze a testa.

— É...

— Você ainda teria que falar o que sente, mas dar a ela um suvenir de cada lugar que visitou em homenagem ao livro favorito de vocês parece bem grandioso para mim.

— Sim. — Abby abre um rápido sorriso. — Parece mesmo. — O sorriso desaparece. — Mas não sei como arranjaria tempo para isso. Estamos com a programação lotada para o dia inteiro, e depois temos o ensaio e a passagem de som antes de amanhã...

Mordo o lábio. Pego meu celular para ver a hora. Então chuto o balde e digo:

— Que tal agora?

SETE

QUARTA-FEIRA, 22 DE NOVEMBRO — 12H35

ABBY

ELE ESTÁ FALANDO sério?

Paro de andar. Leo também. Não parece estar brincando. Ele nem está fazendo uma cara — muito — feia. Só fica ali parado, as mãos nos bolsos da jaqueta, olhando para mim.

— Temos que ir para a Broadway — digo. — O teatro. — Porque eu deveria ver *Wicked* com Kat. Porque Kat ama *Wicked*, e eu amo Kat... — Antes que as pessoas percebam que sumimos e a gente se meta em problemas.

Ele dá de ombros.

— Sim, mas as peças só começam às duas, certo? Temos tempo.

Uma hora. Talvez um pouco mais.

— Para onde a gente iria?

— Bem, vamos ver... — Leo digita no celular, franzindo os olhos para a tela. — Que tal Chinatown?

Fico tonta.

— Chinatown?

— Estava no livro, certo? E é bem perto. — Leo segura o celular. — Dez minutos a pé. Aposto que poderíamos chegar em cinco se andarmos rápido. E parece que há várias estações de metrô por lá, então poderíamos pegar o metrô até perto da Broadway, e provavelmente não demoraria muito.

Mordo o lábio.

Deveríamos ir para a Broadway. Para garantir que vamos chegar lá com tempo de sobra, garantir que estamos no lugar certo, garantir que nossas bandas vão conseguir nos encontrar. Esse era o plano.

Mas, se fizermos isso, então estou desistindo. Desistindo da confissão romântica grandiosa, desistindo da fantasia de me declarar para Kat aqui, em Nova York, da maneira mágica que planejei.

Desistindo do Universo.

Mas, enfim, e se Leo estiver certo? E se isso for o Universo me dizendo que eu não deveria desistir?

Meu coração bate forte no peito, e de repente me vejo dizendo:

— Sim. Vamos lá.

Por um segundo, Leo apenas me encara. E então ele sorri — um sorriso de verdade. Largo o suficiente para eu notar que ele tem um pequeno espaço entre os dois dentes da frente.

— Tá bom. Por aqui. — E ele começa a andar na mesma direção que estávamos indo antes.

É meio anticlimático.

— Tem certeza de que é por aqui? — pergunto.

Ele fica irritado.

— Sim, tenho certeza. Eu olhei. — Ele me encara. — Só para constar, eu *sei* ler mapas. Quase sempre.

Viro o rosto para que ele não me veja sorrindo.

Depois de um quarteirão, quando estamos pegando outra rua, Leo olha para o celular de novo. Percebo que está vibrando.

— Desculpe. — Ele balança o celular para mim. — FaceTime. Um segundo. — Mas ele não para de andar. Apenas levanta o celular e atende. — Oi.

— Leonardo Brewer — diz a voz do outro lado da linha. — Você perdeu o tour, e agora estamos no Washington Square Park, e ainda não estou vendo você.

Meu estômago se revira. Um dos acompanhantes do grupo de Leo descobriu. Estamos ferrados. Esta será uma aventura muito curta, porque teremos que ir imediatamente para o Washington Square Park. Ou, pior ainda, eles vão mandar a polícia atrás da gente. A voz no celular de Leo soa muito intensa.

Mas Leo apenas suspira.

— É, eu sei. Nós não chegamos a tempo na Chambers Street e decidimos almoçar e ir direto para a Broadway por via das dúvidas.

— Nós?

Leo inclina o celular na minha direção.

— Evan, está é Abby.

Por um segundo, considero me esconder atrás de um carro estacionado, pois *por que Leo está me mostrando para o acompanhante do grupo dele?*

Só que a pessoa na tela é um cara loiro que não parece mais velho do que a gente. Ele tem cabelo bagunçado e um maxilar quadrado de super-herói, e está me dando um sorriso amigável.

— Oi, Abby. Eu sou o Evan.

Espera aí. Leo mencionou um Evan, não mencionou? Seu amigo.

— Ah... Oi, Evan. — Consigo dar um aceno desajeitado. — Prazer em... conhecê-lo.

— Por falar em conhecer — diz Evan —, como vocês dois se conheceram?

Leo vira o celular para longe de mim e faz uma careta.

— Nós dois pegamos o trem errado.

— Ah, que fortuito! E vejo que você não deixou de levar A Cara junto.

Leo mostra o dedo do meio.

— Você é tão babaca.

Percebo que meu celular está vibrando e o tiro do bolso. É Kat. Fazendo uma ligação por FaceTime comigo.

Droga. O que eu faço? Não posso ignorá-la. Ela deve estar preocupada.

Olho para Leo, mas ele está ocupado sendo ranzinza com Evan, que ri.

Então, respiro fundo e atendo a chamada.

— Oi.

— Abs, cadê você? — A testa de Kat está franzida, e ela está bem perto do celular, como se estivesse preocupada que alguém pudesse ouvir. — Você está bem?

— Estou bem. — Tento deixar o rosto descontraído. Ou o mais descontraído possível, considerando que acabei de perder um livro cheio de confissões das quais Kat não tem conhecimento. — Estou perto da Chambers Street, mais ou menos. Desculpe, sei que perdemos o tour.

— Meu Deus, você precisava ter visto o que Morgan e eu tivemos que inventar antes do passeio pelas estações de metrô. — Kat esfrega os olhos com uma das mãos. — Nós duas apontamos como se você estivesse em algum outro lugar na multidão, mas acreditaram. Ainda bem que você é baixinha. — Ela se inclina de novo para mais perto do celular. — Além disso, a sra. Gunnerson está igual a uma barata tonta. Ela *esqueceu* Amira no banheiro.

— O quê?

— Tipo... ela esqueceu que Amira ainda estava no banheiro e começou a conduzir o restante do grupo até o parque. Tive que lembrar a ela que Amira não estava com a gente. Parece que o sr. Rosinsky teve intoxicação alimentar, então agora todo mundo tem mais coisas para fazer ou algo assim. — Kat suspira. — De qualquer maneira, você está longe? Está chegando?

— Estou tentando. — Não é mentira, pelo menos. Tecnicamente. — Leo e eu, hum, vamos direto para a Broadway e encontramos vocês lá. Pode continuar escondendo que sumi, só até lá? Não vai demorar muito.

Kat hesita, surpresa.

— Quem é Leo?

— Ah. — Inclino meu celular até ele aparecer. — Esse é o Leo. Leo, essa é minha amiga Kat.

Leo desvia os olhos do celular dele.

— Oi, Kat.

— Com quem você está falando? — É a voz de Evan vazando do celular de Leo.

Leo inclina o celular até apontá-lo para o meu.

— Kat, amiga da Abby.

Kat fica confusa.

— Quem são essas pessoas?

— Oi, Kat, amiga da Abby — diz Evan. — Eu sou o Evan.

— Eu acabei pegando o metrô errado com Leo — explico. — Ele está naquela outra banda, que foi no tour das estações de metrô com o nosso grupo. Sabe, a que vimos no hotel ontem? A banda dele também vai ver um espetáculo da Broadway, então achamos que talvez fizesse mais sentido comermos algo e irmos encontrar vocês perto do teatro, para não corrermos o risco de nos perdermos...

— Espera, espera, espera. — Kat vira o rosto, semicerrando os olhos para algum ponto distante. — O Evan está na outra banda também?

— Aham — diz Evan alegremente.

— Acene para mim — pede Kat.

— Estou acenando — diz Evan.

Kat solta uma risada.

— Estou te vendo. — Ela acena para alguém que não consigo ver. — Bom, agora sei quem é Evan. Ele é alto.

— Extremamente — diz Leo, mal-humorado.

— Vocês ainda estão com a outra banda? — pergunto.

— Mais ou menos. — Kat continua sem olhar para mim. — Eles estão do outro lado do parque. Ei, Evan, você conseguiu alguma foto boa daquela estação do City Hall? Todas as minhas saíram escuras demais.

— Acho que consegui uma razoável. — A voz de Evan sai dos alto-falantes do celular de Leo. — Quer que eu te mande? Posso enviar por mensagem.

Por que ela precisa que Evan envie uma foto?

— Aposto que Morgan ou Amira conseguiram uma boa... — digo.

— Sim, seria ótimo! — diz Kat, como se nem tivesse me ouvido. — Eu queria muito uma boa foto para o meu Tumblr. Aquela estação era incrível.

— Leo, a acústica era incrível — diz Evan. — Teria sido um espaço tão legal para uma apresentação...

Kat ainda está olhando em volta, como se estivesse evitando olhar para mim. Ou talvez ela só esteja admirando a vista do parque. Talvez não tenha me ouvido.

Eu queria não ter perdido o tour. Queria ter estado lá para tirar fotos com ela.

Bom, posso não ter mais O Livro, mas vou encontrar as lembrancinhas perfeitas para ela em Chinatown. Estou tendo uma segunda chance e não vou desperdiçá-la.

— Hum, então, você acha que pode continuar me dando cobertura?

Os olhos de Kat finalmente voltam para a tela do celular.

— Posso. — Ela solta um suspiro e dá de ombros. — Acho que sim. Todo mundo está comendo os sanduíches prontos agora... Sinceramente, não acho que a sra. Gunnerson esteja prestando muita atenção.

— Ah. — Não sei se isso faz eu me sentir melhor ou pior.

Kat hesita.

— Quer que eu tente guardar um sanduíche para você?

Por um segundo, fico tentada a dizer sim, mesmo que não esteja com fome. E tenho certeza de que os sanduíches não são nada de especial.

— Não precisa. Eu comi pizza. Então... a gente se vê no teatro?

— Ok. — A imagem fica um pouco pixelada, mas acho que Kat sorri. — A gente se vê daqui a pouco.

A chamada é encerrada.

Guardo o celular de volta no bolso. Meu estômago está todo embrulhado, como estava hoje de manhã no passeio de barco.

Pelo celular de Leo, Evan está dizendo:

— Não vai ser culpa minha se você for vítima do olhar de bibliotecário zangado depois. Mas farei o meu melhor. Preciso ir.

— Certo, tudo bem.

Leo desliga.

— Quem tem um olhar de bibliotecário zangado? — pergunto.

— Nosso acompanhante, sr. Corbin. Ele é, hum, bibliotecário. — Leo pigarreia. — Então essa era sua amiga Kat.

Olho de relance para ele. Acho que está tentando me provocar, porque não pareceu uma pergunta. Não vou cair nessa.

— Então esse era seu amigo Evan.

A boca dele se torce.

— *Touché.*

— E seu nome é Leonardo? — Preciso de algo para me distrair do nó no estômago.

Ele suspira, resignado.

— Não. É Leo. Evan gosta de inventar nomes pretensiosos para mim. — Ele pausa. — Kat parece legal. Ela é... bonita.

Olho para ele. Meu coração dá um salto estranho.

— Desculpe — diz Leo rapidamente. — Talvez isso tenha soado estranho. Será? Não sei.

— Ah... tudo bem.

De repente, acabo me perguntando que tipo de pessoas Leo acha atraente.

Pelo visto, Leo só digitou *Chinatown* no Google Maps e deixou o restante para os algoritmos. Mas, de alguma maneira, dez minutos depois, estamos exatamente onde deveríamos: numa rua estreita, cheia de edifícios de tijolos vermelhos apertados uns contra os outros e toldos das lojas em chinês. Alguns não têm nem tradução sob os caracteres chineses. Há salões de cabeleireiro, salões de manicure, *hot pot*, um supermercado que se estende pela calçada com mesas lotadas de frutas e legumes. Há restaurantes prometendo DIM SUM CHINÊS KOSHER e MACARRÃO VEGANO — e também *pho* vietnamita, comida indiana, sushi, *bubble tea*... há até um restaurante italiano. (A placa deste não está em chinês.)

Mais acima, os edifícios de tijolo vermelho têm escadas de incêndio pretas. Alguns têm lanternas vermelhas redondas penduradas nos corrimões.

Ouço bastante gente falando mandarim, que consigo mais ou menos reconhecer de tanto ouvir Kat falando com a família. Mas nem todos são chineses. Nem todos sequer são da Ásia Oriental. As pessoas carregando sacolas ou empurrando carrinhos abarrotados de compras são brancas, negras, latinas, sul-asiáticas. Ouço francês, espanhol, algo que soa como russo... Não consigo nem começar a reconhecer todas as línguas ao meu redor. E algumas dessas pessoas parecem turistas, pela maneira como andam devagar e olham tudo ao redor, mas outras só estão cuidando de seus afazeres ou buscando comida para o almoço.

O nó no meu estômago desaparece. Estou onde Clara Jane esteve. As lanternas estão aqui, exatamente como o livro disse que estariam. No capítulo quatro, Clara Jane toma *bubble tea* em um de seus encontros — talvez eles até tenham ido àquele lugar ali...

— E agora? — pergunta Leo.

Ah. Verdade. Não posso ficar aqui parada olhando o dia todo. Precisamos ir logo.

— Hum... o que você acha que seria um bom suvenir?

Leo dá de ombros.

— Você que sabe. O que aparece no livro?

Bem, faz sentido. Não é realista esperar que ele ajude muito. Ele não leu o livro. E não conhece Kat.

Mordo o lábio, dando uma volta bem devagar. O lugar é tão iluminado e movimentado. Nem sei por onde começar.

— Talvez a gente só devesse começar a andar e... ver se o Universo nos leva a algum lugar?

Eu me arrependo das palavras assim que saem da minha boca. Olho para Leo, já esperando uma careta ou um revirar de olhos.

Mas Leo não faz isso. Ele só diz:

— Está bem. — E começa a andar.

Caminhamos (rapidamente), deixando para trás o *bubble tea* e uma loja com belos vestidos de seda, passando por uma faixa enorme para a eleição do conselho municipal (em chinês e inglês), contornando sacos de lixo empilhados perto do meio-fio. Quando estou em cima de uma grade de bueiro na calçada, sou atingida por uma rajada de ar quente vinda de baixo, forte o suficiente para tirar meu cabelo do rosto.

De onde veio isso? Do metrô? Dos esgotos?

Tomara que não tenha sido dos esgotos.

Leo continua na frente. Ele não é ridiculamente alto nem nada do tipo, mas suas pernas são mais compridas que as minhas. Tenho que dar o dobro de passos para acompanhá-lo.

Depois da terceira vez que corro para alcançá-lo, digo:

— A gente precisa andar tão rápido assim?

Ele diminui a velocidade, tão de repente que parece que está andando em melado.

— Desculpe.

— Tudo bem, sei que estamos com pressa e eu sou baixinha, mas... preciso guardar alguma energia para o desfile de amanhã. Nosso maestro basicamente tentou enfiar um show de intervalo inteiro em um minuto. — Passamos por uma padaria chinesa com uma placa anunciando *hopia*. Não sei o que é *hopia*, mas o cheiro me dá água na boca. — Vamos tocar um medley natalino de jazz. "Deck the Halls", "Jingle Bells", "Joy to the World"... Se pode ficar mais animado, nós animamos.

— Legal. — Leo está decididamente desanimado.

— E vocês? — Desvio de outra grade de bueiro na calçada. — O que vão tocar?

Agora ele franze a testa.

— "Seventy-Six Trombones". Do filme *Vendedor de ilusões*.

— Ah, sim, tocamos essa no ano passado para os regionais. — Passamos por uma joalheria, uma floricultura, uma placa que diz CANDY BEAUTY SKINCARE. Nada que pareça muito voltado para lembranças de viagem. — Pelo menos vocês não estavam ensaiando músicas de Natal em pleno julho. Foi estranho.

Leo apenas grunhe.

Ok, já chega.

— Qual é o seu problema?

— Nada — murmura ele.

— Então, por que toda vez que digo algo sobre o desfile ou Nova York sua cara fica assim? — Faço a maior careta que consigo.

Ele me olha, irritado.

— Eu já disse, minha família vai implodir amanhã.

Eu tinha me esquecido, mas fico envergonhada demais para admitir.

— O que isso tem a ver com o desfile?

Leo olha para a calçada. Fica calado por tanto tempo que começo a me perguntar se ele não vai responder.

E então diz:

— Meus pais têm dito aos meus parentes que sou apenas uma garota pouco feminina. Todos usam meu nome morto. Então amanhã, graças ao desfile, vão descobrir que sou trans, porque vão assistir à cobertura do noticiário local lá em casa. E o noticiário preparou um minidocumentário, e eu apareço nele. Como... eu mesmo.

Ah.

Quero perguntar o que isso significa. Como é para Leo a família chamá-lo pelo seu nome morto. Como vai ser para eles vê-lo como Leo. Por que o noticiário será uma virada e como Leo se sente em relação a isso.

Quero perguntar se as pessoas falam sobre isso onde ele mora. Quero perguntar se ele se preocupa com a legislação, como eu. Se a legislação já existe lá.

Mas não sei bem o que dizer. O que é muito pessoal e o que é real... demais.

— Seus pais não podem explicar para eles amanhã? Quando virem você na TV?

O olhar de Leo é puro veneno.

— Nossa, muito obrigado, pessoa que ainda nem se assumiu. Nunca tinha pensado nisso. Superfácil. Tranquilo.

Abro a boca para retrucar, mas mordo o lábio. Porque ele está certo.

— Desculpe. Você não me deve uma explicação.

As sobrancelhas de Leo se erguem em surpresa.

— Ah... não. Quer dizer, é. Ou... — Ele desvia o olhar de novo, de volta para a calçada. Sua respiração forma nuvens na frente do rosto. — Meus pais acham que ninguém mais na família está pronto, seja lá o que isso signifique.

Tipo, eles entendem, mas meus parentes não, então os dois meio que se recusam a contar.

Tento imaginar a situação: me assumir para meus pais e eles responderem: "Legal, você é gay, não conte a ninguém."

Eu não sei o que faria.

— Que droga.

Sei que não é suficiente, mas talvez nada seja. Nada do que eu diga vai realmente consertar a situação. Nem saberia como tentar. Nunca conheci alguém que eu soubesse ser queer, que dirá trans. Não sei o que dizer sobre isso tudo.

Leo dá de ombros, mas parece meio desanimado.

— Talvez eu devesse ficar grato por meus pais me entenderem.

Parece uma frase ensaiada. Algo a dizer, embora ele não acredite de verdade.

— Pelo visto, se não contam para ninguém, eles não entendem. Não *te* entendem, quero dizer — respondo.

Ele franze a testa para a calçada.

— Poderia ser pior.

Sei que é verdade. Quer dizer, apesar de todas as postagens positivas de "eu me assumi, e meus pais aceitaram superbem" que vi nas redes sociais, também li relatos horríveis. Não acho que meus pais seriam horríveis. Tenho quase certeza de que não seriam, na verdade. Talvez levassem um tempo para se acostumar, mas acho que ficaria tudo bem. Acho que meu irmão mais velho também.

No entanto... ainda há aquele *mas*. Aquela vozinha aterrorizada no fundo da mente. Só de saber que essas coisas horríveis acontecem com outras pessoas... É difícil não deixar isso se alastrar dentro de você, minando cada uma das suas esperanças até as expectativas irem baixando mais e mais.

Até chegarmos aqui. Sentindo que deveríamos ser gratos de qualquer maneira.

— Foi por isso que sua irmã ligou? — pergunto.

Leo solta o ar com um grunhido.

— Ela acha que eu mesmo deveria contar para toda a família.

Faço uma careta, desta vez sincera.

— Ah. Uau.

Ele dá de ombros.

— Ela não acha que eu me assumir para eles deveria ser grandes coisas, porque não foi grandes coisas quando me assumi para ela. Minha identidade é só minha identidade, então por que deveria ser grandes coisas para alguém?

— Mas… *é* grandes coisas para você. Não é?

— Sim. Não. Não sei. Não sei o que deveria ser.

— Deveria ser alguma coisa?

Ele me olha. Está franzindo a testa de novo e parece mais… confuso.

— O que eu quero dizer é que… — Engulo em seco. *O que* eu quero dizer? — Eu entenderia como uma grande coisa que ao mesmo tempo não é uma grande coisa. Ou ter a sensação de que deveria ser, mas você não quer que seja. Ou algo do tipo. Desculpe. — Eu balanço a cabeça. — Isso não faz o menor sentido.

— Não, faz… — A voz dele está baixa. Quase um murmúrio. — Faz sentido. — Ele desvia o olhar para as lojas pelas quais estamos passando. Então diz, um pouco mais alto: — Já viu alguma coisa?

— Hum… — Olho ao redor, tentando me concentrar. — Que tal aquela ali?

Aponto para o que parece ser uma loja de presentes bem turística, cheia de bugigangas, com camisetas EU ♥ NOVA YORK penduradas em cabides sob o toldo. Kat com certeza não gostaria de uma camiseta básica de EU ♥ NOVA YORK, mas é o primeiro lugar de suvenires que vejo.

— Pode ser — diz Leo.

De perto, a vitrine da loja está ainda mais abarrotada. Expositores giratórios de óculos de sol e cartões-postais, caixotes de chinelos (em novembro?), prateleiras de copinhos de shot e globos de neve minúsculos, cestos de ímãs e capas de celular. Cada centímetro quadrado do espaço da loja foi preenchido com coisas que têm Nova York estampado em algum lugar.

Passo os dedos por um monte de chaveiros, fazendo-os chocalhar como enormes sinos de vento. Não há como olhar para eles e ver qualquer outra coisa além de um suvenir de New York City. Mas não parecem adequados. Não são a cara de *Kat*. Os ímãs também não.

Nada ali parece empolgante o suficiente. Nada parece mágico.

— Ei, que tal esses aqui?

Eu me viro. Leo está parado atrás de mim, o rosto perfeitamente neutro, usando óculos de sol rosa em formato de coração.

Começo a rir. É uma mudança tão brusca de tudo o que estávamos discutindo cinco minutos atrás, e talvez nem seja tão engraçado. Talvez a gente só precise de uma pausa.

Leo fica ofendido.

— Ora, *eu* acho que fiquei bonito.

Tento parar de rir e manter o rosto sério, mas nunca fui muito boa nisso.

— Desculpe, você *ficou* bonito. O mais bonito do mundo.

— Obrigado. — Leo tira os óculos de sol. — Estes são perfeitos. É só entregar a ela e dizer... — Ele coloca a mão no peito. — "Aqui estão dois corações, lado a lado, assim como nossos corações, batendo apenas um pelo outro."

Ele está brincando comigo?

— O quê?

— É, você está certa. Precisamos de outra coisa. — Ele se vira, mexe no expositor de óculos de sol e se vira outra vez, usando um novo par, agora com lentes redondas amarelas. — "Você é meu sol, e eu sou o seu, e somos dois sóis que também gostam do mesmo livro."

Mas não parece ser dito com maldade. Ele nem está franzindo a testa.

— Isso nem faz sentido, mas você claramente deveria trabalhar escrevendo cartões.

Leo troca de óculos de sol de novo. O terceiro par nem tem lentes, apenas listras horizontais brancas de plástico.

— "Sem seu amor, eu vivo em uma prisão" — diz ele.

Mordo o lábio para não rir.

— Como isso sequer funciona?

Leo faz uma careta.

— É como olhar através de persianas.

Reviro os olhos.

— Certo, vamos indo. Não vou dar persianas de rosto para Kat.

Leo tira os óculos de sol, e nossos olhares se encontram por um segundo, antes de ele virar o rosto. Os olhos dele têm traços de verde.

— Tudo bem. — Leo quase sorri. Quase. — Vamos lá.

Ele guarda os óculos no lugar, e saímos, voltando à calçada.

No quarteirão seguinte, vejo uma placa escrita à mão na vitrine de uma loja: TECIDOS, BOTÕES, MATERIAIS DE COSTURA. Não consigo ler os caracteres chineses maiores no toldo, mas não importa.

— É isso. — Cutuco o braço de Leo para chamar sua atenção. — Kat costura. Ela faz os próprios vestidos.

Leo acena com a cabeça.

— Parece bom.

A loja é estreita, espremida entre um salão de manicure e uma pequena farmácia. Um sino toca quando abro a porta. Lá dentro, está quente e com cheiro de mofo, com rolos de tecido empilhados em prateleiras até o teto. A maior parte do balcão próximo ao caixa é ocupada por expositores de botões, tesouras e carretéis de linha.

Não é um lugar sofisticado, mas *uau*. Kat adoraria. Parece saído de OCRdCJ. Consigo imaginar Clara Jane entrando, esbarrando em algum estranho bonitão no corredor estreito...

— Olá! — Uma cortina no fim do corredor se move, e uma mulher asiática de meia-idade com óculos grandes e redondos aparece. Ela está usando chinelos de pelúcia. — Vamos fechar daqui a pouco.

— Ah, desculpa! — Automaticamente, dou um passo para trás e esbarro em Leo. Ele solta um *upft* baixinho. — Eu só estava procurando um presente para minha amiga...

Ela gesticula para que eu me aproxime.

— Não tem problema! Na véspera de Ação de Graças, sempre fechamos mais cedo. Mas posso ficar uns minutinhos a mais. Está procurando algo em especial?

— Hum... — De alguma maneira, sinto que a maioria das pessoas não entra em lojas de costura e diz: "Sim, estou procurando um suvenir para me declarar para minha melhor amiga." A maioria das pessoas nem deve ir a lojas de costura atrás de suvenires, para início de conversa. — Podemos dar uma olhada na loja?

A mulher acena com a mão.

— Sim, claro. Me avise se precisar de ajuda.

Ela desaparece atrás da cortina de novo.

Leo olha para mim, as sobrancelhas erguidas.

— E aí, estamos procurando um tecido ou...

— Não sei. Talvez? — Começo a andar pelo corredor. Leo me segue.

Eu já fui à loja de costura em Westvale com Kat várias vezes. Três senhoras idosas trabalham lá vendendo muitos tecidos que ela chama de "estampas de vovó". Em defesa da loja, as clientes em geral são avós e a maioria parece fazer colchas.

Mas os tecidos nesta loja são modernos e bonitos. Sedas e algodões. Lisos e estampados. Bolinhas vintage, listras nítidas, flores escuras e exuberantes que parecem chiques em vez de transmitirem um ar de toalha de mesa.

É tudo como no Pinterest de Kat. Consigo imaginá-la criando vestidos com cada tecido desta loja.

Mas não posso comprar tecido para ela. Não faço ideia de quanto precisaria e não posso passar o dia todo carregando um monte de tecido.

Então, volto para o balcão enquanto Leo contempla os rolos de fitas coloridas e começo a girar os expositores. Linha é algo bobo demais. Ela não precisa de um dedal. Ou tesouras. Nenhum dos objetos parece um suvenir.

E então meus olhos se fixam em um botão em um saquinho de plástico minúsculo. Está pendurado em um expositor cheio de botões, mas atrai a minha atenção porque tem formato de porco.

Um porco rosa fofinho.

Sinto um frio na barriga.

— Ei, Leo?

— Oi?

Tiro o pequeno saquinho do gancho e me viro, mostrando-o.

— Que tal isto aqui?

Ele deixa a fita de lado e se aproxima para franzir a testa para o botão.

— Kat gosta de porcos? — pergunta.

— Ela nasceu no Ano do Porco. Ou... do Javali. Ela disse que depende da tradução. Ela tem um porco de pelúcia desde que era bebê. Na verdade... — O calor sobe pelo meu pescoço. — Eu parei de comer bacon porque Kat acha os porcos muito fofinhos. Não que eu comesse muito bacon antes disso...

O canto da boca de Leo se curva para cima.

— Um botão é uma boa. Ela poderia usar em algum projeto de costura.

— Isso. Exatamente. — O frio na barriga fica mais intenso. *Eu encontrei um* suvenir. E, sim, é só um botão. Mas é um começo.

Toco o sino de prata ao lado da caixa registradora.

— Já vai! — A dona reaparece de trás da cortina e se aproxima do caixa. — Encontrou tudo o que precisava?

— Sim. — Deslizo o botão pelo balcão. — Só isso, por favor.

A mulher ergue os olhos para mim. Ah, não. Ela vai me perguntar por que manteve a loja aberta para eu poder comprar um mísero botão.

Mas ela ajusta os óculos e registra a compra no caixa.

— Dois e dez, por favor.

Pego minha carteira na mochila e entrego a ela alguns dólares. Ela me dá o troco e coloca o botão em um saquinho de papel, carimbado com uma agulha e linha em tinta roxa. É meio desnecessário, mas legal.

Guardo o saco de papel na mochila.

— Obrigada. Feliz Dia de Ação de Graças.

Ela assente e acena para nós, e eu saio da loja com Leo logo atrás. O sino tilinta de novo.

Assim que saímos para a calçada, a mulher vira a placa na porta para FECHADO.

— Uau. — Leo ergue as sobrancelhas. — Acho que chegamos na hora certa.

— É. — Minha pele formiga. — Parece que sim.

E então meu celular vibra.

OITO

QUARTA-FEIRA, 22 DE NOVEMBRO — 13H37

LEO

ABBY PEGA O celular, e seus olhos se arregalam.

— Ai, merda.

— O que foi?

— É a Kat. Nós perdemos a noção do tempo…

Ela está digitando freneticamente.

Pego o meu celular. Recebi uma mensagem também. Cinco minutos atrás.

EVAN

porra cadê você

Droga. Eu poderia jurar que não tínhamos demorado muito. Como o tempo passou tão rápido?

Abro o Google Maps. A peça começa às duas. E é… onde mesmo?

— A gente devia ir, certo? — Abby ainda está digitando. Sua voz tem um tom de pânico. — Quer dizer, eles devem deixar as pessoas entrarem mesmo atrasadas…

Encontro o teatro para onde — tenho 75% de certeza — devo ir e tento descobrir como chegar lá. São vinte e cinco minutos no metrô. No mínimo. Com certeza não vamos chegar a tempo.

Meu celular vibra. Aquela vibração contínua do FaceTime.

Atendo com o melhor sorriso inocente que consigo forçar.

— Oi, Evan.

Evan não costuma ficar emburrado. Em geral, ele é insistentemente alegre. Mas meu amigo está com a cara amarrada agora, o que faz sua mandíbula parecer ainda mais delineada. É como receber um olhar reprovador do Thor.

— Onde você está?

— Ah... Chinatown.

— *Chinatown*?

— Perdemos a noção do tempo. Um pouco.

— Leopold, estou segurando o seu ingresso, que só consegui porque convenci o sr. Corbin de que você estava no banheiro.

Eu sempre soube que Evan era o pai da banda marcial, mas sua Voz Decepcionada me deixa muito culpado.

— Não foi de propósito! — Olho em volta, rezando para que haja uma estação de metrô no nosso quarteirão. Não há. Claro. — Olha, podemos pegar o metrô agora, mas não vamos chegar antes de o espetáculo começar.

Evan solta um suspiro pesado.

— Eu poderia dizer ao sr. Corbin que você está com uma diarreia braba...

— *Evan*.

— ... e que alguém precisa ficar para trás e esperar com seu ingresso, mas ele não vai ficar muito feliz quando você chegar pela porta da frente. Algo me diz que ele não vai acreditar que você foi ao banheiro no outro prédio por causa da sua diarreia braba.

— Você pode *parar* de dizer *diarreia*?

Abby tira os olhos do próprio celular.

— Talvez a gente devesse contar aos nossos acompanhantes. Eles vão acabar descobrindo de qualquer maneira.

Solto um gemido de desagrado. Acho que ela tem razão. O sr. Corbin vai descobrir que não estou no banheiro, e a acompanhante da Abby vai descobrir que ela não está onde Kat disse que estaria. A única coisa que teremos conseguido é nos perder, perder o livro dela, estragar os planos dela e encontrar um único botão em formato de porco...

E *porra*. Por que eu me importo? Por que sugeri essa confissão grandiosa de amor? Não acredito no Universo. Tudo o que ele fez até agora foi me ferrar.

Mas eu me importo. Seja porque é uma distração, ou porque ainda me sinto culpado, ou porque por algum motivo decidi tentar fazê-la rir colocando aqueles óculos de sol, e aí ela riu, e pela primeira vez hoje eu me esqueci de amanhã.

Talvez seja só porque, se o plano maluco de Abby realmente tiver um final feliz, eu me sinta menos fadado ao fracasso. Ou talvez eu esteja decidido a ser teimoso. Não sei.

— Evan — digo —, daqui a pouquinho eu te mando uma mensagem. — E encerro a chamada bem quando ele está abrindo a boca para protestar. Eu me viro para Abby. — Nós vamos perder o início dos espetáculos.

Ela hesita por um instante, confusa.

— É, eu sei.

— Se formos agora, alguém vai ter que ficar esperando com os nossos ingressos, o que significa que vamos ser descobertos.

— É, eu *sei*.

— Então... — Engulo em seco. — E se não assistíssemos aos espetáculos da Broadway?

— Não... O quê?

— Não assistíssemos às peças. Tudo o que você tem é um botão. Se deixarmos de ver os espetáculos, teríamos, não sei, mais duas ou três horas, certo? Podemos visitar os outros lugares do livro que você mencionou. A gente pode *realmente* conseguir encontrar um suvenir para Kat de cada lugar. Planejar sua cena grandiosa. — Meu coração dispara. É uma loucura. — Se Evan puder me acobertar e Kat puder fazer o mesmo por você, então podemos nos encontrar com eles depois que os espetáculos terminarem e ninguém vai ficar sabendo.

Abby está boquiaberta. Ela fica me olhando chocada por vários segundos antes de finalmente conseguir dizer:

— Como Evan e Kat nos acobertariam? Temos ingressos. Os acompanhantes têm listas. Se houver um assento vazio no auditório, literalmente, eles vão reparar.

— Eu... tenho uma ideia. — (Uma ideia maluca.) — Você acha que Kat continuaria acobertando você?

Abby morde o lábio. Olha para o celular de novo. Um polegar paira sobre a tela, como se estivesse tentando decidir se deveria mandar uma mensagem para Kat. Dizer que perdi a cabeça e que ela vai me deixar para trás agora mesmo.

— Sim — diz Abby. — Acho que sim.

Olho para meu celular de novo.

— Qual é o seu número? E o de Kat? Devíamos criar um grupo.

Na minha imaginação, os próximos vários minutos se desenrolam assim:

Evan, com o rosto expressando cuidadosamente uma preocupação desconfortável (que é como a cara dele quase sempre fica enquanto esvazia as válvulas da tuba), informa ao sr. Corbin que me entregou meu ingresso, mas que ainda estou no banheiro.

O sr. Corbin se oferece para ir ver como estou, faz uma pausa, parece ainda mais desconfortável que Evan e pergunta se a sra. Waggoner deveria ir conferir como estou em vez dele.

Evan, agora muitíssimo ofendido, se empertiga, ficando o mais alto possível, e diz em uma voz rabugenta que talvez ninguém devesse ir ver como estou e apenas confiar que vou conseguir me orientar no teatro, pois tenho quase dezessete anos. E também porque ele já me disse para encontrar um funcionário para me conduzir ao meu assento quando houvesse uma pausa.

O sr. Corbin escolhe o caminho mais fácil e admite que, na verdade, esse é um plano satisfatório. Porque a única alternativa é lidar com a Dificuldade Logística, e isso é a última coisa de que ele precisa agora. Em qual banheiro está a Dificuldade Logística, inclusive? Ninguém quer saber.

Enquanto isso, Kat informa à sua acompanhante que Abby não se sentiu muito bem e também está no banheiro. A acompanhante de Kat também pergunta se deveria ir ver como Abby está, mas Kat gentilmente informa que está tudo bem, pois já pediu a *outra* acompanhante para dar uma olhada em Abby.

Se tudo até este ponto correr conforme o planejado, Evan e Kat estarão no teatro, recrutando ajudantes. Abby me garantiu que suas outras amigas, Morgan e Amira, participariam do plano, e eu sei que posso contar com Gina, já que ela está sempre disposta a desafiar qualquer figura de autoridade, só por princípio.

Além disso, quando se é parte da banda marcial, você e seus colegas trabalham juntos. Isso é martelado na nossa cabeça em cada ensaio.

Espero que se aplique fora dos ensaios também. Porque, para o plano dar certo, precisamos de uma espécie de corrente de troca de assentos. Quantas forem necessárias até que os assentos livres que deveriam ser nossos fiquem o mais longe possível de qualquer acompanhante.

E então, com o auxílio de algumas distrações oportunas pouco antes do espetáculo, Kat e Evan vão montar — usando mochilas enfiadas dentro de moletons e moletons enfiados dentro de jaquetas da banda — um falso eu e uma falsa Abby para colocarem em nossos assentos.

Depois, vamos torcer para os acompanhantes estarem cansados. Cansados demais e longe demais para olharem com muita atenção os assentos no teatro escuro. Gratos demais pela chance de se sentarem e relaxarem por três horas.

Dado quão sobrecarregado o sr. Corbin estava mais cedo, mesmo antes de eu me perder, parece plausível. Ainda mais porque Abby disse que sua banda está com um acompanhante a menos, graças à intoxicação alimentar.

Então, Abby e eu agora estamos parados sem jeito em uma esquina, olhando para nossos celulares. Esperando para descobrir se deu certo na vida real.

Talvez devêssemos ter ido para o metrô, só por via das dúvidas. Abby olhou para mim de relance algumas vezes, e me perguntei se ela queria sugerir isso. Se estava esperando que eu sugerisse.

Mas nenhum de nós disse nada. Então, aqui estamos. Abby está mordiscando o lábio, e eu estou roendo as unhas, balançando a perna, batendo meu calcanhar contra o asfalto.

Esta é uma péssima ideia. Um completo absurdo.

Estamos prestes a ser pegos. Não consigo nem imaginar o que minha família vai dizer quando a escola ligar para eles. Olhando pelo lado positivo, pode ser uma distração agradável do Transpocalipse que está por vir.

Pelo lado negativo, eu com certeza ficarei de castigo por meses.

Abby abre a boca, e estou convencido de que ela finalmente vai falar. Vai falar que a gente devia desistir agora, pegar o metrô e enfrentar o que quer que esteja nos esperando...

E então nossos celulares vibram. Em perfeita sincronia. Uma mensagem no novo grupo.

EVAN

Gente, acho que funcionou

Cinco segundos depois, uma mensagem de Kat:

KAT

Morgan acabou de fingir um escândalo com a condição de que Amira filmasse para o TikTok

EVAN

Legal! Funcionou?

KAT

Digam olá pra Abby falsa

Ela incluiu uma selfie meio escura em que aponta para uma jaqueta colegial cheia de tralhas por dentro. Em cima da jaqueta está a bolsa de alguém, com um gorro grosso de inverno.

EVAN

Nada mal para uma Abby falsa, aqui está o falso Leo

Ele manda uma foto de um moletom por cima de uma mochila, com outro moletom enfiado no capuz para simular uma cabeça. No assento ao lado está Gina, com uma cara séria e fazendo um joinha.

KAT

Uau, somos artistas

Funcionou.

Este é um grupo de mensagens muito estranho. Mas funcionou.

ABBY

Obrigada!! Vocês são os melhores

Olho para ela. Abby está olhando de volta para mim. Um sorriso aos poucos se forma no rosto dela.

— Eles conseguiram — diz Abby.

— É. — Meu coração está acelerado.

KAT

Vai começar

EVAN

Boa sorte, a gente se vê depois!

Abby solta a respiração, lenta e hesitante.

— Então... temos mais tempo.

Temos horas. Horas, só nós dois.

— Para onde agora? — pergunto. — Que outro lugar está no livro?

Abby olha para o celular, abrindo um mapa. Ela fica quieta por tanto tempo que me pergunto se está com dúvidas.

Mas então ela sorri.

— Vamos para a Union Square.

NOVE

QUARTA-FEIRA, 22 DE NOVEMBRO – 14H01

ABBY

– CERTO – DIZ LEO. As palavras *Union Square* claramente não significam nada para ele. — Onde isso fica?

— Aqui pertinho. — Levanto o celular, torcendo para minha mão não tremer. Eu me sinto quase tonta. — Fica a quinze minutos de metrô. É um pouco mais para cima... tipo, para cima no mapa.

Leo franze a testa.

— Nunca ouvi falar da Union Square.

— É para onde Clara Jane vai depois de Chinatown. Para de franzir a testa.

— Eu não estou franzindo a testa — diz ele, ainda franzindo a testa.

Reviro os olhos, mas estou com um sorriso no rosto quando volto a olhar o mapa no celular.

— Ainda devemos ter um pouco de saldo no cartão, certo? Nossas bandas foram de metrô para as peças da Broadway...

— Sim. Acho que sim.

— Certo. Então devemos conseguir chegar até a Union Square e, depois, temos mais uma viagem, já que não usamos o crédito que seria para o passeio pelo metrô em si. Então, devemos conseguir voltar ao teatro, se não der para irmos a pé.

Ele hesita, totalmente perdido.

— Hum. Ótimo. Bom plano.

Não consigo deixar de sorrir.

— Você disse que toca tambor?

— É. — Agora ele está desconfiado. — E daí?

Eu aceno, muito sagaz.

— Isso explica tudo — digo.

Ele me olha, confuso.

— Explica o quê?

— O motivo de você não saber planejar.

Ele me olha de cara feia.

— Em primeiro lugar, acabei de planejar um monte de coisas, lembra? E, em segundo, o que você toca?

Tenho a sensação desagradável de que caí numa armadilha.

— Clarinete...

Leo bufa com desdém.

— Bem, isso explica tudo.

— O quê?

— O motivo de você ser uma grande nerd.

— Ah, sério? Esse é o melhor insulto em que conseguiu pensar? Você sabe que nós dois somos nerds de banda, certo?

Por alguns segundos, Leo apenas fica ali parado. Quase consigo ver as engrenagens girando em sua cabeça enquanto tenta formular uma resposta. No fim, ele dá de ombros.

— Verdade.

Ele começa a caminhar.

— Na verdade, nós vamos para este lado.

Tento manter uma expressão séria e aponto para trás, na direção que meu celular diz ser a Canal Street.

Leo dá meia-volta sem dizer uma palavra e passa por mim, indo na outra direção.

A estação da Canal Street tem os mesmos corredores de azulejos de todas as outras que vi até agora, mas é muito mais confusa. Túneis se dividem em várias direções, alguns descendo, outros subindo, e o lugar todo treme — por causa dos trens chegando e saindo de plataformas que não consigo ver. É um labirinto.

Seguimos as placas até o trem 6. O trem 6 para o norte, em direção a Pelham Bay Park, porque não vou me confundir com *isso* de novo. Chegamos à plataforma no instante em que o túnel é iluminado, e um momento depois o trem aparece rugindo, lançando uma rajada de vento quente em nossos rostos. É uma sincronia tão perfeita que fico arrepiada.

São quatro estações até a Union Square. Fico ao lado de Leo, ambos segurando a barra no meio do vagão. Não consigo parar de me mexer nem consigo pensar em algo para puxar conversa. Estamos a caminho, e de repente estou toda nervosa.

Pego meu celular para olhar o mapa e a hora, e de alguma maneira acabo nas mensagens.

KAT

Tem certeza de que não quer tentar entrar escondida atrasada??

É a última mensagem que ela mandou na nossa conversa, antes de Leo fazer o grupo para explicar o plano absurdo.

Eu não respondi. Não consegui pensar no que dizer na hora. Passei a falar no grupo em vez disso.

Meus polegares pairam sobre o teclado. A peça já começou, mas ela deixa o celular no silencioso...

EU

Desculpa por perder a peça. Obrigada por guardar segredo por mim. Mais tarde eu explico!

Guardo o celular de volta no bolso. Sinto uma pontada de culpa — Kat estava tão empolgada para ver *Wicked*. Mas ela está vendo, ainda vai assistir a um espetáculo da Broadway, mesmo que eu não esteja com ela. Vai poder me contar tudo depois.

E a verdade é...

A verdade é que me sinto exatamente como Clara Jane no capítulo vinte e um. *Eufórica e esperançosa, e no lugar certo.*

Eu me viro para Leo. Ele está tamborilando os dedos na barra do metrô, tocando uma música, o olhar passando pelo vagão do trem.

Uma ondinha de calor sobe pelo meu peito. Ele está tão inquieto quanto eu.

A estação da Union Square também é chamada de *14th Street*, porque, ao que parece, Nova York não é confusa o suficiente. Pelo menos a estação não é um labirinto feito a Canal Street, então Leo e eu encontramos a saída com facilidade. Subimos a escada, passamos pelas roletas, subimos mais degraus até a rua...

E entramos na Christmas Central.

Não sei o que estava esperando — não há muitos detalhes na descrição da Union Square em QCRdCJ —, mas não eram fileiras e mais fileiras de tendas com listras vermelhas e brancas, decoradas com guirlandas de folhas falsas e laços vermelhos. Há pisca-piscas pendurados entre as tendas, que estão abarrotadas. Velas, enfeites de Natal, vasinhos com plantas, pilhas de chocolates, chapéus tricotados... Vejo até fantoches de meia. E o lugar todo está cheirando a açúcar, canela e nozes assadas. O que é maravilhoso e também estranhamente específico. Sério que estão assando nozes em algum lugar aqui perto?

Acima das tendas há uma faixa que diz MERCADO DE NATAL DA UNION SQUARE.

— O que — diz Leo — é isso?

Ele está olhando para as tendas como se tivéssemos saído do metrô para um planeta alienígena. Não consigo deixar de sorrir.

— Seu pior pesadelo. Felicidade e magia.

Leo geme.

— Eu não odeio felicidade, está bem?

Eu agarro a manga dele.

— Aham, claro. Vamos lá.

Ele suspira, mas me deixa puxá-lo para o labirinto de tendas.

O mercado de Natal é brilhante, colorido e movimentado de um jeito confortável. Pessoas suficientes para que seja animado e vivo, mas não a ponto de ficarem esbarrando na gente.

Então... não *preciso* ficar segurando Leo. Mas há tantas coisas que quero olhar, e não quero me enfiar na multidão sem ele, então me agarro à sua manga e o puxo para uma barraca que vende chocolates do tamanho de bolas de pingue-pongue. E então eu o puxo até outra com pingentes de flores prensadas em vidro. E, quando olhamos uma barraca incrivelmente colorida de lanternas pintadas e apanhadores de sol brilhantes, meu braço está enlaçado com o de Leo, e é mais fácil continuar assim.

De qualquer maneira, ele não parece se importar.

Assim como não pareceu se importar quando contei sobre a vez que tentei prensar flores e elas ficaram todas mofadas, enquanto estávamos olhando os pingentes de vidro. Ou quando falei sobre A Catástrofe das Gotas de Chocolate no nosso café da manhã beneficente, enquanto examinávamos os chocolates gigantes. (Era uma vez um saco de dois quilos de gotas de chocolate. Ele não era muito resistente.)

Toda vez que começo a ficar preocupada achando que estou falando demais, Leo faz um comentário. Concordando comigo. Ou uma piada me provocando (mas de um jeito gentil) sobre o que acabei de contar. O tipo de comentário que significa que ele está realmente me ouvindo; o tipo de comentário que mostra que não está entediado.

Ele é bem diferente do babaca que pensei que fosse algumas horas atrás.

Depois de um tempo, Leo e eu percorremos uma fileira de tendas inteira e saímos do outro lado, no restante da Union Square, que... não é tão magnífica quanto imaginei. É uma praça bonita, mas é basicamente um parque pavimentado, com árvores nuas em ilhas de grama que está começando a ficar marrom, cercadas por bancos de ferro pretos. Imagino que provavelmente fique mais bonita no verão, quando tudo está verde e as árvores têm folhas.

Claramente, não é o tipo de lugar que tem uma lojinha de presentes.

— Poderíamos procurar uma bolota de carvalho — sugere Leo. — Talvez uma folha de grama.

Eu dou uma bufadinha.

— Aham. Com certeza não temos essas coisas no Missouri.

— Um pouco de terra?

Reviro os olhos.

— É, você tem razão. — Leo assente, sério. — A terra de Nova York vai acabar sendo desnecessariamente pretensiosa.

De alguma maneira, consigo manter uma expressão séria.

— Então, será que a gente devia voltar e olhar mais algumas barracas?

— O único jeito de eu aguentar todos aqueles troços brilhantes é se eu também tomar um chocolate quente — diz Leo.

— Tudo bem. Acho que é justo.

Voltamos para as fileiras de barracas, parando primeiro em uma que vende castanhas assadas, sidra de maçã aquecida e chocolate quente. O cheiro é tão bom que também não consigo resistir, então Leo e eu pegamos chocolate quente em copinhos de papel e um saquinho de castanhas para dividir. É meio caro: seis dólares por copo, mais quatro dólares pelas castanhas. O refeitório em Westvale vende chocolate quente por menos de três dólares. Mas pelo menos a barraca aceita cartão, o que significa que posso usar o cartão de débito que consegui depois de trabalhar no Sundae Fun Day.

Leo paga pelo chocolate quente com uma nota de dez dólares amassada que tira do bolso e, em seguida, estende dois dólares para mim quando recebe o troco.

Estou segurando chocolate quente e castanhas. Não tenho uma mão livre.

— Posso pagar, se quiser. — Eu balanço a sacolinha.

— Não. — Com cuidado, ele enfia as notas amassadas no bolso da minha jaqueta.

Não podemos andar de braços dados quando seguramos nossos chocolates quentes, passando o saquinho de castanhas de um para o outro para quem estiver com a mão livre poder comer um pouco. Poderia ser constrangedor, os dois tentando segurar o saquinho enquanto o outro pega um punhado. Mas, em vez disso, me faz rir. Até Leo sorri.

E, de qualquer maneira, vale a pena. O chocolate quente é delicioso, e as castanhas estão quentes, grudentas e doces.

Temos que lamber os dedos quando terminamos, tentando nos livrar da sensação pegajosa.

— Eu não pensei nisso — diz Leo, franzindo a testa e esfregando os dedos.

— Talvez a gente encontre guardanapos em algum lugar. — Mas algo atrai minha atenção, e de repente fico distraída. — Ei, que tal isso?

Leo me segue até uma barraca que vende centenas de enfeites de Natal em uma confusão giratória de ouro e prata, vermelho e verde, glitter e cristais.

— Não estou vendo guardanapo...

— Não, eu quis dizer... um suvenir. Olha. — Eu o puxo para debaixo da barraca, em direção ao enfeite que avistei. — Não é bem a cara da Union Square, mas Kat toca flauta...

Com todo o cuidado, levanto o pequeno ornamento de flauta prateada e mostro para ele. É delicado e bonito, inclusive com um buraquinho para a boquilha e uma reprodução perfeita de todas as chaves.

Leo se inclina e estreita os olhos.

— É. É bem bonito.

De repente, ele está perto, estudando o enfeite pendurado em meu dedo, o rosto na altura do meu. Eu poderia contar as sardas no nariz dele.

Leo encontra meu olhar atrás do enfeite e sorri. Um sorriso de verdade. Os brilhos e cristais ao nosso redor dançam nos olhos dele.

E, por um segundo, perco o fôlego. Sinto um aperto nos pulmões, como se tivessem esquecido como se expandir.

Olho de volta para o enfeite rapidamente.

— Sim. Eu... eu vou levar. — Coloco o enfeite na palma da mão e me viro para entrar na fila do caixa, pegando minha carteira.

Pelo menos meus pulmões voltaram a funcionar, embora o sorriso de Leo ainda não tenha saído da minha cabeça.

A mulher atrás do caixa embrulha o enfeite em outro saquinho de papel, que eu guardo em um bolso interno da mochila, ao lado do botão. Eu me viro para os ganchos de enfeites, onde deixei Leo.

Ele sumiu.

Droga. Como eu o perdi? Ou ele me perdeu? Será que na verdade eu o estava irritando com o meu falatório e ele decidiu me abandonar?

Dou uma volta, ficando na ponta dos pés, tentando ver atrás dos outros clientes.

E lá está Leo. Esperando por mim do lado de fora, estreitando os olhos para o céu nublado.

Ah, graças a Deus.

— Ei — diz ele, quando saio da barraca. — Tenho uma má notícia.

Ai, não. Os acompanhantes descobriram os bonecos falsos. Acabou.

Ele aponta para o céu.

— Acho que está começando a chover.

Como se ouvindo a deixa, uma gota de água cai no meu nariz. Outra atinge minha testa. As nuvens agora estão de um tom azul-acinzentado pesado, e está começando a chuviscar bem pouquinho.

— Sério? — Dou um tapinha no braço dele. — Você começou com "tenho uma má notícia" quando é só um chuvisco?

Leo baixa os olhos para mim e abre a boca.

E é claro que é neste momento que começa a chover de verdade.

DEZ

QUARTA-FEIRA, 22 DE NOVEMBRO — 15H29

LEO

— **AH, NÃO ACREDITO!** — Fecho os olhos com força. Meu rosto está sendo atacado. A chuva é torrencial, como centenas de pequenas adagas cortando o céu. — Me dá um segundo de paz, Nova York!

Ao nosso redor, o mercado de Natal se transforma em caos e palavrões. Todos correm para debaixo das barracas em busca de abrigo, pisando nos pés uns dos outros. Os vendedores jogam toalhas por cima de suas mercadorias enquanto as tendas começam a vazar.

Abby cai na gargalhada.

Eu a encaro, a mão erguida para proteger os olhos da chuva. Ficaremos encharcados. Já estou congelando.

Mas Abby está parada rindo, a água escorrendo das pontas do cabelo cacheado e escurecendo os ombros da jaqueta.

— É tudo culpa minha!

Espera. O quê?

— Foi só eu falar que era um *chuvisco,* e começa a chover assim. — Ela limpa a chuva dos olhos. — Que dia!

Eu a encaro. Ela está girando em um círculo vagaroso, os braços estendidos, rindo, como se essa chuva repentina não estivesse arruinando todos os nossos planos.

Rindo do mesmo jeito que riu lá em Chinatown, quando coloquei os óculos de sol. Rindo como se não estivesse nem aí para quem a visse ou o que pensassem dela.

Ao observá-la assim, de repente me sinto leve.

Estamos debaixo de um toró, no meio de Manhattan, depois de pegar o trem errado, ir parar no lugar errado e perder nossos musicais da Broadway enquanto versões falsas de nós estão sentadas no teatro. Este dia é ridículo.

Não consigo evitar. Começo a rir também. Por um momento, o frio fica em segundo plano, e a chuva escorrendo pelo meu pescoço não é tão irritante.

E então... certo, agora está molhando o meu *binder*.

— É melhor a gente ir para um lugar seco! — grito.

Abby abaixa os braços.

— Para que lado fica o metrô?

Eu olho em volta, mas não faço ideia. Fiquei completamente perdido depois de andar pelas fileiras de barracas, e a chuva está transformando tudo em uma mancha cinzenta.

— Hum... vamos tentar por aqui.

Começo a correr desajeitadamente pelas barracas. Meus tênis estão tão encharcados que guincham no pavimento. Pelo menos meus dedos não estão mais pegajosos.

Abby me segue.

— Talvez por ali? — Ela aponta para a lacuna no fim da fila.

Em vez da estação de metrô, porém, a fileira termina em um cruzamento. Deve ser uma esquina da Union Square. Arranha-céus se erguem do outro lado da rua, e um ônibus passa devagar. Dou meia-volta. As tendas estão todas atrás de nós, o que provavelmente significa que a estação de metrô está em algum lugar lá atrás também.

— Acho que estou vendo outra entrada! — Abby me cutuca e aponta.

Do outro lado da rua, à nossa frente, está uma lâmpada verde e branca, e uma grade verde-escura...

O sinal abre. Podemos ir. E a esta altura, aquela entrada do outro lado da rua deve estar mais perto do que a estação de metrô atrás de nós.

— Vamos lá. — Eu pulo a poça que está se formando perto da calçada e corro para o outro lado da rua, com Abby logo atrás.

Mas, quando chegamos à entrada do metrô, ela está bloqueada com fita amarela. Uma placa de plástico diz TEMPORARIAMENTE FECHADO — POR FAVOR, USE OUTRO ACESSO.

Abby agarra meu braço.

— Vamos.

Ela me puxa pela esquina até a rua transversal. Por um segundo, penso que talvez ela tenha visto outra entrada do metrô ou algo assim, então percebo que ela está indo em direção ao cinema no fim do quarteirão e à grande marquise que cobre a calçada, com os horários das sessões piscando em um letreiro digital.

Nos abrigamos sob a marquise e imediatamente somos atingidos pelo aroma quente e salgado de pipoca.

Ótimo. Agora estou com fome.

— Então... e agora? — Estou batendo os dentes de frio. — Esperamos até a chuva parar?

Abby também está tremendo, mexendo no celular, as sobrancelhas franzidas.

— Poderíamos ir a outro lugar do livro. Só precisamos de um que seja coberto.

— Hum, a menos que o lugar seja literalmente este cinema, ainda vamos ter que sair na chuva para chegar lá.

— Poderíamos pegar o metrô. — Ela olha para cima com um sorriso. — Chelsea Market.

— O que é isso?

— Outro lugar do livro! E é coberto... pelo menos, tenho quase certeza de que é. No livro é coberto. Mas enfim — ela volta a olhar o celular —, parece que podemos pegar o metrô direto para lá.

Resmungo, descontente.

— Então vamos ter que voltar por todas aquelas barracas?

— Não, tem outra estação. Olha. — Ela estende o celular e aponta para um pequeno ponto azul no mapa. — Estamos nesta esquina, e aqui está o metrô. — Ela aponta para um quadrado azul com um M no meio. — Só precisamos descer a 13th Street e depois subir um pouco.

Parece perto. Não muito mais longe do que voltar por onde viemos.

— Tudo bem. — Não é como se eu pudesse ficar *mais* encharcado. — Vamos lá.

Saímos de novo para a chuva, correndo pela rua. No fim do quarteirão seguinte, olho para as placas de rua, postadas perpendicularmente em um poste. Espera aí... Agarro a manga da jaqueta de Abby e nos puxo para baixo de outra marquise, uma bem vermelha.

— Você não disse que a gente devia descer a 13th Street?

Abby está confusa.

— É.

— Acho que esta é a Broadway.

Ela olha para cima, estreitando os olhos para as placas. BROADWAY e E 12 ST.

— Mas eu achei que estávamos... — Ela pega o celular. — Ai, droga. Desculpa, eu me perdi. Pensei que esta fosse a 13th Street...

— Está tudo bem. — Eu provavelmente teria me perdido ainda mais, mas não vou dizer isso a ela. Apenas gesticulo para a vitrine ao nosso lado. — Olha, vamos entrar aqui, encontrar um banheiro com papel ou um secador, algo assim, e nos secar um pouco. Talvez a chuva não demore a passar.

Nós dois olhamos além da marquise. Ainda está chovendo forte.

Abby suspira.

— Acho que não seria muito bom se acordássemos resfriados na manhã do desfile.

Ai. Eu nem tinha pensado nisso. Claro, minha família pode implodir quando descobrir que sou trans, mas, sinceramente, acho que a vovó Brewer ficaria ainda mais furiosa se não pudesse me ver no desfile.

Vou na frente ao entrarmos na loja, abrindo uma das portas de vidro. Em seguida, passamos por um segundo conjunto de portas de vidro, e então secamos os pés no longo tapete preto. Abby fica boquiaberta.

Estamos em uma livraria. A maior livraria que já vi. Os pisos são de madeira gasta, o teto se ergue bem alto, e cada cantinho do espaço está preenchido de livros. Livros em mesas. Livros em caixas. Livros em prateleiras tão altas que seria impossível alcançar qualquer volume perto do topo sem uma escada. Livros novos, livros usados e desgastados, enormes livros didáticos e pequenos livros de bolso. E não termina — é como um armazém de livros. Tem até uma árvore de Natal feita de livros com capas verdes, adornada com pisca-piscas brancos.

— Este lugar é incrível — sussurra Abby. E então ela treme. — Mas vamos procurar o banheiro.

Ah, é. Vou até o balcão onde estão os caixas.

— Hum, com licença?

Uma mulher se vira. O cabelo dela, loiro-acastanhado, está preso no topo da cabeça com dois palitos, e sua camisa diz STRAND em letras vermelhas chamativas. Talvez seja o nome da livraria.

— Posso ajudar?

— Aham. — Gesticulo em direção a Abby. — Nós estávamos querendo saber onde...

— Ah. — A mulher olha para mim e então para Abby. — Sim, é só ir até os fundos e pegar o elevador à esquerda até o terceiro andar.

— Ótimo. — Como ela adivinhou tão rápido? Será que estamos tão encharcados assim? — Obrigado.

— De nada. — E ela dá uma piscadela para mim.

Hum.

O quê?

Volto para Abby, que pegou o celular e parece estar tirando fotos de um quadro de avisos cheio de panfletos perto da porta.

— Acho que aquela mulher estava flertando comigo — digo.

Abby ergue o olhar e enfia rapidamente o celular no bolso.

— O quê? Que mulher?

— Aquela atrás do balcão.

Abby olha por cima do meu ombro. Sua expressão fica incerta.

— Ela só parece estar desempacotando livros, Leo.

— Ela *piscou* para... Deixa pra lá. Você estava tirando fotos?

— Não. — Ela se mexe. — Sim. Foi só um aviso engraçado. No quadro. — Abby gesticula para ele. — Você descobriu onde é o banheiro?

— Aham. Por aqui.

Seguimos em frente, pingando pela livraria, passando por baixo de guirlandas de pinheiro penduradas no teto, os sapatos guinchando no chão, enquanto músicas indie estranhas com sininhos tocam pelo sistema de som da livraria. Logo encontramos um elevador solitário nos fundos da loja, ao lado de uma prateleira de livros usados de autoajuda.

As portas rangem ao se abrirem assim que aperto o botão, como se o elevador estivesse nos esperando. Por dentro, é velho e meio precário, o completo oposto dos elevadores modernos com telas de TV lá no hotel.

O elevador range até o terceiro andar. Quando as portas se abrem, espero ver outra sala gigante cheia de livros, mas o espaço que encontramos é muito menor. Parece mais uma biblioteca chique de algum professor recluso. As paredes têm painéis de madeira, há um tapete persa escuro no chão e as estantes embutidas estão cheias de livros antigos em tons de marrom, azul e preto.

Parte de mim espera encontrar um sujeito de tweed fumando um cachimbo em uma poltrona.

Há várias poltronas, mas nenhum sujeito de tweed. Só um monte de adolescentes, todos mais ou menos da nossa idade, e todos olhando para nós.

— Ah, *oba*! — A pessoa mais próxima, incrivelmente pálida, com cabelo azul curto e óculos vermelhos tão chamativos quanto o cabelo, salta da cadeira como se alguém tivesse soltado fogos embaixo delu. — Vocês chegaram bem na hora, precisamos de mais gente.

— Uau, que recepção calorosa, Rae. — Um garoto negro, alto e magro, de suéter cinza, se levanta do seu canto. — Oi, eu sou o Oliver. Estamos felizes por vocês terem vindo.

Ele fala como meu conselheiro escolar.

— Rae planejou a atividade de hoje — diz a garota negra ao lado dele —, então elu está com a energia a toda.

— Hum... — Abby está tão perdida quanto eu. — Rae?

— Sou eu! — A pessoa de cabelo azul abre um grande sorriso para Abby e aponta para a poltrona mais próxima. — Podem deixar os casacos ali, se quiserem.

— Está chovendo lá fora? — pergunta uma quarta pessoa de pele marrom-clara, cujo cabelo preto está preso em um nó. As laterais da cabeça estão raspadas.

Rae lança um olhar na direção dela.

— Hum, *sim*, você não ouviu?

— Aquele barulho alto era isso? Achei que talvez fossem os radiadores.

— Que tal nos apresentarmos? — sugere Oliver calmamente.

— Desculpa! — Rae nos lança um olhar arrependido. — Faz alguns meses que não temos ninguém novo. Eu sou Rae. Meus pronomes são elu, delu.

— Oliver — diz o rapaz. — Ele, dele.

A garota negra ao lado de Oliver diz:

— Eu sou Delia. Ela, dela.

A garota com o corte de cabelo legal fala:

— Gabi. Ela, dela, às vezes elu, delu.

Também há uma garota branca com cabelo roxo até os ombros ("Skye, ela, dela"), uma pessoa com rabo de cavalo preto liso e brinco ("Dylan, elu, delu") e uma garota loira de macacão amarelo-claro que está de braços dados com Dylan ("Ida, ela, dela").

Tudo acontece tão rápido que, por um segundo, só consigo hesitar por um instante, surpreso.

Abby se recupera primeiro.

— Eu sou, hum, Abby. Ela, dela. E este é o Leo, ele, dele... e nós estávamos, hum, procurando o banheiro?

— Não tem banheiro aqui em cima — diz Rae, como se fosse óbvio.

— Vocês não são queer? — pergunta Dylan.

Oliver imediatamente lhe lança um Olhar.

— Nós não forçamos as pessoas a escolherem rótulos, Dylan, lembra? — diz.

— Eu só estava perguntando!

— Por que vocês estão aqui se estavam procurando o banheiro? — pergunta Rae.

O que está acontecendo?

— Porque estamos encharcados — explico —, então perguntei à atendente...

— *Ah* — diz Delia, como se tudo estivesse explicado —, vocês só queriam um banheiro para poderem se secar antes de subirem?

Agora estou ainda mais confuso.

— O quê?

— Tem um banheiro no segundo andar se quiserem se secar antes de começarmos — diz Skye alegremente.

Não faz sentido.

— A atendente nos mandou para cá — explico. — Quando perguntei onde ficava o banheiro.

Todos me encaram.

Finalmente, Oliver diz:

— Você quer dizer que não estão aqui para o GJQ Triplo-L?

— O quê?

— Grupo Jovem Queer de Leitura, Lazer e Luta — diz Rae, muito prestative.

Elu está brincando?

— Esse é um péssimo nome.

Abby me dá uma cotovelada nas costelas. (Ai.)

— Ele não está falando sério.

Gabi ergue a sobrancelha

— Ele pareceu bem sério — responde.

Abby suspira.

— A cara dele é assim mesmo.

— Eu queria chamar de EQUILÍBRIO — comenta Dylan. — Espaço Queer Unindo Inclusão e Literatura, Inspirando Bons Relacionamentos e Ideias Originais.

— Nós *sabemos*, Dylan — diz Oliver, perdendo um pouco da aparente calma.

Abby se inclina para mais perto de mim.

— Leo, você chegou a *dizer* que estávamos procurando o banheiro? — sussurra ela.

— Como assim?

— Para a atendente? Tipo, você disse *banheiro*?

— Não... Eu ia dizer, mas ela pareceu já saber o que eu ia perguntar e nos disse para pegar o elevador, e aí ela *piscou* para mim, e eu falei pra você, achando estranho ela estar flertando com... — Meu cérebro de repente entende. — Ah.

É como levar uma tijolada. Ela pensou que eu estava perguntando sobre o clube do livro queer, ou qualquer que seja o nome do grupo. Achei que ela tinha entendido, mas *ela* achou que tinha Entendido Mesmo e que estava me poupando de um constrangimento.

Ótimo. Eu pareço tão queer assim? Ou trans?

Não consigo decidir como me sinto em relação a isso. Ninguém nunca olhou para mim e imediatamente me mandou para um grupo queer, mas, por outro lado, não há outros queers em Springfield para onde eu poderia ser mandado. Exceto Gina. E Zuri, mas ninguém sabe disso além de Gina e eu.

Rae bate palmas, interrompendo Oliver e Dylan, que agora estão discutindo sobre por que o clube não pode se chamar EQUILÍBRIO.

— Olha, vocês estão aqui agora, e eu planejei a atividade para oito pessoas, e Jude e Mateo não vão vir porque são *dois furões*, então, se não forem extremamente homofóbicos, podem ficar?

— Hum... — murmura Abby.

— Rae — diz Gabi —, se eles não são queer...

— Nós somos — diz Abby em tom defensivo.

Gabi olha para ela, surpresa. Eu também.

Abby mexe no botão do casaco, nervosa.

— Bem, tenho quase certeza de que sou. Eu acho. Mas imagino que não deveria falar por outras pessoas... — Ela olha para mim.

Solto um gemido de desgosto por dentro. Obrigado por me colocar numa saia justa, Abby.

Mas, ao mesmo tempo, estou olhando para o maior grupo de queers que já conheci. Se não posso falar sobre isso aqui, onde mais poderia?

Por que isso é tão complicado?

— Eu sou trans — digo.

Oliver dá de ombros.

— Legal.

Dylan ergue o queixo para mim como quem diz: "E aí."

— Eu também — diz elu.

— E eu. — Skye abre um sorriso largo.

É a reação mais natural que já recebi. Na verdade, é até legal.

— Certo! — Rae puxa da mochila um caderno coberto de adesivos de unicórnio. — Então, vocês dois ficam no lugar de Jude e Mateo...

Espera aí...

— ...assim, o Time Um é Delia, Skye, Ida e... — Rae estreita os olhos para Abby. — Qual é o seu nome mesmo?

— Abby. — Ela fica confusa de novo. — Mas...

— Ótimo! E então o Time Dois é Oliver, Dylan, Gabi e o Grinch.

— Ei!

Rae acena para mim.

— Estou brincando, sei que seu nome é Leo. Certo, preparei várias categorias. Quando vocês encontrarem um livro que se encaixe em uma delas, devem tirá-lo da prateleira para que o outro time não possa pegar. Mas lembrem-se de tirar uma foto antes, de onde ele estava na prateleira, para podermos colocar todos os livros no lugar quando terminarmos e ninguém da loja ficar bravo com a gente. Como da última vez. — Rae lança um olhar acusador para Dylan.

Dylan finge estar extremamente interessade em suas unhas.

Rae tira vários cartões da pasta de unicórnios.

— As categorias são fantasia, ficção científica...

— Que *não* são a mesma coisa — diz Delia, em um tom ameaçador, olhando diretamente para nós como se fôssemos discordar.

— ...ficção histórica e romance. Livros adultos e YA também contam, mas nada de não ficção. Para romance, você precisa encontrar um livro que tenha um cara sem camisa na capa...

— *Claro* — resmunga Ida.

— Rae adora caras sem camisa — explica Skye.

— Para ficção histórica — Rae franze a testa para Skye —, você precisa de um livro que tenha dois dos três assuntos: navios, guerra ou um romance proibido por diferenças de classe.

— Ai, meu Deus, Rae — diz Gabi —, você parece a minha professora de inglês.

Rae continua, impassível.

— Para fantasia, o livro *precisa* ter uma garota como protagonista, inclusive mulheres trans, é claro, e também precisa ter um dragão ou uma espada em destaque na capa. Para ficção científica, a obra deve ter sido escrita por uma mulher ou uma pessoa trans, ou não binária, e deve ter naves espaciais ou robôs, mas não ambos. E a última regra: se algum dos livros que você encontrar tiver personagens queer, seu time ganha cinco pontos extras. — Rae leva dramaticamente a mão no peito. — Os pontos serão atribuídos por mim como marcadores de pontos, claro.

— Então, basicamente — diz Oliver —, se encontrar um livro queer, você automaticamente ganha.

Rae pensa um pouco, batendo no queixo.

— É, basicamente.

Delia abre um largo sorriso.

— Ótimo.

— Então, quanto tempo temos para encontrar esses livros? — pergunta Ida.

— Trinta minutos para encontrar todos os títulos — responde Rae. Elu entrega dois cartões, um para Oliver e outro para Ida. — Podemos todes configurar temporizadores em nossos celulares para estarmos sincronizades. Fiz esses cartões com todas as categorias e regras para vocês terem certeza de que pegaram tudo.

— Espera aí. — Isso está saindo de controle. — O que nós vamos fazer?

Rae bufa, como se eu não estivesse prestando atenção.

— É uma caça ao tesouro literária! Vocês vão tirar os casacos ou vão continuar pingando o chão todo?

Eu abro a boca, mas Abby já está tirando a mochila e a jaqueta encharcada.

Espera. Vamos realmente participar disso?

— Celulares a postos! — grita Rae.

Pelo visto, sim. Jogo a mochila no chão, tiro o gorro úmido, enfio no bolso da jaqueta e a jogo em uma das poltronas.

— Já! — grita Rae.

Os membros do Clube-Que-Deveria-Se-Chamar-EQUILÍBRIO disparam até o elevador como se fosse uma corrida de verdade. Abby me lança um sorriso e sai atrás deles.

Fico um pouco tentado a desabar em uma poltrona. Odeio qualquer atividade em grupo que não sejam os ensaios ou apresentações da banda. Pergunte ao Evan. Ele teve que me obrigar a participar de todos os jogos de Pique-Bastão-do-Comandante-mor no acampamento da banda. Não importa o que a sra. Rinaldi diga — duvido muito que a brincadeira seja uma "tradição de acampamento de banda" em qualquer lugar além de Springfield.

Mas não sou tão babaca assim. E a curiosidade fala mais alto.

Então, me espremo no elevador com todo mundo, pegando o celular. Consigo me enfiar em um canto onde ninguém pode ler minha tela e abro uma mensagem.

EU

O que a gente tá fazendo?

Do outro lado do pequeno elevador, Abby tem um sobressalto e enfia a mão no bolso. Ela olha para mim, depois para o celular. É impressão minha ou ela está tentando conter um sorriso?

ABBY

Eu sei, mas são só 30 minutos.

E é com gente queer.

De repente, me sinto um babaca. Claro que ela quer passar um tempo com outras pessoas queer. Pelo menos em casa eu tenho a Gina. Abby não conhece mais ninguém que tenha se assumido.

E ela tem razão, são só trinta minutos. E claramente isso a está deixando feliz, então...

EU

Ok, tudo bem. Tô dentro.

ABBY

Prepare-se para perder para uma nerd dos livros!

Olho de relance para ela. Abby ainda encara o celular, mas com certeza está sorrindo agora.

ONZE

QUARTA-FEIRA, 22 DE NOVEMBRO — 15H50

ABBY

NO SEGUNDO EM que as portas do elevador se abrem no primeiro andar, Ida e Delia agarram meus braços e me puxam para uma mesa cheia de livros de bolso desgastados com uma placa que diz LIVROS POR 1 DÓLAR. Skye está logo atrás de nós.

— Acho que deveríamos nos separar — diz Delia. Ela praticamente vibra de empolgação. — Assim vamos cobrir uma área maior.

— É, mas e se acabarmos encontrando livros na mesma categoria? — protesta Skye.

— Bem, poderíamos coordenar...

— Vai levar tempo demais — interrompe Ida, séria. — Devíamos ficar juntas e procurar a mesma categoria. Mais gente vasculhando a mesma seção vai ajudar.

Delia suspira.

— Certo, tudo bem, mas já conheço o livro de fantasia perfeito. Tem uma garota com uma espada na capa e tudo mais...

Ida dá de ombros.

— Vai pegar.

— Uhul! — Delia sopra um beijo e desaparece entre as prateleiras.

— Por onde devemos começar? — pergunta Skye.

— Ficção histórica — diz Ida. — É a seção mais próxima.

Vou atrás delas, completamente impressionada. Elas realmente conhecem a livraria — esta enorme livraria em Manhattan — bem o suficiente para saberem onde fica a seção de ficção histórica. Devem vir aqui o tempo todo. Imagino-as pegando o metrô ou caminhando pela rua, desviando do mercado de Natal ou quaisquer outras coisas que aconteçam na Union Square. Talvez aos sábados, ou depois da escola, como agora. Devem ter vindo para cá logo depois da escola, não?

Imagine simplesmente poder ir a uma livraria em Manhattan logo depois da escola.

— Vamos lá. — Ida nos leva a um corredor entre duas prateleiras vacilantes, tão altas que boa parte dos livros empilhados nelas estão completamente fora de alcance.

Eu me pergunto se a loja tem aquela escada com rodinhas. Do tipo que fica presa às prateleiras, como nas bibliotecas chiques. Seria tão legal. Na minha casa de fantasia (a que às vezes monto na minha cabeça, imaginando que sou milionária), com certeza tem uma biblioteca com escada de rodinhas.

— Certo. — Skye pega o cartão de categorias de Ida. — Navios, guerra e romance proibido. — Ela marcha até o fim do corredor.

Nem sei por onde começar, mas Ida simplesmente pega livros das prateleiras e inspeciona as capas, então eu me viro para a prateleira oposta e começo a fazer o mesmo. Puxo um livro, abro a capa, dou uma olhada na descrição para ver se pode ter algo que estamos procurando...

— Então, há quanto tempo você e o Leo estão juntos? — pergunta Ida.

O livro que estou segurando escorrega dos meus dedos e cai no chão. *Tunck*.

— Ah, hum... — Tento rir. — Nós não estamos namorando.

Ida olha para mim de relance.

— Desculpe. Imaginei que sim, já que os dois chegaram juntos e, você sabe, parecem bem à vontade.

À vontade? Tipo... em geral? Ou um com o outro?

Penso na Union Square, em quando caminhamos por aquelas barracas com meu braço entrelaçado ao de Leo. Aquilo era *à vontade*?

Foi natural. Como se eu tivesse feito isso a vida toda.

— Bem, Leo é legal. — Eu pego o livro do chão e limpo a capa. — Mas na verdade estou interessada em... Ou... meio que apaixonada por uma garota.

Meu coração martela no peito, mas Ida apenas diz:

— Saquei. — Ela folheia um livro, guarda de volta na prateleira e puxa outro. — Há quanto tempo vocês estão juntas?

Ai, não. Estou fazendo tudo errado.

— Nós... não estamos juntas, na verdade. — Olho para o livro em minhas mãos. Tem alguma guerra nele? Não faço ideia. Não consigo me concentrar na descrição. — Ela é minha melhor amiga.

Ida assente como se compreendesse.

— Todos nós já passamos por isso.

Ah?

— É mesmo? — pergunto.

Ela sorri.

— Tenho certeza de que se apaixonar pela pessoa que é sua melhor amiga é, tipo, um rito de passagem queer.

Será?

Olho para o livro que estou segurando e me obrigo a ler a descrição. Nada de guerras. Ou navios. O romance parece muito permitido. Eu o coloco de volta na prateleira.

— E alguma vez dá certo? — Minha voz sai baixa até para os meus ouvidos. Baixa e meio desesperada.

Ida olha para mim de novo.

— Ela é queer?

Eu pego outro livro.

— Não sei. Talvez. Acho que talvez seja.

— Por que você não pergunta a ela?

Ida diz isso como se fosse a coisa mais simples do mundo. Por um segundo, não sei como responder.

Porque ninguém é assumido de onde eu venho.

Porque ninguém fala sobre essas coisas, a menos que esteja tentando proibir falar sobre essas coisas.

Porque se alguém fala *sobre essas coisas, como agora, eu nunca encontrei uma pessoa assim nem sei por onde começar a procurar.*

Mas não sei como explicar isso a ela, essa garota de macacão amarelo-claro e sombra rosa, com três brincos em cada orelha, o cabelo loiro-escuro preso em dois coques. Essa garota que usa coturnos e claramente não se importa se as pessoas olham para ela ou com o que pensam quando olham.

Essa garota em Nova York, que curte um clube do livro queer em uma livraria.

— Não me senti preparada para fazer isso ainda — respondo. Isso, pelo menos, é verdade.

— Achei! — grita Skye. Triunfante, ela segura um livro com um navio na capa. — Barcos e guerra. E melhores amigos, mas infelizmente não parece queer.

— Boa. — Ida se aproxima e pega o cartão de categorias das mãos de Skye. — O que devemos procurar a seguir?

— Ficção científica — diz Skye, determinada. — Por aqui.

Eu coloco o livro que estou segurando de volta na prateleira com o máximo de cuidado possível e corro atrás delas pela loja, olhando em volta à procura de Leo, mas não o vejo. Ele deve estar escondido em algum lugar entre as prateleiras.

Eu me pergunto que tipo de livro ele está procurando.

Eu me pergunto se ele já está franzindo a testa.

— Pensando na sua amiga especial? — Ida me cutuca com o cotovelo.

— O quê?

— Você estava sorrindo. — Ela ergue as sobrancelhas para mim.

Eu estava?

— Que amiga especial? — pergunta Skye.

— Abby gosta da melhor amiga — diz Ida.

— Ah, *não*. — Skye arregala os olhos. — Me diz que essa melhor amiga não é hétero.

Passamos por baixo da grande placa de FICÇÃO CIENTÍFICA pendurada no teto e entramos em outro corredor, onde damos de cara com Dylan, que está tentando olhar três livros enormes ao mesmo tempo.

— Eu cheguei aqui primeiro — diz elu.

Skye ri.

— Você não manda na seção de ficção científica. — Ela tira um dos livros das mãos de Dylan.

— Ei! — Dylan tenta pegar de volta e deixa os outros dois livros caírem. *Tunck-tunck*. Um cliente próximo nos lança um olhar de reprovação.

— Ah, meu amor mão-furada — diz Ida. Ela beija a bochecha de Dylan.

Dylan parece irritade e se abaixa, tentando pegar os livros no chão.

— Você poderia me dar uma ajudinha aqui.

— Nem pensar — diz Ida. — Estou aqui para ganhar.

Dylan resmunga e pega os livros, caminhando desajeitadamente até o fim do corredor para continuar procurando.

— Então, me conte mais sobre essa garota — pede Ida, enquanto Skye folheia o livro que pegou de Dylan.

— Ah. Hum... — Pego um livro de bolso aleatório. O primeiro nome do autor é John. Abro a biografia só para ter com certeza, e, sim, definitivamente um homem. — O nome dela é Kat. Somos melhores amigas desde o ensino fundamental e... estávamos numa fogueira de fim de ano na escola, em maio, e acabamos de mãos dadas e foi...

Perfeito. Mágico. Um momento que eu não queria que acabasse.

Só que agora, aqui, parece... distante. Longínquo. Quase como se tivesse acontecido com outra pessoa. Tudo em que consigo pensar é no reflexo de todos aqueles ornamentos de cristal dançando nos olhos de Leo.

Ida me olha de trás de um enorme livro com uma nave espacial na capa.

— Foi o quê?

— Ah. — Eu tiro o sorriso de Leo de meus pensamentos. — Não foi nada. Quer dizer, nada aconteceu. — Meu rosto cora. — Mas vou dizer a Kat que gosto dela nesta viagem. Em Nova York. Esse é o plano, pelo menos.

As sobrancelhas de Ida se erguem.

— Você não é de Nova York?

Droga. Talvez eu não devesse ter dito isso.

— Não... só estou visitando. Sou do Missouri. Perto de Kansas City?

Ida estreita os olhos.

— Não vou mentir, não tenho a menor ideia de onde isso fica. Desculpe.

— Tudo bem. — Não sei se está mesmo tudo bem, mas o que eu esperava? Gente de Nova York provavelmente não pensa muito nos outros estados. — Não é um lugar cheio de pessoas queer.

Ida levanta uma sobrancelha.

— Isso com certeza não é verdade.

Eu a encaro, surpresa.

— Hum, sem ofensa, mas você nunca esteve nos bairros residenciais do Missouri.

— Eu sei, mas... — Ida sorri. — Há gente queer em qualquer lugar.

Como ela pode ter tanta certeza?

— Bairros residenciais — repito. — Do Missouri.

— Há gente queer em *qualquer* lugar. — O sorriso de Ida desaparece, mas ela está me olhando intensamente. — Só porque você não as vê por aí, não significa que não existam. Não é como se todos nós usássemos uma bandeira do orgulho gay na testa ou algo assim.

Bem, isso é verdade, já que eu obviamente não uso.

Mordo o lábio, deslizando um livro de volta para a prateleira e puxando outro. Eu me pergunto se mais alguém na escola navega pelas hashtags queer no Tumblr no meio da noite. Eu me pergunto se eu poderia encontrar essas pessoas de alguma maneira.

Ou talvez haja um clube como este em Kansas City. Nunca procurei muito. Parecia algo grande demais para procurar sozinha. Mas agora posso dirigir. Já peguei o carro da minha mãe emprestado para ir para Kansas City com Kat no fim de semana.

Talvez minha mãe me emprestasse o carro para dirigir sozinha. Eu poderia dizer que estava indo para a livraria. Ela não precisaria saber — pelo menos não no início.

— Você deveria contar para a sua melhor amiga. — Ida já está procurando livros de novo. — Pelo menos... considere contar.

Quero perguntar se ela quer dizer *contar para Kat que sou gay* ou *contar para Kat que estou apaixonada por ela*. Há uma grande diferença.

Mas, antes que eu possa encontrar as palavras, Dylan solta um grito e ergue um livro.

— A vitória é minha! — grita elu, correndo para longe.

Ida sorri para as costas delu.

Algo me vem à mente.

— Hum, Ida?

— Sim?

— Como você... se identifica?

— Tipo... sexualidade ou identidade de gênero?

Engulo em seco.

— As duas coisas?

Ela passa os dedos pelas lombadas dos livros.

— Sou uma garota e gosto de pessoas — diz.

Eu me sinto um pouco desapontada.

— Então, você não sente que é... gay?

Ela dá de ombros.

— Gay pode significar muitas coisas.

— Sim. Sim, claro. Eu só estava me perguntando, como namora Dylan...

Ida olha para mim, um pouco desafiadora.

— Então, você está perguntando, já que Dylan é trans e não-binárie, o que isso faz de mim?

Sinto um desejo súbito de desaparecer no meu moletom como uma tartaruga.

— Sim. Acho que estou — digo.

Ida suspira.

— Eu realmente não gosto de rótulos — diz ela. — Acho que você poderia dizer que sou pansexual, porque gosto de pessoas, não de gêneros, mas... prefiro dizer só que gosto de pessoas.

— Então, teoricamente... — Minha boca está seca. — Se eu estivesse apaixonada pela minha melhor amiga, mas também me sentisse meio atraída por, tipo, um cara trans...

— Você ainda seria queer — diz Ida. Seus olhos se estreitam. — Espera aí. Você acha o Leo gato.

— Não! — Sai mais alto do que eu pretendia. Olho em volta, mas a única pessoa por perto é Skye, e ela ainda está vasculhando as prateleiras. — Talvez. Não sei.

Ida franze a testa.

— Espera, o Leo é do Missouri também?

— Não, ele é de...

— Isso! — Skye segura um livro de bolso grosso acima da cabeça. — Achei um! Autora mulher. Robôs.

— Você está demais hoje — diz Ida. — Vamos encontrar Delia.

Encontramos Delia perto dos livros de culinária, onde ela está usando um calhamaço intitulado *Alegria de cozinhar* como suporte para o livro que folheia.

— Onde você estava? — pergunta Ida.

Delia está irritada.

— Não consegui encontrar o livro em que estava pensando, então tive que continuar procurando. Demorou uma eternidade. — Ela ergue o livro que estava folheando. — Mas encontrei um. Garota com espada, além de um dragão.

— Então, só falta o romance — diz Skye.

— Esse livro de fantasia tem algo queer? — pergunto.

Delia fica imóvel. Skye e Ida se entreolham.

— A gente ainda não tem um livro queer? — pergunta Delia.

Skye afunda os dedos em seu cabelo roxo.

— Eu esqueci. Não acredito que me esqueci de procurar um *livro queer*. Estou cometendo *apagamento* comigo mesma!

— Podemos procurar um livro de romance queer — diz Ida.

— Mas o livro de romance precisa ter um cara sem camisa na capa — reclama Skye. — Você acha mesmo que vamos encontrar um livro com um cara sem camisa que *também* seja queer?

Espera aí. Caras sem camisa. Romance...

— Acho que conheço um — digo.

Skye me olha como se eu tivesse acabado de contar que Papai Noel existe.

— Sério?

Espero não estar cometendo um grande erro.

— Quer dizer, não sei se vou *encontrar*...

— Vou voltar para a fantasia — avisa Delia. — Talvez eu encontre um livro queer diferente. Só por via das dúvidas.

— Vou com você — diz Skye.

Ida passa um braço ao redor dos meus ombros.

— Vamos lá.

Meu estômago é um nó de ansiedade enquanto ela nos conduz até a seção de romance. Espero muito estar me lembrando direito do livro que vi no metrô hoje de manhã — aquele que a mulher estava lendo, a que nos disse que o trem A tinha virado parador. O livro com dois caras sem camisa na capa. Se abraçando. É um bom sinal, certo?

Um sinal queer?

Mas não sei quem é o autor. Os dedos da mulher estavam cobrindo o nome enquanto ela segurava o livro. Não sei nem se consigo me lembrar do título. Tinha a palavra "seu", não tinha?

Isso não deve ajudar. A palavra "seu" pode estar em centenas de títulos de romances.

— Tudo bem. — O braço de Ida desliza para longe. — Aqui estamos. O que devemos procurar?

A seção de romance é igual a todas as outras pelas quais passamos, só que mais exemplares são edições de bolso. Duas mulheres estão olhando os livros no outro lado do corredor, mas nem levantam a cabeça.

Respiro fundo.

— Não tenho certeza.

Ida está confusa.

— Achei que você tinha dito que sabia qual livro procurar.

— Eu *sei*, mas... não consigo me lembrar do título. E não sei quem escreveu. — Eu me preparo para o pior. Todos parecem tão empenhados nessa caça ao tesouro, e não quero decepcionar ninguém.

Mas Ida apenas diz:

— Certo. Que tipo de capa estamos procurando?

Claro. Podemos pelo menos olhar as lombadas. Fecho os olhos.

— O título tem letras douradas. Fundo branco. Era algo como *Seu...* — *Vamos lá, Abby.* — *Seu belo*... não, *Seu bendito*...

— Comece a procurar — diz Ida. — Talvez isso ajude a lembrar.

Nós nos viramos para prateleiras opostas. Parece que um em cada três romances tem letras douradas no título, e muitos têm fundo branco. Acho que vai ser difícil. Deixo meus olhos correrem, procurando por *Seu*...

Passos se aproximam rapidamente, e Delia e Skye viram o corredor das prateleiras correndo.

— Nada — diz Delia em um tom sombrio. — Não conseguimos encontrar nada que fosse queer *e* tivesse uma garota *e* uma espada em destaque.

Skye está mal-humorada.

— Quem *não* gostaria de ler sobre lésbicas com espadas? Sério, qual é o problema das pessoas?

— Quanto tempo ainda temos? — pergunta Delia.

— Quatro minutos — diz Ida.

Eu as ignoro. Meus olhos coçam porque estou me recusando a piscar. Vou encontrar esse livro e ganhar essa caça ao tesouro. Não me importo se é bobo. Eu quero muito ganhar, porque...

Bem, quero sentir que aqui é meu lugar, mesmo que apenas por essa meia hora. Quero fazer parte deste clube de livros queer em uma cidade onde não moro.

Ali.

Está bem ali, na prateleira à minha frente: *Seu belíssimo príncipe*, letras douradas brilhando na lombada branca. Pego o livro. Está amassado, e as pontas estão dobradas — um exemplar usado, com certeza —, mas é o livro certo. Dois caras sem camisa na capa, olhando apaixonadamente um para o outro com um castelo reluzente ao fundo.

Viro o livro, examinando a descrição. Parece ser sobre um padeiro solitário que é contratado para fazer o bolo da festa de aniversário da rainha, mas, quando vai entregar o bolo no castelo, acaba se apaixonando pelo filho da rainha...

Isso. É queer, com certeza.

— Encontrei!

As mulheres no fim do corredor olham para mim assustadas, mas Skye, Ida e Delia vêm correndo. Ida arranca o livro das minhas mãos e lê a descrição.

— Ah, *isso aí*!

— É queer? — pergunta Skye.

Ida passa o livro para ela e coloca o braço em volta dos meus ombros de novo.

— Essa é a minha garota Abby, trazendo a vitória.

— Ai, meu Deus, você tem que ficar para sempre — diz Delia, inclinando-se por cima do ombro de Skye para ler a descrição do livro.

O peso de Ida contra mim é quente e sólido. Skye e Delia estão sorrindo tanto que parece que ganhamos, sei lá, o Campeonato de Marcha do Meio-Oeste. Não quero que este momento acabe nunca. Todes nós aqui, caçando livros em uma tarde chuvosa, sendo queer como se não fosse grandes coisas, como se não passasse de um detalhe.

Embora ao mesmo tempo seja muito importante.

— Ok, vamos voltar lá para cima. — O braço de Ida escorrega dos meus ombros, e ela empurra Delia e Skye pelo corredor. — Só temos dois minutos.

Pego meu celular para olhar a hora. Tenho uma notificação de mensagem na tela. Não devo ter visto quando o celular vibrou, distraída demais pela caça ao tesouro.

KAT

Estamos no intervalo. Não acredito que você não está aqui.

O momento mágico se parte como um elástico, rápida e subitamente.

Eu deveria estar procurando suvenires para Kat. Deveria estar planejando uma confissão grandiosa.

Em vez disso, estou ignorando-a. Em vez disso, me distraí com uma caça ao tesouro boba com pessoas que nem conheço.

Desbloqueio o celular e toco no ícone de mensagens, mas não consigo pensar em nada para digitar. Penso no folheto que vi no quadro de avisos na entrada da loja enquanto Leo estava perguntando sobre o banheiro. Aquele do qual tirei foto e depois fingi que não havia tirado. Eu poderia mandar a foto para ela. Kat provavelmente iria gostar também.

Mas, se eu fizer isso, ela vai perguntar onde estou, o que estou fazendo, e não sei como explicar tudo.

— Abby, vamos logo! — Ida acena para mim. Ela, Delia e Skye já estão voltando para o elevador.

Coloco o celular no bolso e corro atrás delas.

DOZE

QUARTA-FEIRA, 22 DE NOVEMBRO — 15H50

LEO

OLIVER PASSA UM braço comprido ao meu redor e o outro em volta de Dylan, nos empurrando para fora do elevador. Corremos pela livraria atrás de Gabi, que já está bem na frente. Olho para trás, tentando ver para onde Abby está indo, mas o time dela sumiu entre as prateleiras.

— Onde procuramos primeiro? — Dylan parece ser uma pessoa tão ansiosa quanto eu. Está total e completamente em estado de aflição.

— Fantasia — diz Gabi por cima do ombro. — Tem um livro que quero pegar antes do Time Perdedor. — Uau, o clima logo ficou competitivo.

— Talvez a gente devesse se dividir — sugere Dylan, enquanto rói a unha. — Tipo, cada um procura uma coisa diferente?

Gabi vira em um corredor, e Oliver nos faz segui-la.

— Espera um pouquinho — diz ela —, quero só encontrar o livro primeiro...

A menina corre os dedos ao longo de várias lombadas, estreitando os olhos. A semelhança com um velociraptor caçando é assustadora.

— Arrá! — Ela dá o bote, puxando sua presa da prateleira, e se vira para compartilhar sua vitória. — Pronto. Garotas sáficas com espadas.

O livro que ela está segurando realmente tem duas garotas com espadas na capa.

— Você tem certeza de que é sáfico? — Dylan parece prestes a ter um ataque cardíaco.

— Sim, tenho certeza. — Gabi revira os olhos. — Eu li. Quer dizer, fala sério. *Sáficas* com *espadas*.

— É a sua cara — concorda Oliver. — E agora?

— Vamos nos dividir — diz Gabi. Ela acena com o livro de novo. — Já garanti nossa representação queer, então, se nos dividirmos, poderemos procurar uma área maior, como Dylan sugeriu.

Nós com certeza deveríamos fazer algo antes que Dylan desmaie de estresse. Como alguém pode ficar tão nervoso por causa de uma caça ao tesouro?

— Eu fico com ficção histórica — diz Oliver.

Gabi ri.

— Zero surpresa. — Acho que devo ter feito uma careta sem perceber, porque ela me olha e acrescenta: — Oliver é obcecado por guerras mundiais e naufrágios bizarros.

— Não sou nada — protesta Oliver, irritado.

— Você meio que é, sim — diz Dylan.

Oliver tira os braços de nossos ombros e os cruza na frente do peito.

— Eu gosto de ler sobre o passado para entender melhor as forças em ação no presente, e daí? E naufrágios são legais.

Ele está falando sério?

— *Obcecado* — repete Gabi.

Oliver faz uma careta e sai andando a passos firmes. Para a seção de ficção histórica, imagino.

E me deixa com Dylan e Gabi.

— Ainda temos ficção científica e romance — diz Gabi. Ela claramente é do tipo que toma a iniciativa.

— Não entendo nada de romance — admite Dylan, e olha para Gabi.

Gabi franze a testa para elu.

— E eu por acaso entendo só porque sou garota?

Dylan cora.

— Não, não foi isso que eu quis dizer.

— Só sou uma garota às vezes, sabia? E como assim você não entende nada de romance? Você está namorando Ida!

Dylan me lança um olhar ligeiramente suplicante, como se eu de alguma maneira devesse ajudar. Dou de ombros.

— Também não conheço nenhum livro de romance.

(Bem, tirando aquele livro da Clara Jane que Abby ama. Mas não vou contar isso a eles.)

— Romance vai ser fácil — diz Gabi. — Metade das capas tem um cara sem camisa, certo? Então vamos todos procurar na ficção científica primeiro. Quanto mais olhos atentos, melhor.

Passos firmes disparam em nossa direção, e Delia aparece. Por um segundo, todes nos entreolhamos como se fosse um confronto tenso. Fico na expectativa de Gabi soltar um grito de batalha e nos mandar atacar.

Em vez disso, ela ordena:

— Hora de procurar na ficção científica. — Então nos conduz por Delia, que imediatamente começa a vasculhar as prateleiras de fantasia.

Gabi atravessa a livraria às pressas, e Dylan e eu apertamos o passo para acompanhá-la, o que parece ridículo quando uma versão acústica e tranquila de "Jingle Bells" toca pelo sistema de som da loja.

— Então, hum. — Dylan torce os dedos. — Você lê muito?

Eu desvio de um expositor de itens de papelaria na temática natalina.

— Hum, eu leio graphic novels às vezes.

Dylan ergue as sobrancelhas, os olhos arregalados.

— Ah, legal. Eu também. Você costuma ler webcomics? Já leu *As aventuras do garoto trans e de enby elétrique*?

A conversa está indo rápido demais para mim.

— Não, eu... nunca ouvi falar.

— Ah, cara, é *muito bom*. É sobre um cara trans que descobre que consegue ler mentes, e seu melhor amigue tem um superpoder com o qual pode produzir eletricidade pelos dedos, e os dois têm aventuras e salvam o mundo e tal. Se você gosta de quadrinhos, deveria dar uma olhada. — Dylan de repente cora. — Não é tão bobo quanto parece.

Quem disse que parece bobo? É uma webcomic com um super-herói trans. Parece incrível.

E simplesmente... existe. No mundo. Quase não consigo acreditar que nunca ouvi falar.

Mas também, como teria ouvido? Evan é a única outra pessoa que conheço que também lê graphic novels e quadrinhos, mas ele em geral lê as coisas da Marvel ou da DC. O que torna ainda mais irônico que ele não repare na própria semelhança com o Capitão América.

Já procurei livros com personagens trans na biblioteca. Na escola e na cidade. Não encontrei nenhum. Talvez isso não seja surpresa. Provavelmente era devido a *preocupações dos pais*.

Mas uma webcomic… Bem, elas estão simplesmente disponíveis na internet, certo? Para qualquer um?

— É gratuito? — pergunto.

Dylan sorri.

— Sim. Mas elu tem um Patreon, e é bem barato, e aí você tem direito ao podcast delu com histórias de áudio extras e tal.

Hum. Eu me pergunto se Evan leria uma webcomic trans, se eu começasse a ler.

— Legal. Vou dar uma olhada.

— Parem de conversar, suas lesmas! — É Gabi, bem à nossa frente agora. — Vamos começar a procurar!

A seção de ficção científica é densa. Em parte porque está repleta de livros grossos, em parte porque os livros em si parecem densos. Todos têm uma fonte minúscula e os enredos parecem megaconfusos.

Também são, em sua maioria, escritos por homens. Ou pessoas que usam apenas iniciais em vez de um primeiro nome. E essa poderia ser uma pessoa não binária, uma mulher, um homem. Poderia ser qualquer um.

— Mas que inferno — reclama Gabi com desgosto. — Fico irritada por todos os autores parecerem ser homens e por ter que tentar descobrir o gênero dos autores em primeiro lugar!

— Este aqui pode ser de uma autora? — Dylan segura um livro escrito por alguém com o nome de R. K. Englort. Se meu sobrenome fosse *Englort*, acho que eu não pararia em R. K e escolheria um nome completamente novo. — Não tem biografia, mas o personagem principal é uma mulher…

— Continuem procurando — diz Gabi.

Nos espalhamos pela seção de ficção científica, puxando livros aleatoriamente.

Eu me pergunto se Abby leria uma webcomic trans. Não sei se ela lê webcomics ou graphic novels, mas ela gosta de livros, então…

Seria divertido ter alguém com quem ler algo. Alguém para discutir a história ou para ser nerd comigo. Já é meio o que faço com Evan, mas seria diferente ler algo queer e falar sobre o assunto com outra pessoa queer…

Eu me pergunto qual seção Abby está vasculhando agora e, de repente, fico meio triste por não estar no time dela.

Olho para Dylan, mais adiante na fileira de prateleiras. Elu está franzindo a testa enquanto encara um calhamaço, equilibrando-o desajeitadamente em uma das mãos e roendo a unha do polegar da outra.

Coloco o livro que estou segurando de volta na prateleira (com certeza este não tem espaçonaves ou robôs) e me aproximo delu.

— Ei — digo. Falo baixinho, porque não quero que Gabi ouça e grite com a gente por não estarmos procurando rápido o suficiente. — Posso te perguntar uma coisa?

Dylan olha para cima, as sobrancelhas erguidas.

— Ah. Hum... Claro?

— Você e Ida estão... namorando, certo?

Dylan hesita por um instante.

— Estamos.

— Você... você simplesmente chamou ela pra sair? Ou, quer dizer... — Aff, por que isso é tão difícil? — Ela já sabia, ou... ela achou você estranhe?

Dylan parece pensar no assunto.

— Bem, eu *sou* meio estranhe...

Cara, como eu queria que Dylan pudesse ler mentes como aquele super-herói trans.

— Não, digo, ela alguma vez achou a situação estranha porque você é... trans?

Dylan parece sinceramente confuse.

— Não... Foi Ida quem *me* chamou para sair, então...

— Ela chamou *você*?

— É. Por quê?

— Por nada. — Dou de ombros, tentando soar natural. — Eu só estava me perguntando. Nunca saí com ninguém. E eu sou trans.

Dylan me olha por um longo momento.

— Você está perguntando por causa da Abby?

Uma pequena parte de mim quer dar um soco na cara de Dylan só para não ter que responder.

— Não. Eu estava perguntando só porque queria perguntar.

— Bem, obviamente Abby sabe que você é trans, já que você disse isso lá em cima...

Por que fui começar essa conversa?

— É...

Dylan dá de ombros.

— Então.

Então? O que elu quer dizer com isso?

Dylan puxa outro livro da prateleira, como se aquele "então" fosse algum tipo de resposta que de fato tivesse encerrado a conversa.

Eu me viro de volta para os livros de ficção científica na minha frente. Não sei bem o que acabou de acontecer.

Até agora, eu tinha noventa e nove por cento de certeza de que não havia ninguém em Springfield que fosse querer sair comigo. Até então, mesmo que eu me esforçasse ao máximo para ignorar e negar, eu achava que ninguém namoraria comigo porque sou trans.

Porque sou estranho.

Porque sou uma Dificuldade Logística.

Eu sei que não sou o único cara trans no mundo. Sei que outros caras trans em outros lugares namoram pessoas. Eu sei usar o Google. Mas tudo o que encontrei — fotos no Instagram, vídeos no TikTok e até posts no Tumblr — era distante de Springfield. Distante demais para ser — sei lá — real?

Só que agora estou aqui, ao lado de Dylan, no meio de uma caça ao tesouro com um monte de queers. Não é mais algo distante.

E eu não estou diferente. Sou o mesmo Leo que era em Springfield — uma Dificuldade Logística, talvez às vezes até um incômodo —, mas Dylan acabou de olhar para mim e dizer "então".

Como se eu fosse tão pouco digno de nota que nem precisasse de uma frase completa.

Não sei o que fazer com tudo isso. Eu me sinto como se fosse uma pessoa e duas pessoas diferentes ao mesmo tempo. Uma versão de mim confunde as sra. Waggoner do mundo, traz *preocupações* aos pais, enquanto a outra versão mal recebe um segundo olhar de Dylan.

Abro a boca porque sinto que preciso dizer algo para Dylan, embora não tenha certeza do quê.

Mas não importa, pois Gabi aparece tão de repente que Dylan leva um susto.

— A gente devia se dividir — diz ela. — Oliver ainda não voltou, então ele deve estar preso na seção de ficção histórica. Vou lá ajudar ele.

— Eu fico com ficção científica. — Dylan agora está tentando equilibrar três livros de uma vez.

— Tá bem. — Gabi bate no meu ombro. — Pelo visto você ficou com romance, Grinch.

E ela sai correndo.

Ah, *merda*

— Ela está falando sério?

Dylan ergue o olhar.

— Está.

— Eu não sei nada sobre livros de romance.

— Bom, eu não sei nada sobre ficção científica também, mas essa é a parte divertida. — Dylan me dá um sorriso que parece tão estressado que me faz questionar se elu está mesmo se divertindo.

Esfrego o cabelo.

— Certo, tudo bem. Onde fica a seção de romance?

Dylan acena com o queixo.

— Perto da mesa com todos os diários.

Lá vou eu então. Deixo Dylan vasculhando as prateleiras e vou para a seção de romance, contornando uma mesa cheia de diários com capas floridas. Eu me pergunto se a loja colocou essa mesa perto da seção de romance de propósito. Diários floridos e em tons pastel são obviamente para mulherzinhas, e apenas mulherzinhas querem ler romances, certo?

Eu não quero ler romances, mas também foda-se esse tipo de raciocínio.

Entro na seção de romance e começo a inclinar os livros para trás na prateleira, apenas o suficiente para ver as capas. Só preciso de um cara sem camisa. Só unzinho e pronto.

Não, este sujeito está completamente vestido.

Esse está vestido e a cavalo.

A camisa deste aqui é transparente, mas acho que não conta.

Uma mulher de meia-idade passa por mim no corredor, me lançando um olhar preocupado. Provavelmente deve achar que sou uma lésbica masculina procurando romances ou um adolescente tentando encontrar algo sexy para ler. Não sei qual opção é pior.

Mas sério. Como pode ser tão difícil encontrar um cara sem camisa? Os homens sem camisa não são um estereótipo dos livros de romances?

A mulher de meia-idade me olha de novo. Está mais distante no corredor agora. Tento dar meu melhor sorriso inofensivo e passo para a próxima fileira de livros.

Não é possível.

Eu estendo a mão e puxo o livro da prateleira. Não é uma capa com um cara sem camisa, mas um título muito familiar. As bordas das páginas estão amareladas e macias de tanto serem viradas. A lombada está desbotada. Sem dúvida é uma cópia muito usada.

Mas é uma edição capa dura. Do livro favorito de Abby. *Os cem romances de Clara Jane.*

Eu abro o livro. Há uma assinatura rabiscada na folha de rosto, a tinta desbotada até ficar marrom. É uma cópia autografada. Igual à que Abby perdeu.

Espera. Esta não é a que Abby perdeu, certo? Não tem como ela ter perdido hoje de manhã e o livro já ter surgido em uma livraria aleatória.

Viro as páginas — nenhuma anotação. Então é outra cópia autografada, usada, que está aqui por acaso. Nesta loja. Nesta prateleira.

Fecho o livro. A capa mostra o Empire State Building com uma noite estrelada ao fundo e a silhueta preta de uma mulher de vestido na parte inferior. No canto de trás há um adesivo de preço da Strand que dizia $10,99, mas alguém riscou com uma caneta vermelha e escreveu $5.

O que está fazendo, Leo?

Eu deveria colocar o livro de volta na prateleira. Colocar de volta, esquecer que o vi e deixar por isso mesmo. O time de Abby terá que procurar um livro de romance também, se já não tiverem procurado. Talvez Abby o encontre sozinha.

Mas, se ela encontrar, pode querer comprá-lo para Kat. Ou me mandar uma mensagem perguntando se deveria comprar para Kat.

Eu poderia escondê-lo. Virá-lo e deixar as páginas para fora ou empurrá-lo para trás, para que ela não o veja. De repente, a última coisa que quero é que ela encontre o livro, pense que o Universo está lhe dando um milagre para sair correndo de volta para Kat.

Porque, se ela fizer isso...

Então o dia vai acabar. Eu voltarei para a minha banda, e ela voltará para a dela.

E daí? Por que isso seria tão ruim?

Se Abby encontrasse este livro, provavelmente ficaria feliz. Então, por que estou pensando em escondê-lo? Quer dizer, que babaquice seria essa?

Mas não consigo colocar o livro de volta na prateleira, porque algo mais está me incomodando.

Talvez o Universo não esteja dando um milagre para Abby. Talvez esteja dando um para *mim*.

Aff. *Qual é, Leo*. Conheço minha história com o Universo. Sempre que algo bom acontece, eu levo uma porrada logo depois. Ganhei uma competição de banda? Legal, hora de ser tratado pelo gênero errado por um garçom no jantar de comemoração. Se assumir para os pais correu bem? Brincadeirinha, eles nunca vão contar para o restante da família.

Foda-se. Não me importo.

Coloco o livro debaixo do braço. Preciso encontrar uma capa com um cara sem camisa bem rápido agora, porque preciso de tempo para comprar *Os cem romances de Clara Jane* antes que eu mude de ideia. Antes que eu passe mais tempo tentando descobrir por que tudo o que quero agora é dar este livro para Abby. Não para que ela possa dá-lo para Kat, não porque ainda me sinto culpado (não me sinto), mas porque...

Puxo outro livro da estante. Cara sem camisa. *Isso*.

Olho para o meu celular. Tenho tempo. Posso comprar este livro para Abby e ainda encontrar meu time antes que alguém suspeite.

Certo, Universo. Entendido.

Coloco *Os cem romances de Clara Jane* contra o peito, entre meu moletom e o livro do cara sem camisa, caso Abby esteja por perto, e tento andar o mais rápido e discretamente possível em direção ao caixa na frente da loja.

Não há fila. E a mulher que piscou para mim se foi, substituída por um cara mais jovem com alargadores nas orelhas e um rabo de cavalo.

Deslizo o *Clara Jane* para o balcão.

— Posso comprar este?

— Claro. — O Cara do Rabo de Cavalo acena com o queixo. — Esse também?

Ai, meu Deus. Estou segurando o livro do cara sem camisa com a capa virada para cima.

— Não, este é só... É só para uma atividade do clube do livro. Aqui, na loja. Eu não ia... Não ia roubar nem nada do tipo.

O Cara do Rabo de Cavalo me lança um olhar estranho.

— Tudo bem, sem problemas. — Ele lê o código de barras do livro da *Clara Jane*. — Cinco dólares e quarenta e quatro centavos. Quer embrulhado para presente?

Embrulhado para presente? As pessoas já começaram a fazer as compras de Natal?

— Não, só uma sacola, se você tiver. — Tiro uma nota de dez dólares do bolso e a entrego para ele.

O Cara do Rabo de Cavalo me dá o troco e coloca o livro em uma sacola de papel marrom fina.

— Aqui está — diz ele, entediado. — Feliz Dia de Ação de Graças.

— É, para você também.

Sinceramente esqueci que amanhã é Dia de Ação de Graças. Como isso aconteceu? Se alguém tivesse me perguntado ontem "e aí, acha que vai esquecer que o Dia de Ação de Graças está chegando?", eu teria rido. E depois entrado em pânico.

Pego a sacola de papel. Talvez eu devesse tentar voltar furtivamente para o segundo andar. Ver se consigo guardá-la na mochila antes que alguém pergunte o que tem dentro dela. Tenho um pouco de medo do que pode acontecer se os membros do GJQ Triplo-L acharem que eu estava fazendo corpo mole durante a caça ao tesouro para comprar um livro.

Mas, no meio do caminho para o elevador, Dylan sai correndo da seção de ficção científica.

— Ei, Leo! Eu encontrei um!

Merda. Devo esconder a sacola atrás das costas? Mas seria óbvio demais agora. Faço o possível para segurá-la com toda a naturalidade.

— Legal. Eu encontrei um romance. — Aceno com o livro do cara sem camisa.

Dylan olha para a capa e depois para a sacola de papel.

— Que bom. Você viu Gabi e Oliver?

— Não. Talvez tenham sido devorados pelos livros de história.

Dylan volta a roer as unhas.

— Vamos atrás deles — diz.

Elu não pergunta o que tem na sacola. Nem Gabi e Oliver quando nos encontramos no meio do caminho para a seção de ficção histórica. Eles estão distraídos demais com o livro que encontraram.

— Guerra *e* romance proibido — anuncia Oliver, todo orgulhoso. — Eu sabia que conseguiria encontrar algo.

Gabi revira os olhos.

— Você poderia ter encontrado mais rápido.

Oliver fica magoado.

— Eu queria ter certeza de que estava certo. As descrições nas capas dos livros nem sempre são precisas — protestou.

— Você não precisa ler o livro todo para ter certeza de que está certo.

— A história me prendeu.

Dylan olha para Gabi.

— Ele parou pra ler de novo? — pergunta.

Gabi suspira, exasperada.

— Aham. Vamos lá, o tempo está quase acabando.

Corremos para o elevador. Gabi soca o botão, e, assim que as portas se abrem, o outro time chega correndo atrás de nós.

Escondo a sacola de papel atrás das costas.

Mas Abby não parece reparar. Seu rosto pálido está corado. Os olhos quase brilham. Ela sorri despreocupada.

— Encontrou algo bom? — pergunta ela toda sorridente para mim, enquanto todes nos apertamos no elevador.

Seu sorriso parece me atravessar.

— Sim — digo. — Encontrei algo bom.

TREZE

QUARTA-FEIRA, 22 DE NOVEMBRO — 16H35

ABBY

COMO ERA DE se esperar, os times empataram.

— Vocês dois encontraram livros queer! — diz Rae, quando Gabi e Delia protestam. — O que mais eu poderia fazer?

— Pensar em uma caça ao tesouro mais difícil — resmunga Gabi.

Os olhos de Dylan quase saltam da cabeça.

— Não, obrigade, essa já foi estressante o suficiente!

Pego o celular e olho de novo para a mensagem de Kat.

KAT:

Estamos no intervalo. Não acredito que você não está aqui.

O espetáculo deve acabar daqui a pouco, certo? Já passou de quatro e meia. E ela está acobertando meu sumiço há horas. Nem sei se teremos tempo para visitar outro local de OCRdCJ agora. Ou conseguir mais um suvenir.

Por que perdi tanto tempo de bobeira? Eu deveria estar encontrando presentes para Kat, não fazendo coisas egoístas para mim mesma.

Mas meia hora parecia tão pouco tempo. E eu não me arrependo. Por algum motivo, não consigo me arrepender.

A caça ao tesouro claramente acabou agora, embora Gabi ainda esteja discutindo com Rae sobre o empate. Então, acho que, embora eu não queira muito...

Vou até Leo, que está agachado atrás de uma das poltronas, tentando enfiar uma sacola de papel fina na mochila. Não parece estar indo muito bem.

— A gente devia ir, né? — digo.

Leo leva um susto, derrubando a mochila.

— Ah. Oi.

— Oi. — É impressão minha ou ele está um pouco corado?

— A gente devia ir, certo? São 16h35, e temos que pegar o metrô...

— É. Verdade. — Leo desiste de tentar enfiar a sacola de papel na mochila. Ele pega a jaqueta na poltrona.

Pego a minha também. Pelo menos está quase seca agora. Mas isso só me faz sentir pior. Minha jaqueta está seca porque ficamos tempo demais aqui. Em que eu estava pensando?

— O que vocês estão fazendo? — pergunta Dylan.

Eu me viro. Todes estão olhando para nós, até Gabi e Rae.

— Desculpa. A gente precisa ir. — Visto minha jaqueta e pego a mochila.

— Só somos expulsos às cinco — diz Ida. — Vocês podem continuar aqui com a gente se quiserem. Em geral, ficamos conversando sobre livros ou filmes, ou...

— Casais queer favoritos, em qualquer mídia, canônicos ou não — interrompe Rae, entusiasmade.

— É — diz Ida, menos entusiasmada. — Ou isso.

Meu Deus, como eu queria. Adoraria ficar nesta bolha queer, com pessoas que realmente querem falar sobre casais queer. Talvez até me ouçam se eu contar sobre aquele fanfic gay de *Clara Jane*. Talvez também leiam fanfics.

Quase consigo imaginar. Todes nós sentados ali, conversando e rindo, e Leo de vez em quando parecendo mal-humorado, o que nos faria rir mais...

É uma bolha que eu nem sabia que existia, e acho que nunca quis tanto alguma coisa.

Mas preciso me concentrar no que deveria estar fazendo. Preciso me concentrar em Kat, caso haja uma chance de algo acontecer, porque... é o que quero há meses. E, se ela disser sim... Bem, isso é algo que ainda terei quando voltar para Westvale. É algo que posso levar comigo.

Então, por que me sinto tão dividida agora?

— A gente realmente precisa ir — diz Leo. — Mas obrigado, de qualquer maneira.

Rae fica magoade.

— Para onde vocês têm que ir com tanta pressa?

Abro a boca, sem saber o que dizer. Pego Ida me olhando com um sorrisinho no rosto. Ela deve estar pensando em Kat e tudo o que contei sobre ela, e também sobre Leo...

— A gente precisa voltar para nossas bandas marciais — diz Leo. — Estamos no desfile amanhã, então temos... ensaio e essas coisas.

É meio que uma mentira, mas também é verdade. É a coisa óbvia a dizer, de qualquer maneira. Mas, de repente, me pego querendo poder contar a Ida toda a verdade — meu plano inteiro — para saber o que ela acharia.

— Espera, vocês estão no Desfile da *Macy's*? — pergunta Oliver.

— Tipo, tocando instrumentos? — acrescenta Delia.

Skye bate palmas.

— Queers no desfile!

Agora todos querem saber quais instrumentos tocamos, e qual música vamos tocar, como é estar em uma banda marcial e quantas horas praticamos — e, quando finalmente conseguimos ir embora de verdade, perdemos mais quinze minutos.

Mas, antes que eu possa ir para o elevador, Ida me puxa de lado.

— Me dá seu celular.

Eu estendo o aparelho.

Ela digita e o devolve.

— Meu número. Para você.

Eu hesito por um instante, surpresa. Demora um segundo para meu cérebro processar a informação.

— Mas eu achei que você estava com Dylan.

Ela ri e rapidamente esconde a boca com a mão.

— Não, boba, não estou *dando em cima de você*. Estou tentando ser sua amiga.

Eu a encaro.

— Eu moro no Missouri — digo.

Ida sorri.

— Sim, eu sei. Já ouviu falar de mensagens de texto? Além disso, talvez você acabe voltando para Nova York um dia. Ou talvez eu acabe indo para o Missouri.

Olho para o celular.

— Tudo bem? — pergunta ela.

— Sim. Claro. — Olho para cima. — Desculpe, eu nunca tive...

— Uma amiga definitiva e absolutamente queer?

Agora eu *sei* que ela está pensando em Kat.

— Eu ia dizer "uma amiga a distância", mas sim.

— Abby, vamos lá. — Leo está no elevador, segurando as portas abertas.

Mas hesito um segundo a mais.

— Ei, Ida? — Mostro a foto que tirei mais cedo do panfleto no quadro de avisos da loja. — Onde fica esse endereço?

Ida estreita os olhos para meu celular.

— Perto da Times Square. Indica a esquina mais próxima bem ali, está vendo? 39th. Isso significa West 39th Street com a Oitava Avenida.

— Ah. Ok, obrigada. — Guardo o celular de volta no bolso.

— Vou assistir ao desfile amanhã e procurar você. — Ida me dá um soquinho de leve no braço. — Depois me conte quem você escolheu.

— O quê? — Mas, em vez de responder, ela me empurra em direção ao elevador, e sim, eu devia ir logo. Corro para o elevador, a mochila sacolejando desajeitadamente nas costas, e Leo deixa as portas se fecharem atrás de nós.

O elevador range lentamente em direção ao primeiro andar.

— O que foi aquilo? — pergunta Leo.

— Ida me deu o número dela. Tipo, para sermos amigas.

— Legal.

Não consigo me obrigar a contar a ele sobre o panfleto. Não porque Leo não se importaria ou porque tenho medo de que riria de mim. Tenho medo de que ele *se importe*. E a possibilidade disso, de alguma maneira, parece pior.

— Era um grupo legal.

— É. — Ele esfrega o cabelo. Nem está franzindo a testa. — Era mesmo.

Voltamos pela livraria até a entrada. Quando chegamos à rua, a chuva parou. As nuvens estão sumindo também. A luz fraca do sol da tarde brilha no pavimento.

Leo coloca o gorro de volta.

— E agora?

Volto a pensar na mensagem de Kat.

— Talvez a gente devesse voltar.

— Voltar para onde?

Não é óbvio?

— Pras nossas bandas! Talvez a gente devesse ir para a Broadway agora. Quer dizer, os musicais devem estar quase acabando.

— É, acho que sim. — Leo olha para a sacola de papel que ainda está segurando.

— Você estava certo, não devíamos ter participado da caça ao tesouro.

Eu me sinto mal assim que as palavras saem da minha boca, porque nem sei se estou realmente brava com isso ou se só sinto que *deveria* estar. E agora parece que estou colocando a culpa nele quando sei que fui eu que insisti em ficar.

— Você acabou de falar que eles eram um grupo legal — diz Leo.

— Bem, eles eram. São. Mas eu deveria estar procurando suvenires para Kat. — Meu estômago está se revirando de novo. Quase consigo sentir cada minuto passando. — E, em vez disso, a ignorei por horas e fiquei procurando livros.

Leo franze a testa.

— Não foram horas.

— Você sabe o que eu quis dizer. Eu deveria estar fazendo algo para Kat, senão não seria justo pedir para ela mentir por mim. Mas, em vez disso, fiquei fazendo outras coisas.

Ele ergue uma sobrancelha.

— Ah, tá, então não é justo eu pedir para Evan esconder que sumi porque não estou planejando confessar meu amor eterno por ele com um monte de presentes?

— Não, não foi isso que eu quis dizer. — Balanço a cabeça. Está saindo tudo errado. — É só que... o plano era fazer algo para Kat.

— Parece que você passa tempo demais fazendo algo para Kat.

O que ele quer dizer com isso?

— Não passo, não.

— Você tira fotos para o blog dela...

— Não é um blog, é um Tumblr.

— Você escreve cartas de amor para ela...

— Não eram cartas de amor.

— E agora você está procurando suvenires e se sentindo culpada por fazer qualquer outra coisa, mesmo que seja só algo que *você* quer fazer.

Isso me pega de surpresa.

— Procurar suvenires foi ideia sua — rebato.

Leo franze a testa.

— É, e ainda assim, de alguma maneira, tudo o que você acabou de dizer foi totalmente sobre você.

— Do que você está falando? Tudo o que estamos fazendo é para eu dizer a Kat como me sinto. Então... sim, estou falando de mim. De quem mais eu estaria falando?

Leo franze a testa mais ainda. Mas tudo o que diz, em voz baixa, é:

— Deixa pra lá. — Ele desliza a mochila do ombro, colocando-a no chão, e volta a tentar enfiar a sacola de papel nela.

Não faço ideia de por que ele está tão chateado do nada. E também não quero brigar com ele. Engulo. Tento ser amigável.

— O que tem nessa sacola?

Leo olha para mim. Não está mais de testa franzida. Nunca vi seus olhos tão abertos. Abertos, profundos e quase vulneráveis.

Ele dá de ombros e desvia o olhar de novo, de volta para a mochila.

— Não é nada. — A sacola de papel amassa na mochila dele, e ele fecha o zíper. — Podemos ir para a Broadway, se quiser.

Ele não parece bravo. Mas também não parece feliz. Parece meio triste.

Abro a boca, me perguntando quão terrível seria a ideia de perguntar o que houve. Mas meu celular vibra no bolso antes que eu consiga decidir o que dizer.

É outra mensagem de Kat. Desta vez, no grupo com Leo e Evan.

KAT

O espetáculo terminou. Desmontando a Abby falsa agora.

Droga. Estamos atrasados. Eu realmente desperdicei tempo demais.

— O espetáculo acabou — digo para Leo.

— Sim, eu sei. — Ele está olhando para o celular também.

EVAN

Legal, funcionou?

KAT

Sim. A acompanhante tentou conferir como ela estava no intervalo, mas eu disse que Abby estava bem e então fingi uma crise de tosse para distraí-la. Todo mundo está se levantando agora.

EVAN

Uhul! Usem o caos para esconder nossos amigos falsos!

Olho para Leo. O que a gente faz? Corre para o metrô e torce para que um trem chegue imediatamente?

É o que *deveríamos* fazer. É obviamente o que deveríamos fazer.

E tudo o que eu quero é que Leo diga que não precisamos. Porque eu não quero que isto termine.

O que é esse *isto*? Procurar suvenires? Correr por Nova York como se eu pudesse criar minha própria aventura?

Estar com Leo?

Ele olha para mim, mordendo o lábio. Tenho muito medo de perguntar no que está pensando, mas quero muito, muito saber. Ele acha que devemos voltar? Ele quer voltar?

Meu Deus, me sinto tão dividida. Não faço ideia do que fazer.

KAT

Foi divertido, pessoal.

Abby, você está aqui?

EVAN

Concordo. Boa, time. Leo, estamos indo jantar na Times Square, cadê você?

Se eu não disser algo agora, meu coração vai explodir para fora do peito.

— Eu não quero voltar ainda. — A confissão escapa da minha boca. — Quero encontrar outra coisa... para Kat.

— É. — Leo engole em seco. — É, eu também não. Ou... também quero.

Meus joelhos viram gelatina, e, por um segundo, sinto que meu coração realmente saiu do meu corpo. Deixo a mochila cair na calçada e me abaixo para puxar minha pasta cheia de informações.

— Tenho quase certeza de que minha banda também vai jantar na Times Square. — Abro a pasta. — E depois vamos para o Rockefeller Center e um lugar chamado Top of the Rock. E a sua?

Leo se atrapalha para tirar o papel com a programação.

— Hum... algum passeio de barco para ver as luzes do horizonte de Manhattan. Depois do jantar.

Fecho a pasta e tento guardá-la de volta na mochila. Minhas mãos estão tremendo como se eu tivesse acabado de correr cinco voltas ao redor do campo de futebol americano.

— E se a gente fosse para mais um lugar do livro, encontrássemos mais uma coisa para Kat e depois encontrássemos nossos grupos para os últimos passeios da noite?

— Tipo, nos encontrarmos depois do jantar?

— É. — Prendo a respiração. *Por favor, diga sim.*

EVAN

Gente??

Kd vcs???

— Ok — diz Leo de repente. — Vamos lá.

Ele está sorrindo. Só um pouquinho. É tão discreto que a maioria das pessoas provavelmente não perceberia. Eu teria deixado de ver, hoje de manhã. Mas agora eu noto.

A voz de Ida surge na minha cabeça. O que ela murmurou antes de eu correr para o elevador. *Depois me conte quem você escolheu.*

Meu coração dá um salto.

Não, faz mais do que isso. Salta direto para a minha garganta.

Eu tusso e encaro o meu celular.

— Tudo bem...

EU

Vocês, por acaso, poderiam continuar nos dando cobertura durante o jantar?

KAT

Sério?

EVAN

Porra Leo serio que vc ta escolhendo sair com alguma garota em vez de passar tempo comigo?? ☹

LEO

Evan este é o chat em grupo

Não sei o que responder. De repente, quero me explicar para Kat — só para Kat — sem que ninguém mais veja o que eu escrevo. Abro nossas mensagens.

EU

Desculpa. Sei que disse que voltaria, mas vou explicar quando voltar. Prometo.

Você, Morgan e Amira podem continuar me dando cobertura, por favor?

Encaro o celular. Três pontinhos aparecem. Kat está digitando. Espero pelo que parece uma eternidade, olhando os pontinhos.

KAT

Acho bom você estar fazendo algo incrível.

Solto o ar todo de uma vez.

EU

Obrigada, você é a melhor pessoa do mundo, de verdade

Eu volto para o grupo.

EVAN

O sr. Corbin está com uma enxaqueca bizarra, então acho que a gente consegue. Além disso, o Josh F. tentou comprar cerveja no bar, então os acompanhantes estão ocupados.

LEO

Valeu Ev te devo uma

A gente se vê depois do jantar

Kat não manda outras mensagens. Nem para mim, nem para o grupo.

Por que isso é tudo tão estranho? Por que me sinto tão aliviada e apavorada ao mesmo tempo? É o que eu queria: adiar a volta mais um pouco. Vou fazer a declaração grandiosa amanhã e quero ter certeza de que vai ser perfeito. Quero ter certeza de que tenho suvenires suficientes. Quero ter certeza de que estou pronta.

Porque, no momento, não me sinto nada pronta.

CATORZE

QUARTA-FEIRA, 22 DE NOVEMBRO — 17H04

LEO

POR QUE EU comprei este livro para Abby?

O que achei que fosse acontecer? Que eu ia apresentá-lo em uma revelação dramática e, então, ela ia se jogar nos meus braços como se estivéssemos em um filme meloso? Como se fosse eu a ter a cena de amor grandiosa?

Eu me sinto um idiota, mas é exatamente isso que queria que acontecesse. E nem sei quando comecei a torcer por isso.

Se controla, Leo. Abby ama Kat. Ela acabou de deixar isso bem claro ao fazer uma cena por não ter vivido o dia de hoje em função de Kat *o suficiente*. Focando só *ela mesma*, como se eu nem estivesse ali, como se todo o plano não tivesse sido ideia minha, para início de conversa.

E agora me sinto egoísta. E culpado. Abby está apaixonada por Kat. Quem eu esperava que fosse o foco dela?

Além disso, eu a conheço há — tento forçar meu cérebro a funcionar — cinco horas? Seis, no máximo? As pessoas não se apaixonam em seis horas. As pessoas nem se tornam amigas em seis horas.

Ou, pelo menos, eu não.

Estou interessado em Abby. Só isso. Um crush totalmente ridículo, que provavelmente só existe porque Dylan deu de ombros e disse "então" como se talvez Abby (ou alguém) pudesse gostar de mim. Dylan colocou a possibilidade na minha cabeça, e agora aqui estou. Sendo ridículo.

Muito obrigado, Dylan.

Então eu poderia entregar o livro mesmo assim. O que mais vou fazer com isso? Carregá-lo na mochila pelo restante da viagem? Eu deveria entregar logo, se não por outros motivos, no mínimo por culpa. *Ei, desculpa por ter perdido seu livro, aqui está um substituto.*

Só que não consigo me obrigar a fazer isso.

Estamos caminhando pela 14th Street, finalmente indo em direção ao Chelsea Market. Decidimos não pegar o metrô, agora que não está mais chovendo. Segundo o celular de Abby, não economizaria tanto tempo assim, e é melhor ter certeza de que teremos crédito suficiente para voltarmos para nossas bandas depois.

Então, eu tenho tempo. Tempo suficiente. Mas, se eu der o livro para Abby, ela pode querer parar agora. Decidir que não precisamos ir ao Chelsea Market, porque ela tem uma cópia autografada, e embora não tenha todas as suas anotações, ainda vai significar muito para Kat, e isso já é suficiente.

E, se ela tomar essa decisão, o dia vai acabar.

Não literalmente. Ainda vou ver as luzes de Manhattan de barco, o que será espetacular, tenho certeza. Ainda vou passar a noite ensaiando em frente à Macy's. Ainda vou marchar no desfile amanhã.

Mas o que realmente quero, mais do que qualquer uma dessas coisas, é mais uma hora com Abby.

Pare de pensar demais. Apenas aproveite o momento.

Se só tenho mais uma hora, posso muito bem aproveitar.

Tento deixar minha culpa de lado e olho para Abby. O sol está se pondo à nossa frente, tornando nossas sombras longas e magras, mas, mesmo com todos esses prédios, ainda vem direto nos meus olhos.

— Então, o que é o Chelsea Market? Um supermercado?

Abby abre um pequeno sorriso, mas parece tenso. Nervoso. E ela anda muito rápido.

— Não, é um lugar coberto com muitas lojas, comidas e coisas assim. Acho.

— Então… um shopping.

— Não. Não sei. Parece mais fofo no livro. Clara Jane conhece um cara em uma loja de doces lá.

— Ela tem um dos seus cem romances em uma loja de doces?

— Ela não tem cem romances de verdade. Só oito.

— Parece propaganda enganosa. — Eu digo isso como uma piada leve, mas o tom sai amargo. Qual é o meu problema?

Abby apenas dá de ombros, mordendo o lábio.

Pare de tentar dizer algo inteligente. Diga algo sincero.

— Você nunca me contou sobre o livro, na verdade. Tipo... por que você gosta tanto dele. Sobre o que é — digo.

Abby me lança um olhar confuso.

— Eu contei, sim. Romance mágico, Empire State Building, Nova York. E você acha todas essas coisas bobas.

— Não acho, não.

Ela ergue as sobrancelhas.

— Não, é sério. Eu não odeio... — Esfrego a nuca. Ela realmente acha isso? — Eu não odeio magia ou romance.

Um pequeno sorriso surge nos lábios de Abby.

— Está bem. — Ela respira fundo. — É sobre uma garota chamada Clara Jane. Ela mora em Nova York e está presa em um loop temporal. Tipo, ela fica revivendo o mesmo dia, mas a cada vez conhece um cara diferente e tem um romance arrebatador diferente. No fim do dia, ela percebe que não está realmente apaixonada pelo cara, aí o dia começa de novo.

— Ela precisa continuar namorando caras novos para sempre?

— Ela encontra o cara certo no fim do livro, se apaixona de verdade e, então, escapa do loop temporal. Ou é o que está implícito, pelo menos.

Penso um pouco no que ela acabou de dizer.

— Espera aí. Então, entrar em um relacionamento é a única maneira de escapar de um purgatório real e literal? — pergunto.

Abby hesita, surpresa.

— Hum. Eu não tinha pensado nisso. — Mesmo sob a luz fraca, consigo ver que ela está corando. A menos que seja o frio cortante. — Eu nunca disse que era um livro *incrível*, mas gosto de ler histórias nas quais as pessoas se apaixonam. Gosto de acreditar que isso acontece, que *poderia* acontecer, ainda mais para... — Ela para de falar de repente e olha para a calçada.

Ela ia dizer *para pessoas como eu*? Ia dizer *para pessoas como nós*?

Quero muito saber, mas estou com medo de perguntar. Medo de ouvir a resposta, se a resposta for *sim*.

Ela pigarreia.

— Enfim. — Abby claramente está tentando salvar a situação. — Tem umas fanfics muito boas.

Essa não era a salvação que eu esperava.

— Fanfics?

— É. — Abby me olha de soslaio como se achasse que eu fosse morder. — E daí?

Eu levanto as mãos.

— Não estou julgando. Sério. Só que nunca li fanfics de nada.

Sua expressão se suaviza.

— Talvez você devesse. Muitas delas são queer.

Ah.

— Além disso, você pode continuar vivendo no seu universo favorito de, sei lá, quinhentas maneiras diferentes.

Eu sorrio.

— Parece que você é meio obcecada por viver as coisas repetidamente.

Ela retribui meu sorriso e depois olha para longe. Uma brisa gélida desce pela rua e sopra seu cabelo no rosto. Agora que está seco, seus cachos voltaram ao normal, de alguma maneira mais selvagens do que antes.

Ela os afasta, distraída.

— Não sei. Acho que é mais tipo... quero que as coisas deem certo e, se não derem, então quero outra chance.

Estamos andando mais devagar agora. Não sei se eu diminuí o ritmo ou se foi ela.

— Tipo, se você pisou em cocô de cachorro e pegou o trem errado, então deveria poder rebobinar e ter a chance de *não* pisar no cocô de cachorro? — pergunto.

Outro sorriso surge no rosto dela.

— Bem, não estou rebobinando agora, mas é meio que uma segunda chance, certo?

Meu estômago dá um nó.

— É. Verdade.

Não demora muito para chegarmos ao Chelsea Market, mas já está escuro quando chegamos. Parece que o sol foi de afundar devagar para despencar no horizonte em questão de minutos. A temperatura cai, e as luzes da rua se acendem acima de nós. Os carros que passam estão com os faróis ligados.

Não que haja muitos carros na rua agora. Nem pessoas, por sinal. Eu me pergunto se todos saíram mais cedo do trabalho para começarem a cozinhar, viajar ou garantir seus lugares para o desfile de amanhã.

Ou talvez — penso assim que empurramos a porta — todos tenham ido ao Chelsea Market.

Por fora, o Chelsea Market é um enorme prédio de tijolos vermelhos. Por dentro, é uma mistureba de paredes de tijolos nus, tetos altos em estilo industrial e vidro moderno e elegante. E está todo decorado para o Natal. Pisca-piscas pendem do teto como centenas de pequenos pingentes de gelo. Somos atingidos pela música alegre de Natal assim que passamos pela porta, e pelo burburinho. Há gente para tudo que é lado, pessoas agasalhadas, com sacolas de compras ou mochilas, escolhendo garrafas de vinho e longos pães crocantes. E provavelmente perus e queijos sofisticados também. Pelo visto, os nova-iorquinos fazem suas compras de Ação de Graças nas lojas mais artesanais que já vi, organizadas em fila como se estivéssemos em uma antiga rua europeia em vez de dentro de um armazém.

Abby olha ao redor enquanto caminhamos sob um arco de tijolos, completo com um relógio antigo adornado em dourado e prata.

— Quase sinto que somos locais — diz ela.

Entendo o que ela quer dizer. Com certeza esta não é uma multidão de turistas. Todos estão andando rápido demais para isso. Eu me pergunto se ela está tentando imaginar que também é uma local. Fingindo, por um minuto, que mora aqui e pode desaparecer nessa cidade anônima, longe do tipo de cidade onde todo mundo *fica sabendo* quando você se assume. Onde todos terão uma opinião, mesmo que não digam em voz alta. Onde, mais cedo ou mais tarde, você acabará sendo uma Dificuldade Logística.

Eu olho para as vigas de aço altas, envoltas em mais luzes piscantes. Para o tijolo irregular de algumas das fachadas das lojas.

— O que deveríamos procurar?

Os ombros de Abby sobem até as orelhas. Ela parece tensa de novo.

— Que tal comida primeiro? Jantar?

Talvez seja por isso que meu estômago está meio esquisito. Só estou com fome — de novo. Não tem nada a ver com quão ansiosa Abby parece, nem com quão desesperadamente quero que ela não pareça ansiosa. Mas não consigo encontrar palavras reconfortantes. Tudo que consigo dizer é:

— Boa ideia.

Nenhum de nós deve estar se sentindo muito aventureiro, porque vamos direto para outro lugar que vende fatias de pizza. Não é tão barato quanto o pé-sujo onde almoçamos. Estou ficando quase sem dinheiro.

Sentamos a uma mesinha com nossas fatias, observando as pessoas caminharem apressadas pelo mercado.

— Você acha que os nova-iorquinos alguma vez andam devagar? — pergunta Abby.

— Não — digo, a boca cheia de pizza. — Eles todos têm algum compromisso importante.

Alguém passa por nós tão rápido que chega a provocar uma rajada de vento. Abby sorri para mim.

— Para onde você acha que ele está indo?

— Reunião de negócios muito importante?

— Na noite antes do Dia de Ação de Graças?

Ela tem razão.

— Um peru muito importante?

Abby quase engasga com a pizza.

— Agora estou imaginando um peru de terno...

Terminamos a pizza e tomamos nosso refrigerante, e aí Abby diz que precisa usar o banheiro, então voltamos ao mercado movimentado até vermos uma placa de banheiro apontando para um corredor estreito.

— Pode deixar a mochila comigo, se quiser — digo.

— Ah. Obrigada. — Abby tira a mochila e a encosta com todo o cuidado na parede.

Fico ao lado dela, mexendo nervosamente nas alças da minha própria mochila, enquanto Abby desaparece no banheiro feminino. Olho para os banheiros de cada lado de um bebedouro. DAMAS e CAVALHEIROS. O binarismo de gênero em toda a sua glória, mais uma vez.

Também preciso ir ao banheiro. Mas não tem banheiro neutro aqui.

Já usei o banheiro masculino antes. Várias vezes. Em uma escola em Atlanta, quando estávamos lá para uma competição, no cinema e até na Springfield

High, uma vez, antes de um treino da banda em um sábado de manhã, quando ninguém mais estava por perto.

Mas Evan foi comigo todas essas vezes. Foi humilhante e reconfortante ao mesmo tempo. Ninguém mexe com você quando seu amigo parece um Vingador. Mesmo que ele use quase sempre uma camiseta com um alpinista tocando tuba sob os dizeres "terrivelmente útil ao bater altitudes".

Evan realmente ama piadas de tio do pavê.

Encosto a cabeça na parede e olho para as luzes fluorescentes acima. É Nova York. Talvez ninguém se importe. Se o banheiro masculino for como o restante da cidade, talvez ninguém nem olhe para mim.

— Oi! — Abby reaparece, esfregando as mãos na calça jeans. — Você quer ir também?

— Hum, não, tudo bem.

— Tem certeza?

— Aqui... não é o melhor lugar.

Ela hesita por um instante, sem entender. E então sua boca forma um pequeno "ah" de surpresa.

Ela entendeu. Queria ser engolido pela terra agora.

— Posso ficar por aqui esperando. — Ela aponta para o banheiro. — Você quem sabe, mas...

Ela está se oferecendo para tomar conta do banheiro masculino para mim? Isso não vai impedir que algo... aconteça. Se algo for acontecer.

Mas não há ninguém por perto agora.

— Tem certeza de que não se importa?

Ela sorri.

— Você ficou esperando por mim! — diz.

Não é nem de perto a mesma coisa, mas dá para perceber que ela sabe disso pelo jeito que seus olhos estão focados nos meus, pelo jeito que ela realmente *vê*. Ela está agindo com naturalidade de propósito. Está fingindo que é a mesma coisa porque assim não seria nada de mais.

É só uma ida ao banheiro, mas...

— Ok. Obrigado.

Largo a mochila ao seu lado e entro no banheiro. Está vazio, mas ainda tento ser rápido. Entro na cabine, saio da cabine, lavo as mãos, seco as mãos.

Mesmo sabendo que meu lugar não é no outro banheiro, ainda sinto que estou fazendo algo escondido. Ou pelo menos sendo um incômodo.

Uma Dificuldade Logística, mais uma vez.

Abby me espera do lado de fora, balançando de leve de um lado para o outro como se estivesse dançando ao som de alguma música na sua cabeça. Ou talvez ensaiando alguma formação para amanhã.

Argh. Não quero pensar em amanhã. Ainda não.

Abby sorri quando me vê e levanta a mão.

— Você arrasou. Toca aqui.

Ela está falando sério?

— Se você quiser — acrescenta ela.

Bato a mão na dela. É um pouco constrangedor. E também importa mais do que quero admitir. É outra coisa que Abby oferece com desprendimento. Como girar na chuva. Quem liga para o que os outros pensam?

— Obrigado.

Ela me encara por um bom tempo, então desvia o olhar enquanto eu pego minha mochila.

— Desculpa, espero não ter te deixado sem jeito — diz ela, olhando para o chão.

— Você não deixou. — Caminhamos de volta até o corredor movimentado do mercado. E talvez eu devesse parar aí, mas algo me faz continuar a falar, expressando as coisas que em geral penso, mas não digo. — Eu queria que isso não tivesse que ser *grandes coisas*. Tipo, eu queria que nada disso tivesse que ser *grandes coisas*. Eu queria poder ser invisível, mas só porque pareço um cara qualquer e ninguém nem repara em mim. — Encolho os ombros debaixo da jaqueta colegial. — Acho que não é muito "orgulho queer" da minha parte.

Abby dá de ombros.

— Também não sou muito "orgulho queer". Tipo, sei que ainda nem me assumi. Quero que isso aconteça, um dia, mas principalmente... só quero existir.

— Você existe pra mim.

Abby para, bem no meio da correria do mercado, e olha para mim. As pessoas desviam de nós como se fôssemos duas pedras no meio de um rio. Várias praguejam audivelmente, e um número ainda maior olha feio para a gente.

E, de repente, escuto o que acabei de dizer.

— Meu Deus. Desculpa. — Tiro o gorro e esfrego o cabelo. Está um milhão de graus aqui dentro ou é impressão minha? — Isso foi brega demais.

Ela sorri. Não é um sorriso de quem está rindo de mim. Só... um sorriso. Um pouco tímido, talvez um pouco esperançoso.

— É. Mas... eu sou brega. Tudo bem — responde.

— Só quis dizer que entendo o que você estava querendo dizer. Sobre querer existir. Como as outras pessoas existem, sem precisar provar nada, sei lá. — Tento dar de ombros com naturalidade, mas acabo fazendo um movimento de ombro desajeitado. — Então... você existe pra mim. Eu te vejo como queer, se é isso que você quer, não importa o que outras pessoas vejam ou deixem de ver.

Não é muito melhor. Mas estou sendo sincero e não quero voltar atrás.

Ela me observa.

— Você também existe para mim.

Essas coisas não acontecem na vida real, mas ainda assim eu poderia jurar que o barulho de passos e vozes ao redor desaparece. As pessoas apressadas passam a ser um borrão de fundo. Tudo o que vejo são os pontinhos de luz em seus olhos, brilhando por causa de todos os pisca-piscas no alto.

Talvez seja o primeiro momento, em toda a minha vida, que eu quero que dure para sempre.

— Obrigado — digo.

Queria poder dizer outra coisa. Mas é tudo em que consigo pensar. Apenas *obrigado*. De novo.

Alguém esbarra em Abby ao tentar desviar dela. Um rápido e irritado "sai do caminho", e a mulher já se foi. Mas ainda interrompe o momento.

— Acho que é melhor a gente continuar andando — diz Abby.

— É.

Mas hesitamos. Como se estivéssemos esperando que o outro se movesse primeiro.

É ela quem finalmente começa a andar.

— Eu estava pensando que a gente poderia procurar algum doce. Sabe, como a cena em *Os cem romances de Clara Jane*. O cara da loja de doces é o dono, e ele a ensina a fazer caramelos.

— Tudo bem, parece legal. — Tamborilo os dedos em minha perna enquanto andamos. Parece que estamos falando só por falar. Procurando o próximo suvenir porque, bem, esse era o plano.

Mas não sei mais o que fazer. Não sei como recuperar o momento mágico nem o que diria se o tivesse de volta.

— Ah, olha! — Abby aponta para uma loja com CARLY'S CARAMELS escrito na vitrine.

É perfeito. Igual ao livro dela. Mas só consigo dar de ombros.

A loja tem um cheiro forte de açúcar. Está cheia de chocolates, chá e balas de caramelo coloridas. Há blocos de *fudge* expostos em papel-manteiga dentro de uma vitrine de vidro. O lugar todo é um mar de tons pastel e fontes elegantes.

Abby vai direto para a mesa de caramelos. Ela pega um saco, e sua expressão fica desanimada.

— São meio caros — diz ela, baixinho.

Olho por cima do ombro dela. Dezoito dólares pelo saco menor. Ai.

— Temos alguns caramelos avulsos também. — Saltos altos ecoam pelo chão. Uma mulher com cabelo rosa-algodão-doce e avental azul-claro sorri para nós. Sua aparência combina tanto com a loja que me pergunto se ela é a Carly. — Esses são dois dólares cada. — Ela aponta para um jarro de vidro no balcão, cheio de caramelos marrons e macios, cada um embrulhado em papel pastel.

— Ah. Esses são perfeitos, na verdade. Obrigada. — Abby vai até o balcão.

Fico onde estou enquanto ela escolhe um caramelo e paga por ele. De alguma maneira, não consigo me envolver mais. Observo meus sapatos, arranhando o chão com a ponta do pé.

— Aqui. — Abby surge de repente ao meu lado. Ela estende um pequeno doce marrom em um embrulho azul quase transparente.

Eu o pego automaticamente.

Nós nos encaramos.

— Você vai comer? — pergunta Abby.

O quê?

— Não é para Kat?

Ela sorri, os cantos dos olhos se enrugando.

— Não, eu peguei outro para Kat. — Ela o levanta e abre a mochila. — Esse é para você.

Olho para o caramelo.

— Não precisava — digo.

Ela guarda o doce para Kat na mochila.

— Eu sei, mas… — Seus olhos encontram os meus de novo. — Eu quis.

Meu estômago se torce de culpa. O livro na minha mochila de repente pesa cinquenta quilos.

— Obrigado. — Por que não paro de dizer *obrigado*?

— De nada. — Ela abaixa a cabeça e pega o celular. — Acho que a gente devia ir.

Solto a respiração. Tive minha hora. E mais um pouco, percebo, olhando para o celular. Já são quase seis e meia.

— É — respondo. — É melhor a gente ir.

QUINZE

QUARTA-FEIRA, 22 DE NOVEMBRO — 18H43

ABBY

ESTÁ FRIO QUANDO saímos de novo. Frio e ventando. Meus olhos imediatamente começam a lacrimejar, e minhas orelhas doem. Puxo o capuz para cima e enfio o cabelo dentro dele.

— Então... Times Square, certo? — Tento usar um tom leve, mesmo que eu não me sinta assim.

— Isso — diz Leo. — Times Square.

Eu o olho de relance, mas ele está estreitando os olhos para a placa brilhante que projeta CHELSEA MARKET na escuridão acima de nossas cabeças. Então, olho de novo para o mapa no celular. Meus dedos estão tão gelados que é difícil digitar. E não consigo entender o mapa. Minha cabeça está cheia demais. Cheia de pisca-piscas, caramelos e da maneira como tudo pareceu parar quando Leo disse: "Você existe pra mim."

— Então... acho que, se quisermos ir para Times Square, devemos... Hum...

— Vocês podem ir pelo High Line.

Tenho um sobressalto, e Leo também. Uma jovem de avental preto e casaco volumoso está encostada no prédio, o celular nas mãos. O brilho da tela ilumina seu rosto. Eu me pergunto se ela trabalha lá dentro.

— Desculpa. — Ela sorri. — Não foi minha intenção assustar vocês.

— O que é o High Line? — pergunto.

— Um parque suspenso. Vocês podem caminhar até a linha 7 na 34th Street e de lá pegar o metrô até a Times Square. — Ela aponta para a rua. — Estão vendo aquela escada subindo, depois da ponte? É só irem por ali e, quando chegarem ao High Line, virarem à direita.

— Você acha que é o caminho mais rápido?

A mulher dá de ombros.

— A linha A em geral é muito mais rápida, mas as obras agora estão terríveis. Cheguei vinte minutos atrasada para o meu turno porque o metrô demorou muito. — Ela faz uma careta. — Caminhar vai demorar um pouco, mas pelo menos é previsível.

Por mim, eu ficaria feliz se jamais tivesse que ver outro trem A na vida, e a julgar pela cara de Leo, acho que ele talvez sinta o mesmo.

Eu ainda poderia consultar meu celular, só para ver se há um caminho mais rápido. Outro trem, talvez até um ônibus. Nova York tem ônibus. Eu os vi passando várias vezes hoje.

Mas não quero. Se eu não olhar, então não vou saber, e se eu não souber...

Estou criando mil desculpas. Sei disso. Eu disse que deveríamos voltar — e *deveríamos*...

— Vamos tentar — digo para Leo.

Ele apenas dá de ombros. Então, agradeço à mulher de avental e atravessamos a rua estreita na direção que ela apontou. E, de fato, há um corrimão e escadas de concreto, exatamente onde ela disse que estariam. Subimos, Leo dois degraus de cada vez com suas longas pernas, e eu correndo atrás dele. As escadas fazem várias curvas sinuosas ao longo de uma parede de tijolos, e então saímos para o ar da noite, em uma ponte sobre a rua. Quando a mulher disse *parque*, imaginei espaços grandes como o Central Park, mas a ponte não é mais larga do que a rua abaixo de nós. Os galhos de árvores esqueléticas e nuas balançam suavemente, e a grama alta e marrom farfalha ao vento. O caminho pavimentado parece quase brilhar com uma luz amarela suave; não consigo nem encontrar as lâmpadas. Talvez estejam escondidas entre as plantas?

— Ei, olha. — Aponto para dois trilhos de metal enferrujados, cobertos de plantas, desaparecendo à nossa frente na escuridão. — Trilhos de trem.

— É. — Leo está olhando para o celular. — A Wikipédia diz que era de uma linha de trem suspensa. E agora é um parque.

— Que legal. — Um pequeno arrepio sobe pelas minhas costas. — É outro espaço liminar. — O comentário escapa antes que eu me dê conta do que estou dizendo.

Leo olha para mim.

— Outro o quê?

— Hum... significa um espaço intermediário. Um lugar que parece fora do tempo, ou desconectado, entre de onde você veio e para onde você está indo.

Começamos a caminhar automaticamente, talvez porque esteja muito frio para ficar parado.

Está realmente frio.

— Talvez seja isso que eu sou — diz Leo. — Uma pessoa liminar. — Ele sorri, um pouco irônico, ou um pouco sarcástico. Um pouco *alguma coisa*, de qualquer maneira, que não é bem um sorriso de verdade. Estou começando a pensar que ele se convenceu de que poucas coisas valem um sorriso de verdade. — Uma pessoa liminar ocupando um espaço liminar. Nem uma garota, nem de fato um garoto.

— Mas você *é* um garoto. — Mas murmuro as palavras dele para mim mesma, silenciosamente. *Pessoa liminar.*

— Você diz isso com tanta facilidade.

— Digo o quê?

— Que eu sou um garoto.

Estudo os Adidas gastos de Leo enquanto ele caminha ao meu lado. Ele anda como um garoto, embora eu não saiba bem explicar o que isso significa. Quem diria que meninos e meninas têm jeitos de andar diferentes, afinal? Eu com certeza nunca pensei nisso.

Mas é verdade. E Leo anda como um garoto. Eu me pergunto se é algo que faz de propósito ou se sempre andou assim. Se alguém anda desse jeito naturalmente ou se é algo que aprendemos sem perceber que estamos aprendendo.

— Você me disse que é um garoto — digo para Leo. — Então, eu acredito em você.

Leo franze a testa para o pavimento.

— Acho que eu deveria ficar grato por alguém acreditar — murmura.

Feliz por estar aqui, grato pela oportunidade. De repente, me lembro do que ele disse hoje de manhã. As palavras que murmurou. Pensei que não era justo, quando ele as disse mais cedo. Pensei que estava revirando os olhos para mim, me julgando, mas agora...

— Você não precisa ficar grato. — Sai mais alto do que eu pretendia.

Leo olha para mim, surpreso.

— Desculpa. — Eu abaixo a voz. — Mas... você não precisa ficar grato só pelas pessoas não serem *babacas*. Você não está pedindo demais. De ninguém. Com certeza, não da sua família. E eu... — Estou falando rápido demais. — Sinto muito, não quero dizer que não seja uma questão complicada, porque sei que é. Eu só... não acho que você precise ficar grato.

O canto da boca dele se ergue.

— Talvez *você* devesse falar com meus pais.

Mesmo no frio, meu rosto cora.

— Aham, claro. Eu, que não me assumi para ninguém.

Ele ri um pouco, a respiração formando nuvens.

— Você se assumiu pra mim — responde.

Ah.

Bem, não deixa de ser verdade, realmente.

Paro ao lado de um banco de madeira vazio iluminado por pequenas luzes redondas embutidas no pavimento.

— A gente devia gritar — digo.

Leo para alguns passos à minha frente.

— O quê?

— Tipo, um grito furioso de raiva. Só por gritar. Não tem ninguém aqui.

Leo olha para mim como se eu tivesse perdido o juízo.

— Agora?

— É. — E talvez eu tenha mesmo perdido o juízo. — Agora.

Mas ele fica imóvel. Então, pulo no banco de madeira, olho para o céu roxo entre os arranha-céus e grito.

Sai rasgando meus pulmões. Um uivo cru. Um som contendo cada frustração, cada sentimento conflitante, confuso, ansioso e horrível que já tive. Um som que é tudo o que jamais consegui dizer, tudo o que mal compreendo, todo o medo que guardei para mim.

Grito tudo isso para o céu até ficar sem ar e os ecos se espalharem pela cidade.

Olho para Leo, ainda parado na passarela. Espero.

E então ele sobe no banco ao meu lado. Inclina a cabeça para trás. E grita também.

Algo começa a tomar conta de mim. Respiro de novo e grito com ele.

— Calem a boca! — berra alguém para nós, de algum lugar distante.

— Qual é o problema de vocês, hein? — Outro grito, de outro lugar.

— Esses malditos adolescentes. — Esse último comentário vem de algum ponto do High Line, uma mulher andando com seu cachorro mais adiante.

Fico sem ar de novo e mordo o lábio. Eu não a tinha visto ali. Ela deve nos achar esquisitos pra cacete.

Mas não me importo tanto quanto achei que me importaria. Talvez porque fiz isso por Leo. E um pouco por mim. E, nesse momento, só isso importa.

Leo ficou sem fôlego também. Nós nos entreolhamos, ele ri e deixa escapar um ronquinho, e eu começo a rir também. O vento assobia de novo no meu rosto. Enxugo os olhos lacrimejantes.

— Isso foi ótimo — diz Leo.

Paro de rir, e ficamos em silêncio, parados em cima do banco, olhando as luzes da cidade — o brilho das janelas iluminadas, o cinza ambiente no céu, porque provavelmente nunca fica escuro de verdade em Nova York.

— Você acha que talvez todas as pessoas queer se sentem assim? — pergunto.

— Assim como?

— Como uma pessoa liminar. — Cerro punhos dentro dos bolsos e pulo do banco. Está um frio de rachar. — Quer dizer, não sei o que sou além de *não hétero*.

Leo pula do banco ao meu lado.

— Isso já é saber algo.

Começo a andar de novo, bem rápido, porque se não fizer isso, posso acabar virando um picolé. Leo me acompanha.

— Sinto como se só estivesse... esperando. Esperando até descobrir algo, só que nem sei o que esse algo é. E, enquanto isso, a parte de mim que está esperando é invisível para todas as outras pessoas. — Olho para Leo. — Viu só? Eu sou ainda mais esquisita que você.

— É — diz ele, com o rosto perfeitamente sério.

Dou um soquinho no seu braço.

Ele abre um sorriso e estende o punho.

— Queers liminares? — pergunta.

O brilho das luzes ao longo do caminho reflete em seus olhos.

Bato o punho no dele.

— Queers liminares — digo.

* * *

O vento aumenta, dobrando os galhos das árvores ao nosso redor, e meu nariz está dormente quando o celular de Leo nos avisa que estamos chegando à 34th Street. Não falamos muito durante o restante da caminhada, mas foi um silêncio confortável, embora estivéssemos andando rápido por causa do frio. Andamos tão próximos um do outro que as mangas de nossos casacos se tocavam. Fiquei me perguntando se Leo percebeu. Mas não quis comentar nada, com medo de que isso o fizesse se afastar.

O High Line começa a descer, e os arranha-céus desaparecem de um dos lados, revelando um trecho escuro e vazio do outro lado da rodovia. Água, eu percebo. O rio Hudson de novo, assim como hoje de manhã.

Hoje de manhã parece tão distante agora. Quase como se fosse outra vida.

O caminho adiante se afasta da rodovia, de volta para a cidade. Está mais íngreme agora, e seguimos até chegar à calçada. Pelo menos não está ventando tanto aqui embaixo. Os prédios ao nosso redor são agulhas de vidro erguendo-se até o céu, e leva um tempo até encontrarmos a estação de metrô entre todos eles. Temos que dar meia-volta várias vezes, tentando navegar pelo mapa no celular de Leo. Talvez eu devesse achar estressante, mas em vez disso só me faz rir. Até Leo balança a cabeça com um sorrisinho enquanto desviamos de algumas pessoas andando na rua, e então passamos por elas de novo quando voltamos por onde viemos.

Descobrimos que o motivo pelo qual não estávamos conseguindo encontrar a entrada do metrô é porque ela fica em uma rua transversal estreita, perto de um pequeno parque que me lembra a Union Square, só que sem toda aquela vibe natalina. Além disso, essa entrada não é nada parecida com as que vimos até agora. Nenhum corrimão verde ou lâmpadas verdes e brancas à vista. Aqui, há uma copa de metal e vidro imponente, com filas de escadas rolantes levando para o subterrâneo.

Pegamos uma escada rolante, e Leo diz:

— Uau.

O teto acima de nós é todo um mosaico de azulejos. Um lado em branco, amarelo, laranja e vermelho, e o outro em roxo e azul-escuro.

— Parece o céu — digo. — Dia e noite.

Leo concorda e tira a touca, enfiando-o no bolso do casaco. Embora ele o tenha usado durante a maior parte do dia, seu cabelo ainda está arrepiado de um lado da cabeça. Isso me deixa feliz, pelo ridículo da situação. Por ele não parecer notar.

A estação é igualmente elegante quando chegamos ao subterrâneo. Os pisos são de azulejos brancos, e há outro mosaico na cúpula. Não é nada parecida com um banheiro. Nem está tão suja.

— Acho que ainda temos saldo no cartão do metrô. — Tiro meu cartão amarelo do bolso. — Assim espero.

Leo franze o cenho.

— Não tenho prestado atenção.

Só nos resta tentar então. Não vemos tantas pessoas assim desde que saímos do Chelsea Market, mas também há muitas roletas, então não precisamos esperar na fila. Passo meu cartão, e, *sim* — lá se vai o restinho do saldo. Passo pela roleta.

Leo passa o cartão atrás de mim.

— Droga. Está dizendo "saldo insuficiente".

O quê?

— Mas a gente fez o mesmo número de viagens.

Leo olha irritado para o cartão.

— É, mas nós provavelmente não tínhamos o mesmo saldo no início do dia.

Ah. Porque somos de duas bandas diferentes com itinerários completamente diferentes que só coincidiram por algumas estações de metrô por puro acaso. Dã.

— Mas dá pra recarregar, né? — Reviro a mochila em busca da minha carteira. — Quanto custa uma passagem?

Leo mexe nos bolsos, pegando algumas notas amassadas.

— Hum... não sei, mas só tenho dois dólares. — Ele olha para a roleta. — Vou pular.

O quê?

— Não, não, você pode usar meu cartão de débito... — Eu o pego na carteira.

— Guarde para outro suvenir. — Leo olha para as pessoas passando pelas roletas ao nosso redor. — Não tem problema. Ninguém vai reparar.

— Deve ter câmeras! Ou sensores!

Leo coloca as mãos em ambos os lados da roleta.

— E se alguém vier atrás da gente? Nós podemos ser multados, presos ou...

Leo pula a roleta. Os sapatos dele tocam o chão. Fico imóvel, a carteira em uma das mãos, o cartão de débito na outra, esperando um alarme estridente, alguém gritar com a gente, ou a polícia aparecer do nada...

— Vamos lá! — Leo agarra minha mão e me puxa para correr com ele.

Dou um jeito de enfiar o cartão e a carteira no bolso do casaco, e corremos pelo túnel, desviando das pessoas com maletas e sacolas de compras, seguindo as placas que indicam o caminho até o trem 7. Descemos a escada da plataforma correndo, as mochilas sacolejando desajeitadamente.

Algumas pessoas esperando na plataforma nos encaram quando enfim diminuímos a velocidade, ofegantes. Mas todos logo voltam a mexer no celular ou a esperar a luz no fim do túnel.

Leo solta minha mão para segurar um ponto dolorido na lateral do corpo.

— Eu disse.

— Disse o quê? — Eu curvo os dedos em direção à palma. De repente, minha mão parece fria sem os dedos dele em volta dos meus.

Ele abre um sorriso largo.

— Ninguém reparou.

Tento olhá-lo com desaprovação, mas sei que não está funcionando. Não estou me sentindo desaprovadora. Estou me sentindo exultante.

— Ainda não acredito que você pulou a roleta. — Vou até o mapa no meio da plataforma.

Leo me segue.

— Ei, posso precisar desses dois dólares. E se houver uma emergência?

— Uma emergência em que dois dólares serão necessários?

— Poderia ser uma emergência de pizza.

Eu solto uma risadinha. Não consigo evitar.

— É verdade. Você poderia comprar uma fatia de pizza de emergência.

Ele sorri.

— Estamos no lugar certo, pelo menos? — pergunta.

Juro que consigo sentir seu sorriso irradiando até as pontas dos meus dedos. Olho de volta para o mapa.

— Sim, acho que sim. Estamos no final da linha. — Indico o ponto preto que marca a última parada do trem 7, antes (eu acho) de ele virar e voltar no sentido contrário. O que significa que só podemos seguir um caminho saindo desta estação. Não há chance de pegarmos o trem errado.

A plataforma vibra sob nossos pés, uma sensação quase familiar agora. Uma luz distante brilha, e um minuto depois um trem chega à estação, mais devagar do que os outros trens que vimos. Mal faz o lugar ventar.

Também não é parecido com os outros trens. Os vagões parecem antigos. Bem antigos. As laterais são de metal verde-escuro em vez do prateado comum, e são largos e quadrados. O carro da frente tem dois letreiros iluminados acima da janela da frente, mas não são digitais. Parecem ser iluminados por uma lâmpada comum. Um letreiro tem um grande "E" com a palavra "especial" abaixo. O outro diz "HOUSTON" e "2ND AVE". Sob a janela, há uma guirlanda de Natal.

Os outros trens tinham tantos vagões que era difícil contar, mas esse só tem quatro.

— Hum — murmura Leo.

Também estou confusa. Talvez os trens 7 apenas sejam... assim? Ou talvez de alguma maneira a gente esteja no lugar errado e este seja outro trem especial. Olho para o teto, mas a placa acima de nossas cabeças diz 7. Com uma seta, apontando diretamente para esta linha.

As portas do trem rangem ao se abrirem. Um homem com um uniforme de condutor, incluindo luvas brancas e quepe, se inclina para fora de um dos vagões e grita:

— Times Square, 42nd Street é a próxima!

Leo e eu nos entreolhamos.

— Ele falou *Times Square* — digo. — Deve ser esse mesmo.

Leo dá de ombros.

Então, entramos no trem. As portas rangem ao se fecharem atrás de nós.

Sinto que voltamos no tempo. Os assentos são estofados com vinil listrado. Os pisos são da cor de tijolos e as paredes são verde-menta, estampadas com "NOVA YORK" em letras grandes e douradas que... parecem antigas. A fonte causa essa impressão.

As outras pessoas que entraram no trem parecem animadas. Um sujeito está segurando uma criança pequena, apontando vários detalhes do vagão enquanto a criança olha, boquiaberta.

— Ei, olha só. — Leo bate com o nó dos dedos em um pôster emoldurado na parede do vagão.

Museu de Trânsito de Nova York
Trem Nostalgia do Fim de Ano
Este vagão é de 1936

— Uau. — Olho ao redor, para os rebites enormes na estrutura do vagão e para os antigos anúncios que ficavam nas paredes perto do teto. — Eu nem sabia que havia metrô em 1936.

— Pelo visto, eles guardam esses vagões em algum museu ou coisa do tipo? — Leo ainda está olhando para a placa, como se talvez ela fosse lhe dizer mais.

— Isso aí, e eles usam como trem por algumas semanas durante o fim de ano — diz outra voz.

Ambos nos viramos. É o pai segurando a criança pequena, que está apontando para um anúncio particularmente brilhante perto do teto: almoço em algum restaurante por setenta e cinco centavos.

— Esses são vagões de metrô de verdade? — pergunto.

O homem assente.

— Eles ficam no Museu de Trânsito o restante do ano.

— Isso é tão legal. — Eu o observo caminhar pelo vagão com a criancinha, parando para olhar cada anúncio. — Kat ia adorar. Ela costura um monte de vestidos inspirados em roupas vintage. Este seria um lugar incrível para tirar fotos.

Ao meu lado, Leo enfia as mãos nos bolsos e se vira.

— É — diz ele, mas não parece muito animado. — É legal.

O trem começa a se mover. Nós cambaleamos até um pequeno assento ao lado de uma janela perpendicular à parede. A almofada de vinil é dura e estranhamente elástica, mas há algo reconfortante em ficar juntinho da janela, com Leo ao meu lado.

Lá fora, a estação aos poucos vira um borrão, e então tudo fica escuro enquanto entramos no túnel. É a minha última viagem de metrô com Leo. A próxima estação é a última — literalmente. Para nós, de qualquer maneira.

Queria não ter gritado tanto com ele quando nos conhecemos. Queria que o Universo tivesse encontrado uma maneira de me dizer que, por trás da testa franzida e do mau humor, ele é o tipo de pessoa que coloca óculos ridículos. O tipo de pessoa que sorri, se você esperar o suficiente. O tipo de pessoa capaz de passar um dia inteiro se perdendo em Nova York, olhando para botões de porcos e gritando para o céu.

Mas acho que não é assim que o Universo funciona. Você nunca sabe o que está perdendo até perder, e o tempo sempre parece demorar mais a passar quando você quer que ele acelere, e a passar rápido demais quando você gostaria que desacelerasse.

Olho para a mão de Leo, descansando em cima do joelho, os dedos tamborilando em outro ritmo. Tudo o que quero fazer é segurá-la de novo. Bem apertado, como ele segurou a minha quando corremos pelo túnel depois que ele pulou a roleta.

Você ama Kat.

Meu estômago dá um nó. Eu amo.

Eu amava.

Eu sei que amava. Então por que de repente parece algo que preciso dizer a mim mesma em vez de algo que simplesmente *é*?

Não posso segurar a mão de Leo agora. Seria estranho. Não é algo que garotos e garotas fazem, a menos que *signifique alguma coisa*. Sim, ele segurou minha mão depois de pular a roleta. Mas fez isso para me puxar, porque estávamos correndo, porque estávamos preocupados que alguém pudesse vir atrás da gente.

Mas agora...

Dezenas de vezes, pensei naquele momento na fogueira, quando Kat e eu ficamos de mãos dadas. Se Significou Algo. Ou se ela achou que estávamos fazendo isso como amigas, porque é algo que garotas podem fazer sem que signifique alguma coisa.

Que coisa mais estranha, cheia de normas de gênero. Eu queria que ficar de mãos dadas com Kat significasse alguma coisa, mas não faço ideia se é o caso. E não faço ideia se poderia segurar a mão de Leo, como amigos.

Será que as regras mudam se ambos somos queer?

Eu quero que elas mudem?

O trem diminui a velocidade e minha janela clareia. Ergo o olhar. Estamos chegando na 42nd Street.

Como o tempo passou tão rápido?

As portas se abrem. Mais adiante no trem, o condutor grita:

— Times Square, 42nd Street! Próxima estação, Quinta Avenida!

Mas Leo não se levanta. E como estou presa entre ele e a parede, não posso chegar à porta se ele não sair do caminho. E, sim, acho que eu *poderia* apenas me levantar, empurrá-lo, obrigá-lo a se mover... mas não quero.

Ficamos sentados, imóveis.

As portas rangem ao se fecharem de novo. O trem arranca.

Passamos da estação.

— O que a gente está fazendo? — Minha voz sai em um sussurro.

— Não sei — diz Leo.

— Devíamos ter descido agora.

Por um momento, Leo fica quieto. Então, ele diz:

— Ops.

Não consigo decidir se rio ou entro em pânico.

— Ops?

Ele volta a tamborilar os dedos nos joelhos.

— Podemos descer na próxima estação.

Mas, quando o trem chega na Quinta Avenida, não nos levantamos de novo.

O que estou fazendo? Eu preciso voltar. Nós dois precisamos.

Mas agora é tarde demais. As portas do trem se fecham de novo e nós seguimos ruidosamente pelo túnel.

Será que eu devia mandar uma mensagem para Kat? E se nos desencontrarmos de nossas bandas *de novo*, e desta vez ela contar o que houve a um dos acompanhantes? Depois de tudo, eu ainda poderia acabar como a Garota Que Se Perdeu em Nova York.

O trem chega na próxima estação. O condutor berra:

— Grand Central!

Isso me arranca dos meus pensamentos.

— Espera aí, Grand Central?

Leo olha para mim.

— O quê?

— Levanta. — Eu empurro Leo. — Vamos descer.

— Ai. — Ele esfrega o braço, mas desliza para fora do assento. Agarro a manga de sua jaqueta e o arrasto para fora do trem até a plataforma. As portas se fecham com um rangido um segundo depois, e observamos o trem antigo se afastar no túnel. — Por que isso?

— Grand Central — digo. — É outro local do livro.

— Hum... mas a gente não ia voltar?

— Não era como se você estivesse se levantando.

Leo passa a mão pelo cabelo, que ainda está teimosamente espetado de um dos lados. Mas não discute.

Então, continuo falando:

— Grand Central, aparentemente, tem um teto incrível com um montão de constelações pintadas. É o que o livro diz, pelo menos. — Quem estou tentando convencer? Leo ou a mim mesma? — Eu só achei... que talvez a gente pudesse dar uma olhada. Bem rapidinho.

Leo hesita, mas só por um segundo, e então diz:

— Tá. Vamos ser rápidos.

Ele oferece o braço, como um cavalheiro à moda antiga, e eu abro um largo sorriso. Enrosco meu braço no dele, como fiz na Union Square.

Andamos de braços dados até o topo da escada. Poderíamos correr. Ou pelo menos apertar o passo. Nós dois acabamos de dizer que seríamos rápidos. Mas não quero andar mais rápido e não quero me afastar de Leo.

Tenho que soltar seu braço quando chegamos às roletas, porque só há espaço para um passar de cada vez. Mas Leo me espera do outro lado e me oferece o braço de novo.

Esta estação de metrô com certeza está mais lotada do que a da 34th Street que acabamos de deixar. Fluxos de pessoas se entrelaçam, todos indo para diferentes escadas que levam a diferentes trens. Nós ziguezagueamos até a escada rolante e subimos para o próximo andar.

Uau.

A Grand Central é mais do que grandiosa. É linda. E enorme. Tem que ser, porque parecemos estar em um corredor gigantesco de pedra bege polida, mas nem vejo plataformas de trem, então não tem como esta ser a estação inteira. Há muita gente carregando mochilas, puxando malas, avançando pelo corredor com maletas, os passos se transformando em ecos rápidos ao nosso redor. E há muitas lojas também, o que não é bem o que eu esperava encontrar em uma estação de trem. As pessoas... fazem compras aqui? Quer dizer, há uma farmácia, o que eu entendo totalmente. Talvez você precise pegar um trem e aí perceba que esqueceu a pasta de dentes.

Mas há também uma joalheria. E um consultório de oftalmologia. E uma loja com itens chiques para escrever cartas.

O lugar é um labirinto, os corredores se ramificando ao nosso redor, com palavras como VANDERBILT HALL e LEXINGTON PASSAGE esculpidas nos arcos de pedra.

— Alguma ideia de para onde estamos indo? — pergunta Leo.

Saio do caminho de várias pessoas com bolsas de viagem que passam correndo por nós. Claro. É a véspera do Dia de Ação de Graças. Muita gente deve estar com pressa para pegar trens, indo ver a família ou os amigos no fim de semana.

— Bem... — Olho ao redor. — Eu só queria ver o teto e o grande relógio. Eles aparecem no livro, e imagino que devam existir de verdade...

— Saguão Principal, talvez? — Leo aponta para as palavras gravadas no arco de pedra acima de nossas cabeças.

Parece um bom palpite.

— Claro, quer tentar lá?

Mas, no meio de outro grande corredor — este com enormes lustres cintilantes pendurados no teto —, algo atrai minha atenção.

É uma miniatura de trem, exposto na vitrine de uma loja com MUSEU DE TRÂNSITO DE NOVA YORK escrito em letras brancas foscas. E o trem é igualzinho ao metrô antigo que acabamos de pegar.

Espera aí, não foi isso que o cara com a criancinha disse? Que os vagões antigos ficam no Museu de Trânsito de Nova York, a não ser quando rodam no período de fim de ano?

— Ei, Leo? — Puxo a manga dele. — Podemos olhar isso aqui rapidinho?

Leo parece ter se distraído com um mapa da Grand Central preso a uma enorme coluna no meio do corredor. Ele se vira.

— Tudo bem.

O lugar parece ser a loja de presentes do Museu de Trânsito de Nova York, pelo que vejo. Provavelmente não há espaço para um museu inteiro dentro de uma estação de trem, embora fosse ser bem legal.

Claramente o restante da cidade está viajando nos trens em vez de fazer compras, porque a loja está vazia. Nós passamos por livros sobre trens, camisetas e moletons com trens, pequenos conjuntos de trens de brinquedo para crianças. Há até uma árvore de Natal em miniatura girando devagar em uma mesa, decorada com enfeites de trens.

Perto dos fundos, vejo uma coleção de ímãs, todos grudados em um quadro branco pendurado na parede. Alguns só dizem MUSEU DE TRÂNSITO DE NOVA YORK, mas vários são reproduções em 3D de vagões de metrô.

E lá em cima, no canto, há um modelo antigo. Em letras cursivas e pequenas embaixo do próprio vagão, o ímã diz MTA 1936. Igual ao que pegamos.

Tiro o ímã do quadro branco e o viro nos dedos. A etiqueta de preço na parte de trás diz *$5,99*.

Leo se aproxima de mim e aponta um dedo fino para o ímã de metrô.

— Esse é um bom suvenir.

Olho para ele, mas Leo encara o ímã na minha mão. Não consigo interpretar sua expressão.

— É. — Passo o polegar pelo vagão antigo. *É* um bom suvenir. — Talvez seja caro demais.

Leo levanta uma sobrancelha.

— São seis dólares.

— É, eu sei... — Qual é o meu problema? Seria perfeito. Nada representa Nova York melhor que um vagão de metrô.

— Espera aí. — Leo enfia a mão no bolso e puxa dois dólares amassados. — Aqui. Uma contribuição para o fundo do ímã de trem.

Meu rosto cora.

— Ah, você não precisa...

— Eu tinha dois dólares guardados para uma emergência, lembra?

Olho para cima. Leo está me encarando, tão perto que eu poderia contar as sardas espalhadas pelo nariz dele, se quisesse. Está com um leve sorriso no rosto.

Eu desvio o olhar.

— Eu tenho um cartão de débito. Não tem problema. Só estou sendo boba.

Ele dá de ombros e guarda o dinheiro de volta no bolso da jaqueta.

— Está bem. Se você tem certeza.

— Eu tenho. — Queria eu ter certeza. Queria ter certeza do que quer que fosse. — Mas obrigada.

— Às ordens. — Leo esfrega a nuca, desconfortável. — Só estou... tentando ajudar com a cena grandiosa, certo?

Consigo sorrir e me viro para o balcão do caixa. Tento me imaginar dando o pequeno ímã para Kat, descrevendo o trem antigo para ela... Mas tudo o que vejo é Leo, tamborilando os dedos no joelho, ao meu lado naquele assento de vinil elástico.

Não consigo nem imaginar a cena grandiosa.

DEZESSEIS

QUARTA-FEIRA, 22 DE NOVEMBRO — 20H

LEO

MEU CELULAR VIBRA enquanto Abby está no caixa.

EVAN

Leo

Cade vc

Bem, eu meio que já sabia que isso ia acontecer. Quer dizer, passamos direto da nossa estação de metrô e agora estamos vagando pela Grand Central. O que imaginei que aconteceria?

Bzzz.

EVAN

Vc ta ignorando a gente?

Bzzz.

GINA

Porra Leo como assim

Eles estão putos. Claro que estão. Estou sendo um babaca egoísta. E eles agora estão sendo obrigados a me dar cobertura.

Olho de relance para Abby, perto do caixa.

EU

Desculpa. Ainda estou com a Abby. Talvez não consiga chegar ao próximo programa. Sei que vocês estão com raiva mas por favor podem continuar me dando cobertura?

Eu envio e fico esperando, os polegares pairando sobre a tela. Digo mais alguma coisa? Tento inventar uma desculpa?

Ou, pior, conto a verdade: que ainda estou com Abby porque eu poderia ouvi-la falar para sempre, porque algo no seu jeito de falar me dá todo o espaço que preciso para apenas existir, sem dizer nada?

Porque seu jeito de sorrir e gargalhar com total desprendimento me faz pensar que eu poderia aprender a fazer o mesmo?

Porque, mesmo sem querer, acho que posso estar me apaixonando por ela?

— Pronto!

Tenho um sobressalto e, sem querer, acabo digitando um monte de letras na caixa de mensagens. Abby está vindo na minha direção, segurando o ímã.

Apaga, apaga, apaga.

— Ótimo! — digo em um tom falsamente alegre.

Abby não parece reparar.

— Então, eu tenho um botão, um enfeite de flauta, um caramelo e um ímã de vagão de metrô — diz ela, contando cada suvenir nos dedos.

— É. Isso é... isso é bom. — Olho para a tela do celular, mas Evan e Gina não responderam à mensagem. — Escuta, Abby...

Ela está com a mochila aberta, guardando o ímã do metrô em um bolso interno.

— Sim?

Meu Deus, eu realmente não quero dizer isso.

— A gente devia... devia voltar.

Ela olha para cima, e juro que seu rosto fica desanimado.

— É. — Abby desvia o olhar. — É, a gente devia.

— Acho que nós dois vamos pular a roleta desta vez.

Abby parece não me ouvir. Ela está puxando distraidamente uma das cordas do seu capuz, olhando para o largo corredor e todas as pessoas apressadas passando por nós.

— Podemos fazer mais uma coisinha?

Sim. A gente pode fazer mais dez coisas, desde que eu possa fazer todas elas com você.

— Hum, claro.

Ela olha para mim.

— A gente pode ir ver o saguão? Sabe, aquele que aparece em todas as fotos quando você pesquisa *Grand Central* na internet. — Isso é claramente algo que ela já fez. — Só quero ver se é mesmo como o livro descreveu. Quer dizer, já estamos aqui...

— Aham. — O que mais temos a perder a esta altura? — Vamos lá.

Abby abre um sorriso, agarra minha mão e me puxa de volta para o corredor largo. Seu aperto é firme e quente enquanto me guia pela multidão, passando pelo arco com os dizeres SAGUÃO PRINCIPAL. Viramos uma esquina, passamos sob uma guirlanda de pinheiros com laços vermelhos, e lá está. Um salão gigantesco, pontilhado com coroas de Natal e iluminado por enormes lustres cintilantes em alcovas espelhadas ao longo das paredes. Há centenas, talvez milhares, de lâmpadas nos cantos do teto, dando-lhe um brilho cálido.

E o teto é...

— Puta merda — sussurra Abby ao meu lado.

Ele se arqueia sobre nossas cabeças como uma enorme catedral. E é verde-petróleo. Não é bem o que eu esperava em um edifício que, nos outros aspectos, parece uma estranha mistura entre uma igreja e algo da Roma Antiga. Ao longo da superfície verde-petróleo há desenhos — contornos dourados de um cavalo voador, dois peixes, um caranguejo, um sujeito segurando um porrete — todos pontilhados com luzinhas amarelas redondas...

— São constelações — diz Abby.

— O quê?

— Os desenhos. Veja. — Ela aponta. — Aquela é Órion, aquela é Peixes...

Agora entendi. Os pequenos pontos de luz lá em cima — lâmpadas, acho, embutidas no teto — estão onde as estrelas estariam nas constelações. O sujeito com o porrete é Órion. Os dois peixes são Peixes.

Mas não sei quem é o cavalo voador.

Por vários minutos, ficamos ali parados, os dedos entrelaçados, olhando para o teto celestial enquanto uma cacofonia de passos e vozes ecoa ao nosso redor.

— E aí, o que acontece aqui? — pergunto. — No livro?

— Clara Jane corre atrás de um cara de quem gosta — diz Abby. — Ele está indo embora de trem, e ela corre pela Grand Central para tentar chegar antes de o trem sair, mas chega tarde demais.

É bem a cara do livro mesmo.

— Para onde ele está indo?

— Connecticut. — Abby me olha de soslaio. — E sei que não é muito longe, mas no livro é grande coisa.

— Ela pega o trem seguinte?

— Não, ela acaba percebendo que não estava realmente apaixonada pelo cara, e então o dia recomeça. — Abby está pensativa. — Essa é, na verdade, a única história que não chega ao Empire State Building.

— Pensei que você tivesse dito que o livro *terminava* no Empire State Building.

— Termina. Mas todos os caras que ela conhece pedem a ela que os encontre no topo do Empire State Building, e, no meio do caminho, Clara Jane percebe que não os ama, e o dia recomeça. Mas, no fim, ela percebe que ama o cara *de verdade*.

Ok. Acho que entendi.

— E isso quebra o loop temporal.

— Quebra. Quer dizer... parece quebrar. Ela chega ao topo do prédio, e as portas do elevador se abrem.

Meu celular vibra no bolso. Evan ou Gina finalmente respondendo.

— Como a gente se saiu? — Sei que estou adiando o inevitável, mas não quero desviar o olhar do teto ainda. Não quero soltar a mão de Abby. — Deixamos de ir em algum lugar do livro?

Abby morde o lábio, pensando.

— Hum, tem um café, mas supostamente é no Brooklyn, e de qualquer maneira tenho quase certeza de que é inventado. Eu procurei no Google uma vez e o único café que encontrei com o mesmo nome fica em Vermont. E tem uma parte no Central Park, mas o único suvenir que consegui lá foi cocô de cachorro.

Eu sorrio.

— E tem algumas cenas que se passam no apartamento da Clara Jane e tal, mas de resto... — Ela faz uma pausa. — Só o Empire State Building.

Ah.

Isso só faz eu me sentir pior. Qual é o meu problema? Não ligo para esse livro — embora Abby o faça parecer divertido. E talvez muito confuso também.

Mas, ainda assim, pensar em terminar nosso dia agora, sem a parada final — a parada que é literalmente o *grand finale* do livro...

É como sentir o cheiro, mas não o gosto.

Solto a mão dela e pego o celular. Mensagem de Evan, como eu suspeitava. Mas ele falou no grupo.

EVAN

A vantagem de entrar em um barco quando está escuro: convenci o sr. Corbin de que Noah Lowry-Smith na verdade era Leo.

Eu encaro a mensagem. *Noah Lowry-Smith*? Sério? Não somos nada parecidos. Noah tem um piercing na sobrancelha. Ele usa um balde de desodorante por dia. O sr. Corbin deveria ser capaz de reconhecê-lo só pelo cheiro que faz os olhos lacrimejarem, no mínimo.

Peraí. Por que Evan está falando no grupo, agindo como se ainda mentir por mim não fosse nada de mais? Por que ele e Gina não responderam à *minha* mensagem?

Meu celular vibra de novo.

KAT

Haha, nossa acompanhante nem fez chamada antes do passeio pelo Rockefeller Center, então tudo tranquilo

EVAN

Uhul!

Por que eles estão agindo como se perder o último passeio da noite fosse o plano desde o início?

— A gente se livrou.

Eu levanto a cabeça. Abby também está com o celular na mão. Ah, sim, é um grupo. Dã.

Se livrou?

— O Rockefeller Center nem é tão interessante assim... — Tento dizer em um tom leve para fazê-la se sentir melhor. Para fazê-la sentir que não está realmente perdendo nada.

Mas ela disse *se livrou*. Quase como se preferisse estar aqui.

Meu coração martela, tão alto que quase penso que está ecoando ao nosso redor, com todos os passos e vozes.

— Ei, Abby?

Ela ainda está franzindo a testa para o celular.

— Oi?

Eu olho ao redor para o saguão. Para o quiosque no meio do lugar e o relógio antigo, grande e redondo, elevando-se acima dele. O relógio que Abby queria ver, provavelmente. Para os balcões de passagens. Para o painel digital mais acima, listando os trens que chegam e partem.

Para qualquer lugar, menos para o rosto de Abby.

— O que você acha que significa? Acreditar no Universo?

Ela olha para mim de relance. Consigo ver pelo canto do olho. Mas me concentro nas pessoas ao nosso redor — com casacos acolchoados, botas e pompons balançando em chapéus, todas correndo de A a B.

Abby guarda o celular no bolso e inclina a cabeça para trás para olhar o teto.

— Acho que... acho que significa acreditar que às vezes as coisas se alinham perfeitamente. Você encontra o momento perfeito ou você vive aquela cena grandiosa que pensou que só acontecia nos filmes. — Um sorriso surge no rosto dela, e de alguma maneira estou olhando para ela de novo. Não consigo evitar. — Ou seus amigos conseguem continuar escondendo que você sumiu, mesmo quando você deveria ter sido descoberta.

— Você não acha que às vezes as coisas só acontecem?

— Como assim?

Ela vai conseguir ouvir meu batimento cardíaco. Tenho certeza.

— Como... talvez alguém pegar o trem errado, e não ser por alguma vontade do Universo, mas só porque... acontece.

— Você quer dizer por acaso — diz ela.

— Sim. Acaso.

Seu olhar desce de novo, analisando as pessoas ao nosso redor.

— Acho que algumas coisas são só acaso. Eu não... não acredito que cada coisa aconteça por uma grande razão cósmica ou algo assim. É só que...

o mundo é uma merda. Bem grande. — Abby dá de ombros, mas a naturalidade parece fingida. — Às vezes quero pensar que as coisas podem se alinhar magicamente e dar certo. Que não é tudo um desastre, e de vez em quando... — Mas ela não termina a frase.

E nem precisa.

— É por isso que você ama tanto esse livro. Porque Clara Jane pode continuar tentando até as coisas se alinharem magicamente...

— ... e ela chegar ao topo do Empire State Building. — Abby sorri. Um pouco tímida. Um pouco constrangida. — É, acho que sim.

Respiro fundo. Aqui vou eu. Solto a mão dela e pego o celular.

Abby olha para ele.

— O que você está fazendo?

— Só procurando uma coisa... — Eu abro o Google Maps. Digito com cuidado. Espero uma vida. *Isso*. Viro o celular para Abby. — O Empire State Building fica a quinze minutos a pé daqui.

Abby olha para o mapa no meu celular, o rosto inexpressivo.

— Já fomos a todos os outros lugares do livro. — Eu interpretei mal o momento? Será que ela quer tentar se encontrar com a banda dela? Quer dizer, posso ter ficado para trás no passeio de barco, mas Abby ainda poderia chegar ao Rockefeller Center.

— Será que ainda está aberto? — pergunta ela.

— Quem se importa? — Minha respiração falha. — Podemos só olhar para ele.

Ela hesita. Olha para o relógio antigo erguendo-se como uma sentinela no meio do saguão.

20h20.

E então Abby sorri para mim.

— Uma última parada?

Eu sinto que poderia voar.

— Uma última parada.

Estou começando a pensar que tudo é imenso em Nova York. A Grand Central era enorme, mas o Empire State Building é gigantesco. Achei que seria alto, mas não fazia ideia de que também seria largo. Ele ocupa um quarteirão inteiro e se projeta tão alto no céu que nem consigo ver onde termina. Há um brilho fraco lá em cima — provavelmente das luzes perto do topo. Ele é iluminado à noite, não? Se bem que o céu noturno aqui quase brilha.

Para que serve um prédio tão grande?

— Acha que ainda está aberto? — pergunta Abby.

Estamos parados na rua em frente ao Empire State Building, e as luzes da cidade fazem os olhos dela brilharem. Seu nariz está rosado por causa do frio.

— Esta é a cidade que nunca dorme, não é? Vamos ver.

Não espero uma resposta e corro pela rua vazia até as portas giratórias na calçada oposta. Abby me segue. Os horários de funcionamento do prédio estão expostos em letras douradas bem ao lado das portas. Horários em cada temporada, horários de dias de semana, horários de fim de semana...

Demoro um pouco para ler tudo, mas finalmente:

As portas fecham às 22h.
Último elevador para a plataforma de observação às 21h15.

Pego meu celular. São só 20h33.

— Ainda temos tempo. O último elevador sai daqui a quarenta e cinco minutos, e minha banda só deve voltar ao hotel às dez.

— A nossa também. Eu acho. — Ela hesita, ainda olhando para as portas. — Mas provavelmente a gente não vai poder subir, certo? Quer dizer, devem cobrar ingressos.

Ah. Verdade. E ingressos custam dinheiro. E, em uma grande atração turística como esta, não devem ser baratos.

— Vamos só entrar — digo. — Estamos aqui. Não custa nada.

Abby parece quase nervosa. Eu me pergunto, por um segundo, se fiz a escolha errada. Se cheguei a achar que tinha conseguido me entender com o Universo, que, mais uma vez, está dizendo: "Brincadeirinha."

Então, Abby respira fundo.

— É — diz ela. — Não custa nada.

E ela pega a minha mão e me puxa pelas portas giratórias.

DEZESSETE

QUARTA-FEIRA, 22 DE NOVEMBRO – 20H34

ABBY

O SAGUÃO É quase tão grandioso quanto a Grand Central. Pisos e paredes de pedra polida, um teto altíssimo e um mural do próprio Empire State Building por cima de um fundo estilo *art déco*. É tudo tão *grande*. Até as árvores de Natal de cada lado do mural, cobertas de fitas douradas fininhas, fazem o balcão de informações entre elas parecer pequeno. O saguão inteiro reluz como se o sol realmente estivesse brilhando aqui dentro.

Que está cheio de nerds de banda.

Eu sabia que nossas bandas não eram as únicas em Nova York para o desfile de amanhã. E acho que sabia, em algum lugar no fundo da minha mente, que essas outras bandas deviam estar fazendo os próprios passeios turísticos hoje. Mas nunca me ocorreu que poderíamos cruzar com elas em algum lugar.

Mas aqui está ela, outra banda marcial, todos os alunos com jaquetas verdes e brancas, apontando, falando alto e tentando formar uma espécie de fila para subir a escada rolante.

Leo me dá uma cotovelada.

— Tire a jaqueta.

Eu queria poder ver por cima de todas essas pessoas. Só quero dar uma espiada na escada rolante.

— Por quê?

— Anda logo. — Leo já está tirando a dele e colocando-a no braço, quase do avesso, para que o preto e dourado não fique visível.

Ah. Ele está realmente pensando no que acho que está pensando?

Deslizo a mochila para fora do ombro e tiro a jaqueta, segurando-a no braço como Leo está segurando a dele. Tentando agir com naturalidade, como se só tivéssemos ficado com calor.

Leo me dá um sorriso e depois se junta à banda marcial.

Isso não vai funcionar. Vamos nos dar muito mal.

Mas eu o sigo.

Nós nos mantemos em um dos lados do grupo, avançando bem devagar, nos abaixando e desviando o olhar sempre que um dos responsáveis se aproxima. Eles são bem fáceis de identificar, já que são todos adultos e parecem tão estressados quanto a sra. Gunnerson. No fim da escada rolante está uma mulher negra de terno cinza com lapelas azul-claras, além de um antiquado chapéu cinza e azul. Ela está conversando com um dos adultos e escaneando algum tipo de passe no celular deles.

E então subimos pela escada rolante.

E então saímos da escada rolante.

Ficamos alguns passos atrás do restante do grupo enquanto todos caminham naquele ritmo lento de museu pelo chão de pedra. O que acho apropriado, já que esta área parece ser algum tipo de museu, com grandes fotografias em preto e branco, maquetes do Empire State Building e placas dizendo coisas como MARAVILHA DO MUNDO MODERNO e DIA DA INAUGURAÇÃO.

Leo aponta com a cabeça para uma placa. ELEVADORES PARA A PLATAFORMA DE OBSERVAÇÃO POR AQUI.

Olho em volta, mas ninguém presta atenção na gente. A banda marcial se espalha pela exposição, os responsáveis vagando logo atrás.

Visto minha jaqueta de novo, e Leo faz o mesmo — para que nenhum dos responsáveis venha correndo atrás de nós, achando que fazemos parte da banda deles. E então Leo segura minha mão, e nos esgueiramos pelo museu, seguindo as placas até os elevadores. Não há mais ninguém aqui, exceto a banda marcial, então nos apressamos por um caminho marcado por cordas de veludo vermelho — as filas devem ser enormes nos dias movimentados — até que viramos em um corredor de elevadores. Um homem de chapéu e terno cinza e azul está parado no centro do corredor.

Meu coração quase sai pela boca, mas ele simplesmente indica um elevador com a porta aberta.

Leo aperta minha mão com mais força.

— Qual é o andar da plataforma de observação? — pergunta ele. — A que é ao ar livre?

— Octogésimo sexto — diz o homem de uniforme. — Mas este elevador só leva você até o octogésimo andar. Depois você precisa pegar outro elevador. É o que sobe o restante do caminho.

— Ok, obrigado. — Leo se esforça ao máximo para dar um sorriso natural, mas parece um pouco tenso.

E então estamos no elevador. As portas se fecham à nossa frente. Do lado de dentro, as paredes são de mármore em tons de cinza com uma silhueta preta do Empire State Building.

Parece a silhueta preta na capa de OCRdCJ.

Leo aperta o botão com o número 80 escrito. O elevador sobe com um solavanco, deixando meu estômago no chão.

Estou pegando o elevador até o topo do Empire State Building. Como a Clara Jane.

A autora de OCRdCJ gosta de usar frases como *ela teve vontade de se beliscar* ou *ela sentia que estava sonhando*, e eu sempre achei isso pouco realista. Ninguém realmente se belisca. Ninguém confunde a vida real com um sonho.

Só que agora eu de fato quero me beliscar. Agora, sinto mesmo que estou sonhando.

O panfleto parece insignificante agora. Aquele do qual tirei uma foto na Strand e perguntei para Ida. O evento que o panfleto estava anunciando, que está acontecendo agora, não importa mais. O motivo pelo qual hesitei, por um momento, quando Leo disse que deveríamos ver o Empire State Building.

Aperto a mão de Leo. Aqui é onde quero estar.

Os números digitais acima da porta passam rapidamente. A que velocidade estamos subindo? Deve ser bem rápido. Minha cabeça está esquisita. Eu me obrigo a bocejar, e meus ouvidos estalam.

Plim. O elevador para, e as portas se abrem para outro corredor bem parecido com o que estávamos antes. Mais cordas de veludo. Passamos por algumas pessoas desta vez, indo na direção oposta, descendo dos elevadores do topo.

Outro homem de terno e chapéu. E, de novo, ele nos indica um elevador vazio.

Leo aperta o botão para o octogésimo sexto andar.

A subida é muito mais curta desta vez. Poucos segundos depois, as portas se abrem para um corredor menor e mais escuro. Listras de luzes brancas iluminam as beiras de escadas. Subimos segurando no corrimão para nos orientar. Leo se apoia em uma porta, empurrando-a...

Uma rajada de ar gelado passa por nós quando saímos para a plataforma de observação ao ar livre. O vento assobia dolorosamente nos meus ouvidos e joga meu cabelo no rosto pela quinquagésima vez hoje. Mas não me importo.

À nossa frente está toda a cidade, como uma galáxia. Um manto de estrelas brilhantes. Algumas próximas — as luzes dos arranha-céus perto de nós —, e outras mais distantes. As luzes de milhares de janelas. De centenas de carros. De postes de luz, estações de metrô e grandes painéis digitais. Todas sumindo no horizonte escuro.

— E aí? — pergunta Leo, ao meu lado. — O que você acha?

Ele está me observando com um leve sorriso. Nada de franzir a testa.

— Você vai rir de mim se eu disser que é mágico? — pergunto.

— Não — diz ele, e sei que está sendo sincero.

Solto a respiração devagar. Ela forma uma nuvem na frente do meu rosto.

— É mágico.

Seu sorriso se alarga, e ele anda até a fileira de binóculos em suportes que os deixam parecidos com parquímetros, alinhados ao longo da plataforma. Ele se inclina e aproxima o rosto de um.

— Não dá para ver nada — diz, se endireitando. — Acho que precisa de uma moeda.

Apoio os cotovelos na ameia de concreto da plataforma, olhando por entre as barras de aço que se erguem em um padrão de diamante acima de nós. O vento está fazendo meus olhos lacrimejarem e meus dentes baterem. De outro lugar da plataforma, ouço o murmúrio distante de vozes. Mas, aqui, parecemos estar sozinhos.

Leo se inclina ao meu lado.

— O que você acha que vai dizer a Kat?

Uma onda de ansiedade percorre meu corpo.

— Amanhã, você quer dizer? — pergunto, embora eu saiba a resposta. — Não sei.

Outra rajada de vento bagunça o cabelo de Leo. Ele se encolhe e coloca o gorro de volta.

— Você vai pensar em alguma coisa.

Como ele pode ter tanta certeza? Eu não pensei em nada. Tenho quatro suvenires e nenhuma palavra para dizer.

— Não achei que seria tão difícil — admito.

Leo olha para as ruas abaixo de nós.

— É. Meio injusto, não é? É tão mais fácil para os héteros, e eles nem sabem.

Isso me faz sorrir.

— Acho que vou ter que me concentrar nos objetos, como você disse. — Respiro fundo. — Dar a ela o botão e dizer quanto amo as coisas que ela costura.

— Dar o enfeite de flauta e dizer quanto você ama quando ela toca. — Leo fica pensativo. — E o doce?

— Posso dizer que ela é doce? — Eu rio, porque parece bobo.

Leo sorri.

— E o ímã do metrô?

— Hum... um pedido de desculpas por ter pegado o metrô errado? — Mas as palavras ficam presas na minha garganta porque, embora eu tenha comprado todos esses suvenires para Kat, minhas memórias com eles estão todas atreladas a Leo. Leo usando os óculos de sol ridículos, Leo rindo na chuva, Leo segurando minha mão no meio da Grand Central.

Leo simplesmente... estando aqui. Sendo ele mesmo, com toda sua sinceridade sem filtros.

— Ei, olha. — Leo estica a mão para a ameia onde estamos apoiados. Na beirada, a um centímetro de cair do lado do prédio, está uma moeda de um centavo. Um pequeno brilho cobre na pedra. Leo a pega e a coloca na minha frente. — Suvenir.

Eu pego a moeda. Está gelada, tão fria que deixa meus dedos dormentes. Mas, fora isso, é completamente comum. Nem muito brilhante, nem muito suja; cunhada há três anos.

— Um centavo da sorte do Empire State Building — digo.

— Exatamente. — Leo empurra meu ombro com o dele. — Parece um sinal do Universo, não é?

Olho para ele, mas, pela primeira vez, Leo não parece me provocar. Está só olhando para mim, o nariz rosado por causa do frio, tão perto que, se eu me inclinasse alguns centímetros, poderia tocá-lo com o meu.

Demoro um pouco para encontrar minha voz.

— Um sinal do quê?

Ele diz baixinho:

— De que você vai ter um final feliz.

Juro que paro de respirar. Juro que meu coração para de bater.

Tudo o que eu quero dizer agora é que, mesmo que tenhamos passado o dia inteiro juntos, sinto que poderia passar o dia de amanhã com ele também, e o dia seguinte, e o dia seguinte, e...

Leo está tão perto.

Acho que estou me inclinando para mais perto dele, e acho que ele talvez esteja se inclinando para mais perto de mim...

Alguém solta uma gargalhada. Passos de repente se aproximam.

Eu me afasto, ou Leo se afasta. Nós dois nos afastamos, e eu me viro na direção dos passos. Um grupinho de pessoas virou na plataforma de observação, rindo juntas enquanto caminham em nossa direção. Elas param a alguns metros de distância, olhando para a cidade e apontando prédios umas para as outras.

O que foi que eu quase fiz agora?

Olho para a moeda em minha mão. Estou apaixonada por Kat. Estou apaixonada por Kat há meses. Um dia não pode desfazer tudo.

— A gente devia ir — murmura Leo atrás de mim.

Fecho os dedos ao redor da moeda e enfio as mãos nos bolsos.

— É.

Descemos em silêncio. Primeiro até o octogésimo andar, passando pelo homem de luvas brancas, depois até o segundo andar. A outra banda ainda está por lá. Mas ninguém olha para nós enquanto contornamos o grupo em direção à escada rolante.

— Tenham uma boa noite — diz a pessoa que verifica os ingressos quando chegamos ao saguão.

Sei que deveria dizer algo educado de volta. Mesmo que só um "obrigada". Mas não consigo. Ela parece parte do sonho, e estou acordando.

DEZOITO

QUARTA-FEIRA, 22 DE NOVEMBRO — 21H10

LEO

SEGUIMOS PARA A Times Square sem nem tocar no assunto. Nós dois sabemos que o dia acabou de verdade desta vez. Está óbvio pela maneira como há mais espaço entre nós agora do que houve o dia todo. Três sousafones caberiam nesse espaço. E ainda seria menos constrangedor do que o que está pairando no ar neste silêncio.

Não tenho nem vontade de sugerir pular as roletas do metrô, e qual é a pressa agora, de qualquer maneira? Temos tempo antes de nossas bandas voltarem para o hotel. Então, caminhamos pela Quinta Avenida, cada um de um lado desse abismo que nos separa, enquanto centenas de *por que* martelam na minha cabeça.

Por que eu quase a beijei?

Por que *não* a beijei?

Por que ela não me beijou?

E o que isso significa, afinal? O que significa eu ter pensado — sinceramente — que ela queria me beijar?

A Quinta Avenida está quase vazia agora. Há barreiras bloqueando cada cruzamento pelo qual passamos. Em uma das ruas, vejo luzes azuis e vermelhas piscando — uma viatura de polícia. Talvez estejam bloqueando as ruas em preparação para o desfile de amanhã.

O pânico dá um nó no meu estômago.

Mas agora não é só por causa das câmeras. Não é só por causa dos meus parentes.

Estou em pânico porque estou ficando sem tempo. Para fazer o quê, eu não sei, mas amanhã está chegando a toda velocidade e o restante de hoje, e o que quer que signifique, está sendo empurrado para fora do caminho.

Passamos por uma escadaria larga e inesperadamente imponente, ladeada por dois leões de pedra na entrada, que leva a um prédio cheio de colunas. Outra obra da arquitetura que parece pertencer à Roma Antiga ou a Washington. Esculpidas na pedra acima das colunas, estão as palavras BIBLIOTECA PÚBLICA DE NOVA YORK.

Caramba. A biblioteca em Springfield parece uma torradeira achatada perto disso.

Eu deveria ter dado aquele livro a Abby em vez de quase beijá-la. Estávamos no topo do Empire State Building. Dar a ela o livro teria sido grandioso o suficiente. Dar a ela o livro teria deixado espaço para sermos amigos.

Aff. Por que eu sempre estrago tudo?

Chegamos à 42nd Street, e olho para o mapa no meu celular.

— Por aqui. — Viro na esquina.

Seguimos a biblioteca gigantesca ao longo da 42nd Street, até que termina de repente em... luz.

É um parque, ou algo do tipo. Fileiras e fileiras de árvores, mas todas envoltas em pisca-piscas brancos. O espaço entre elas está ocupado pelo que parecem ser casinhas de vidro. Ou estufas. Nova York tem um parque cheio de estufas?

Atrás de todas as estufas há uma estrutura muito maior que é metade tenda, metade vidro, e deve ter pelo menos dois andares. Há também uma enorme árvore de Natal, enfeitada com luzes coloridas e uma grande estrela branca no topo.

Eu paro de andar. Será que viramos errado em algum lugar e acabamos no Rockefeller Center? Havia uma grande árvore de Natal apagada lá hoje de manhã.

Mas aquela árvore tinha pelo menos quinze metros de altura. Esta não chega nem perto.

Abby também parou, olhando para todas as luzes e as pequenas estufas. O rosto dela brilha, redondo, quente e macio, e seu cabelo é uma confusão de cachos nos ombros, e os ombros estão encolhidos porque o tempo está congelante.

E ela é tão linda. Não sei como pude olhá-la ontem à tarde no saguão do hotel e pensar que ela parecia comum.

— Quer dar uma olhada? — Escapa da minha boca. Estou desesperado para diminuir a distância.

Abby me olha e abre um sorriso tímido.

— Claro.

As estufas não são estufas de verdade. São pequenas lojas — temporárias como as do mercado de Natal que ficou para trás na Union Square. Só que... pequenas casinhas feitas de plástico transparente em armações de metal em vez de tendas brancas. A maioria está fechada e escura, mas algumas ainda têm as portas abertas e algumas luzes acesas. As pessoas lá dentro estão claramente fechando, guardando enfeites, velas, cachecóis e chapéus de tricô. Coisas parecidas com as que vi na Union Square.

Depois das lojas temporárias, em frente à árvore de Natal, há uma pista de patinação no gelo. Ao ar livre, bem no meio do parque, como a do Rockefeller Center.

Parece que os nova-iorquinos gostam de patinar no gelo. Mesmo à noite. Ainda há gente lá. Casais de mãos dadas e grupos de amigos patinam juntos, rindo, enquanto projeções de grandes flocos de neve azuis giram pela superfície do gelo. Em volta da pista, colunas iluminadas em roxo, azul e rosa se destacam como faróis na escuridão, e entre elas há mais pessoas, sentadas em mesas de café, conversando ou tirando os patins.

Também há música. Por um segundo, penso que deve estar vindo de uma caixa de som em algum lugar. Até que vejo a banda tocando no fim de uma fileira das pequenas lojas, bem ao lado da árvore de Natal. É uma banda pequena, de apenas quatro pessoas. Uma mulher cantando e tocando tamborim. Um sujeito na guitarra ao seu lado, outro no banjo e uma quarta pessoa com um casaco enorme, que pode ser homem ou mulher, ou nenhum dos dois, tocando um teclado. O estojo da guitarra está aberto na frente do grupo, cheio de notas e moedas. As pessoas fechando as lojas próximas dançam um pouco ao som da música: uma canção animada que não conheço, com uma pegada folk. Eu me pergunto se a banda compôs. Eles tocam bem e parecem estar se divertindo.

Eles terminam a música com um floreio. Os lojistas aplaudem. O cara do banjo acena para eles. O cara da guitarra se ajoelha e começa a recolher as notas de dólar do estojo da guitarra. Acho que também estão encerrando as atividades.

Faz sentido. Estava frio antes, mas agora começa a ficar gélido.

Abby se aproxima da banda.

— Vocês foram incríveis — diz ela. — Vocês passaram o dia tocando aqui?

Eu a sigo, porque aparentemente quero estar perto dela mais do que quero evitar jogar conversa fora com desconhecidos.

A cantora ri.

— Só por algumas horas, enquanto a Vila de Inverno estava aberta. — Ela indica as fileiras de pequenas casas de plástico.

— Bem, vocês são demais.

A mulher levanta as sobrancelhas.

— Vocês são músicos?

— Ah. Hum... — Abby olha para mim. — Somos, na verdade. Tocamos em uma banda marcial. Bem... em duas. Bandas diferentes.

— Ei — diz o cara do banjo —, vocês não vão tocar no desfile amanhã, vão?

Abby de repente fica tímida.

— Sim. Vamos.

— Legal! — fala a pessoa no teclado. — Se vocês estivessem com seus instrumentos aí, eu diria para a gente tocar juntos antes de irmos embora.

Abby se ilumina.

— Eu tenho o meu! — Ela tira a mochila do ombro. — Estou com meu clarinete aqui. Na verdade, acabei esquecendo na mochila hoje de manhã, porque estava com pressa, mas... — Abby olha para mim de novo. — A gente não precisa tocar. Quer dizer, você não precisa...

— Eu tenho minhas baquetas. — Espera. Por que falei isso? Não tenho um tambor aqui. Não quero tocar na frente dessas pessoas. Tenho ignorado teimosamente qualquer pensamento sobre tocar amanhã o máximo possível.

Além disso, da última vez que toquei, aconteceu aquele fiasco em que perdi o compasso e estraguei o ensaio geral na frente da cidade inteira.

— Você toca tambor? — pergunta le tecladista.

Parte de mim quer dizer não.

— Toco.

— Ah, cara. — A pessoa se vira e mexe em uma mala atrás de si. — Eu trouxe isso para quando tocamos "Little Drummer Boy" mais cedo... — Elu pega uma caixa de papelão e dela tira um pequeno tom-tom.

Não é um bom tambor. Parece ter custado vinte dólares. Está arranhado, marcado e provavelmente tem vinte, ou vinte e cinco, centímetros de diâmetro:

os menores tambores que existem. Mas é um tambor. E tenho baquetas comigo. E eu pareceria um babaca se me recusasse a tocar agora.

Dou de ombros, contenho o pânico e digo:

— Claro, posso usar isso.

Abby se agacha na calçada e começa a preparar o clarinete. Então, pego o tambor que le tecladista me oferece, eu me sento na beirada do amplificador e encaixo o instrumento entre os joelhos.

Abby coloca a palheta do clarinete na boca enquanto monta o instrumento com cuidado. É meio curioso vê-la como musicista. Eu sabia que ela tocava clarinete, óbvio. Estamos aqui porque ambos estamos na banda. Mas ainda é diferente vê-la colocar a palheta no bocal. Como se de alguma maneira eu até agora não tivesse me dado conta de que temos música — e a banda marcial — em comum.

Abby pede um si bemol à pessoa no teclado e afina o clarinete, fazendo uma careta, rindo de como está frio, aquecendo o instrumento nas mãos antes de tocar algumas escalas, os dedos se movendo com uma graça quase despreocupada.

Acho que todo instrumento tem meio que uma personalidade. Um tipo de pessoa que parece atrair. O pessoal que toca tambor é caótico. Quem toca os metais graves costuma ser um misto de descontraído e estranho. Trompetistas são os atletas da banda, todos convencidos de que são os mais legais.

Abby combina com o clarinete: feliz em não ser o centro das atenções, meio ansiosa, constantemente abafada pelas vozes mais altas. Como, por exemplo, aqueles trompetes.

Ou as flautas.

Mas Abby faz o clarinete soar lindo, mesmo só tocando escalas. Nunca prestei muita atenção no som de um único clarinete. É uma voz suave e firme, cantando suavemente para si mesma.

Abby tira o clarinete da boca, soprando nos dedos.

— Estou pronta.

A pessoa no teclado começa a introdução, e o guitarrista e o cara do banjo logo se juntam a elu. Não conheço a música, mas ela sobe e desce em um ritmo que lembra as canções marítimas dos piratas, e a parte boa de tocar tambor é que você quase *não precisa* conhecer a música. Desde que encontre o ritmo e saiba o compasso, dá para tocar junto. É tudo uma questão de encontrar o padrão certo e dar seu toque especial a ele.

Então… lá vamos nós.

Giro minhas baquetas e começo a marcar um ritmo sob os outros instrumentos. Simples no início, depois complementando o compasso à medida que fico mais à vontade.

A cantora começa uma melodia suave, e sem dúvida é uma canção meio pirata mesmo, porque a letra fala de ondas e amores verdadeiros e, sinceramente, soa bem deprimente, mas não me importo. O restante da música é animado, e agora é Abby quem se junta, improvisando harmonias e pequenas intervenções de clarinete entre os versos. Eu encontro o olhar dela, e seus olhos se enrugam nos cantos, como se estivesse sorrindo para mim em volta do clarinete.

O abismo se fecha na hora.

Esse tom-tom é meio fraco. Tem um som plástico. Mas a cantora deixou o tamborim em cima do amplificador ao meu lado, então eu o integro à música também, adicionando uma batida extra no contratempo, quando eu usaria um prato se estivesse tocando um tambor de verdade.

Aos poucos, assim como na minha banda, sinto o grupo inteiro acompanhando meu ritmo. Estou sozinho desta vez, sem a linha de percussão ao meu redor, mas ainda sou a cola que mantém tudo junto. A âncora enquanto nossa energia cresce, todos nós nos encontrando nos acordes, no ritmo, nas melodias crescentes…

Adiciono um minissolo frenético antes do refrão. A pessoa no teclado solta um grito de empolgação.

Há um sentimento específico, quando você está no campo com a sua banda inteira, e a música chega ao clímax, e você simplesmente *sabe*, lá no fundo, que todos ao seu redor estão arrasando na performance. É difícil de explicar, mas você esquece as pernas ardendo. O ar preso nos pulmões. O suor escorrendo pelas costas.

Você é apenas a música. E não só a parte que você está tocando. Não só o ritmo, a batida, o impulso. Não só suas baquetas batendo em seu tambor.

Você é parte da coisa toda. Seu ritmo é parte da harmonia, que é parte da melodia, e tudo junto é o que faz a música.

Não sei que sentimento é esse. Talvez seja alegria. Talvez seja liberdade. Talvez seja ter *espaço* — espaço para criar algo com seu corpo, sua energia e sua intenção que não existe por qualquer outro motivo além de ser belo.

Mas *esse* é o sentimento que estava fazendo falta. O sentimento que eu esqueci. Que foi apagado pelo pânico, pouco a pouco, à medida que a viagem ia se aproximando. Aquele sentimento de fazer parte de algo maior do que eu mesmo.

É por isso que amo a banda marcial. Não só porque nossas formações são legais, embora sejam. Não só porque me sinto fodão quando toco tambor, embora eu me sinta. Não só porque ganhamos competições, embora isso também seja ótimo.

Eu amo a banda porque, quando estou no campo e tudo ao meu redor está funcionando de modo perfeito, eu sou plenamente *eu*. Mas também, ao mesmo tempo, não sou importante, porque nada daquilo é sobre mim. Não tem nada a ver com meu nome, ou meu gênero, ou meus pronomes, ou que roupas uso, ou qual pequena crise existencial estou tendo hoje.

É um pouco como estar em Nova York. Claro, é um lugar lotado, mas, de alguma maneira, ainda sinto que tive mais espaço hoje do que tenho há meses. Espaço para respirar, espaço para existir, espaço para desaparecer e me tornar anônimo.

Puta merda. Eu quero ter isso de novo: esse tipo de liberdade. Independentemente do que acontecer com a minha família, não vou abrir mão disso outra vez. Mesmo quando for algo como "Seventy-Six Trombones", que praticamos à exaustão, não vou abrir mão desse espaço. Chega de me encolher, de me tornar menor para ser menos inconveniente para os outros. Não se trata apenas de sentir raiva e gritar para o céu de Manhattan. É uma questão de ocupar espaço com tudo. *Comigo*.

Bato forte e alucinadamente durante o refrão. Então recuo para apoiar os versos. E depois aumento o volume e nos lanço de volta ao refrão.

Nós rugimos e trovejamos durante a música até que a pessoa no teclado levanta a mão e chegamos ao último acorde juntos. E então todos começamos a rir, a respiração formando nuvens à nossa frente. Os últimos vendedores já se foram, mas algumas pessoas às mesas de café aplaudem.

— Foi tão divertido! — Abby está com um sorriso tão largo que parece que dói. — Obrigada por deixarem a gente tocar.

— Ei, vocês são ótimos — diz a vocalista. — Obrigada por se juntarem a nós.

— Mas acho que é melhor eu guardar minhas coisas — diz o cara da guitarra. — Meus dedos estão congelando.

Os membros da banda assentem, e logo todos estão arrumando suas coisas. Eu ajudo le tecladista a guardar o tom-tom de volta na caixa de papelão, depois no carrinho com rodas, com o teclado.

— Boa sorte amanhã — diz a vocalista, pegando o amplificador. — Divirtam-se no desfile!

— Obrigada! — Abby olha para cima de onde está ajoelhada na calçada, guardando o clarinete de volta na mochila.

A banda acena, e todos se afastam na noite. As rodas do carrinho rangem. O burburinho desaparece aos poucos.

Olho para a pista de patinação. Está tão perto. E não tem fila. Os únicos funcionários que vejo são alguns sujeitos de colete amarelo-neon. E estão ocupados desmontando as cordas esticadas entre aqueles postes que usam para direcionar a multidão. Como é mesmo o nome? Estacas?

Por impulso, pego a mão de Abby e a puxo em direção à pista.

— Leo, o que você...?

Solto a mão dela, deixo minha mochila na calçada e pulo a grade.

— Leo! — Abby grita atrás de mim. — O que você está fazendo?

Estou me balançando feito um pássaro desajeitado é a resposta. Meus tênis deslizam no gelo, e tenho que balançar os braços freneticamente para evitar cair de bunda. Vários patinadores desviam de mim.

Às minhas costas, Abby ri.

— Sai daí, você vai arranjar problemas pra gente!

De alguma maneira, consigo girar até ficar de frente para ela.

— Só se você continuar gritando — digo.

Ela olha ao redor, mas os caras com coletes neon ainda estão ocupados com as estacas. Nem sei se me viram, com todos os patinadores deslizando pelo rinque.

— Vamos lá! — Aceno para Abby e quase perco o equilíbrio de novo. — Ninguém está olhando. Está tudo bem.

— Tudo bem? Você parece estar a dois passos de uma concussão!

Ela morde o lábio, olha mais uma vez para os caras de colete, então larga a mochila no chão. Abby sobe na grade desajeitadamente e vem devagar na minha direção, os braços estendidos para manter o equilíbrio.

Eu seguro uma risada.

— Você vem hoje ou amanhã...?

Ela me mostra o dedo do meio.

— Desculpe por tentar chegar aí inteira! — rebate.

Rio de um jeito que não sei se ri o dia todo, ou mesmo a semana toda, e não é nem tanto por ela me mostrar o dedo do meio enquanto tenta não cair.

É só que sinto que consigo respirar. Como se ainda estivesse aproveitando com o coração a adrenalina de tocar bateria.

Abby acena para mim, fazendo pequenos movimentos de agarrar com os dedos. Estendo a mão, e ela a segura, e giramos desajeitadamente no gelo juntos, ambos rindo como se tivéssemos cinco anos, enquanto as pessoas de patins de verdade passam voando por nós.

— Isso é muito mais difícil do que eu me lembrava! — diz ela.

— Você já deslizou por um rinque de patinação de sapato?

— Não! Eu quis dizer patinar no gelo! — Abby solta um grito quando seus pés quase escorregam.

— É, acho que é mais fácil de patins. — Meus pés escorregam, e, por um segundo aterrorizante, chego perigosamente perto de fazer um espacate.

— Ei, foi ideia sua! — Abby tenta me puxar de volta para cima e quase cai de novo.

— E você me seguiu.

Consigo endireitar os pés depois de balançar bem os braços, o que faz Abby rir. E isso a deixa instável de novo. Então eu a seguro, o que me desestabiliza, e isso a faz rir mais ainda, e logo estamos agarrados um ao outro, rindo e girando em círculos.

Até que finalmente paramos e a risada termina. E, então, ficamos apenas nos encarando, ainda segurando as mangas das jaquetas um do outro.

Seus olhos estão tão brilhantes, e ela está sorrindo tanto... E eu percebo que não foi só tocar tambor freneticamente que me fez sentir essa liberdade. Não é só a música que me dá espaço para respirar. Não é só o anonimato de Nova York que me permite sentir mais do que raivoso e pequeno...

O dia está quase acabando, mas me recuso a ficar sem tempo.

Eu me inclino para a frente e a beijo.

DEZENOVE

QUARTA-FEIRA, 22 DE NOVEMBRO — 21H55

ABBY

TODOS OS MEUS pensamentos desaparecem. Minha mente fica completamente em branco. Não tenho ideia do que estava fazendo ou do que planejava fazer em seguida. O mundo se condensa neste momento: os lábios de Leo contra os meus, sua jaqueta presa em minhas mãos, meus pés escorregando bem de leve no gelo.

É o tipo de beijo sobre o qual li em livros, em fanfics. O tipo de beijo que eu nem sabia se existia. Mas aqui estou eu, e ele existe, e vou derreter, ou pegar fogo, ou explodir.

É muito mais do que qualquer beijo que já imaginei. Até mesmo os que imaginei com Kat.

Espera. *Kat.*

Não. Não, não, não. O que estou fazendo? Isto não deveria estar acontecendo...

Eu me afasto, ou talvez Leo se afasta, ou talvez nós dois nos afastamos. Tudo que sei é que estou escorregando no gelo, rápida e desajeitadamente demais para me reequilibrar. Bato em Leo, e de repente nós dois sacudimos os braços...

Ai.

— Ai, meu Deus, vocês estão bem?

Patins raspam contra o gelo. As pessoas estão parando, mudando de direção, vindo até nós.

— Vocês precisam de ajuda?

— Cadê os seus patins?

— Vocês estão bem?

Ai, meu Deus. Todo mundo está olhando. Passamos o dia inteiro quase invisíveis, discutindo aos gritos em uma estação de metrô, pulando roletas, mas agora, *é claro*, todos estão olhando para nós. Até as pessoas do outro lado do rinque. E estou toda enroscada em Leo, nós dois deitados no gelo, e não consigo de jeito nenhum me *soltar*...

— Estou bem. — Eu tiro um braço. E depois uma perna. — Estamos bem. Nada aconteceu.

De alguma maneira, consigo me levantar. Leo está se levantando ao meu lado — eu acho. Não olho para ele. Não consigo olhar para ele, porque meu rosto está pegando fogo e meus olhos ardem e aquele beijo foi...

Aquele beijo foi tudo.

E agora estou entrando em crise. Porque meu cóccix dói, meu cotovelo está latejando e todos estão olhando para nós...

... e eu não sou gay. Ou não sou *só* gay, porque aquele beijo... aquele beijo significa que sou complicada, e, mesmo que Ida tenha dito que rótulos não são importantes, eles ainda são uma maneira de saber quem você é. E agora não faço ideia de quem sou, ou do que quero, ou do que estou fazendo.

Só sei que preciso sair daqui.

— Estou bem — repito, mas as palavras saem emboladas.

Começo a voltar desajeitadamente para a beirada do rinque. As pessoas se afastam para me deixar passar. Tento sorrir, parecer que estou bem, mas meu queixo está tremendo, minhas mãos também, e sinto que vou desmoronar.

Isto é muito pior do que pisar em cocô de cachorro.

Estendo a mão para a grade e subo de volta às cegas. E acho que devo ter convencido todo mundo de que estou bem, porque ninguém me segue. Todos estão voltando a patinar. Voltando para os amigos. Voltando para suas noites. Seguindo em frente.

A única pessoa no gelo que ainda me encara é Leo.

Eu me viro e pego minha mochila da calçada, porque, se eu continuar olhando para ele, vou desmoronar. Pego meu celular do bolso. Eu devia mandar uma mensagem para Kat. Deveria dizer a ela que estou voltando agora.

Mas, em vez disso, começo a rolar a tela pelas minhas mensagens antigas com Kat. Cada vez mais para trás, até chegar às conversas de antes da viagem. Não sei o que procuro. Algo que me diga o que fazer, eu acho. Algo que me lembre de quanto eu amo Kat. Algo que me faça sentir aquele frio na barriga de novo, como na fogueira. Que me lembre o objetivo do dia de hoje.

Em vez disso, sinto como se alguém tivesse enfiado a mão no meu peito e espremido o ar para fora dos meus pulmões. *Não é assim que o amor deveria ser*. Clara Jane não ficava rolando a tela do celular, procurando uma mensagem para provar qual cara era seu verdadeiro amor.

Clara Jane tinha momentos mágicos. Clara Jane simplesmente *sabia*.

Porque você deveria *saber*.

Todo mundo sempre sabe. Nos livros, nos filmes, nas fanfics. Ou, pelo menos, você sabe quando lê. Quando assiste.

Ouço um barulho e tenho um sobressalto. É Leo, escalando de volta a grade ao meu lado, pegando sua mochila e jogando-a no ombro. Ele não olha para mim. Apenas pega o celular e franze a testa para a tela, digitando com os polegares.

Meu celular vibra na minha mão. Uma mensagem no grupo.

LEO

Estamos voltando. Obrigado por acobertarem a gente.

Meus olhos ardem de novo. Não sei se quero chorar ou explodir.

— Acho que é isso então. — Meu tom é brusco, mas não me importo.

Ele olha para cima de cara feia.

— Você não parecia muito interessada em ficar por aqui.

Sinto um aperto na garganta.

— As pessoas estavam olhando!

Ele franze a testa ainda mais.

— Aham.

O que ele quer dizer com isso?

— Foi você quem me fez ir para o gelo. Por que está tão irritado agora?

Por um segundo, a cara feia desaparece e ele apenas me encara, os olhos arregalados. Então, ele empina o queixo.

— Nada. A gente devia ir.

Ele dá meia-volta e sai pisando firme por entre as cadeiras e mesas vazias, indo para o canto do parque.

Minha visão fica turva. Corro atrás dele, meu coração retumbando nos ouvidos.

— Nada? É só isso que você tem a dizer? — disparo.

Leo olha fixamente para a frente, fazendo cara feia, como se eu nem estivesse aqui.

— Não importa — diz.

Algo dentro de mim se quebra. Não quero mais saber de chorar. Agora estou pronta para explodir.

— Você me beijou! Depois de eu te *dizer* que estava apaixonada por Kat. Depois de eu contar sobre o livro, as anotações e tudo sobre como eu queria que o dia de hoje fosse. Você me *beijou*. Como isso não importa?

Seus ombros ficam mais altos.

— Esquece.

— Ah, claro. Tá bom. — Estamos passando por entre as lojas escuras e vazias agora. Uma vila abandonada de casinhas de vidro. Ou outro espaço liminar. — Foi ideia *sua* entrar no rinque. Ideia *sua* ir até o Empire State Building. Tudo isso foi ideia *sua*! Eu não pedi para você passar o dia todo comigo!

Leo chega ao fim do parque e começa a atravessar a rua sem esperar o sinal para pedestres. Não há trânsito agora, de qualquer maneira.

— Uau. Obrigado. — Sua voz está embargada. — Bom saber que eu era só um peso morto obrigando você a fazer um monte de coisas insuportáveis.

Uma rajada de vento frio atinge meu rosto. Meus olhos lacrimejam.

— Não foi isso que eu quis dizer…

— Sabe, se você odeia tanto passar tempo comigo, talvez devêssemos ir separadamente para o hotel, já que não há motivo para passarmos mais tempo juntos. — Ele aperta o passo. — Você conseguiu o que queria. Me deixa em paz.

Mas eu corro ainda mais rápido para alcançá-lo. Não consigo respirar. Meus pulmões não se expandem.

— Tá bom! — O que estou dizendo? — É melhor mesmo, já que você está decidido a ser um babaca rabugento!

— Agora eu sou um babaca rabugento? — Leo se vira para me encarar, sua silhueta marcada por um brilho colorido vindo de um ponto adiante na rua. — Passei o dia todo ajudando nesse plano de conto de fadas completamente ridículo porque você é covarde demais para dizer à sua melhor amiga que gosta dela. E eu sou um babaca por causa disso?

Ele se desfoca na minha frente. Pisco, e lágrimas escorrem pelo meu rosto em rastros quentes.

— Ah, sim, você é um *baita de um herói*, me ajudando porque perdeu o meu livro.

— Pelo menos eu tenho um pé no maldito mundo real! Em vez de fingir que vivo em um livro de romance onde tudo é perfeito e mágico e eu nunca preciso fazer nada por conta própria porque o Universo vai cuidar de tudo pra mim!

A frase me atinge como um tapa.

— Eu prefiro acreditar em um pouco de magia do que simplesmente odiar tudo porque sou uma pessoa rabugenta e rancorosa!

— Você não faz ideia de como é pra mim! — grita Leo. — Você não faz ideia de como é ser trans onde eu moro!

— Eu sei disso! — Também estou gritando. Minha garganta dói, e minha voz está trêmula, e não consigo parar. — Mas não faria diferença se eu soubesse como é, porque você está decidido a ser um babaca e se fazer infeliz!

— Se eu sou tão babaca, então por que você passou o dia todo comigo? — Os olhos de Leo parecem brilhantes demais. — Por que deixou sua grande paixão de lado para passar tempo comigo?

— Eu não estava deixando Kat de...

— Verdade, você só estava me usando para consertar seus grandes planos românticos.

— Você *quis* ajudar! Porque se sentia culpado!

— Bem, *chega* de me sentir culpado! — Leo passa a mochila para a frente do corpo e abre o zíper com dedos trêmulos. — Então toma. Pode ficar com isso. — Ele empurra uma sacola de papel marrom para mim. — Agora estamos quites.

E ele se vira e se afasta, furioso.

Dou um passo para segui-lo, mas a sacola é pesada e não a estou segurando direito. Ela escorrega e um livro desliza para fora, caindo na calçada com tanta força que ele se abre.

A página do título está amarelada e com a ponta dobrada, mas reconheço na hora, porque já olhei para aquela fonte e aquelas letras dezenas e dezenas de vezes.

Os cem romances de Clara Jane.

E, logo abaixo do título, em uma caligrafia familiar, está o autógrafo da autora.

Eu me abaixo. Por um segundo, me pergunto se Leo de alguma maneira encontrou o exemplar que eu perdi, mas, assim que pego o livro, sei que não é o caso. É diferente, está desgastado de uma maneira diferente. O autógrafo está até em um lugar diferente na folha de rosto.

Olho para a sacola de papel nas minhas mãos. Leo estava com uma sacola de papel quando saímos da livraria. A que ele enfiou na mochila.

Ele deve ter encontrado este livro durante a caça ao tesouro. E o comprou para mim.

Espera. Leo...

Eu me endireito, segurando o livro e a sacola, e corro até o fim do quarteirão, a mochila batendo nas minhas costas, minha garganta ardendo. Há mais gente aqui. Mais táxis. Um outdoor digital do outro lado da rua pisca com tamanha intensidade que, por um segundo, mal consigo ver. Pisco para tirar as manchas da visão, semicerrando os olhos, girando em círculo.

Mas Leo sumiu.

VINTE

QUARTA-FEIRA, 22 DE NOVEMBRO — 22H02

LEO

ANDO O MAIS rápido possível. Minha vontade é sair de lá o mais rápido possível.

Quero sair com raiva e deixar Abby para trás, e quero que ela me alcance e me impeça. Quero que ela grite meu nome, e tenho medo do que vai acontecer se ela fizer isso. Então ando mais rápido, entrando direto na explosão neon da Times Square. Mesmo tão tarde, o lugar está lotado, com táxis, ônibus e pessoas nas calçadas.

Estou quase correndo, atravessando a outra rua na frente de um táxi vindo devagar. Agora estou no quarteirão seguinte, com um prédio inteiro entre mim e Abby, mas sigo em frente. O trote se transforma em corrida. Vou cada vez mais rápido, até que estou disparando pelas ruas de Manhattan no escuro, o que não é nem de longe o que pensei que faria nesta viagem, mas não me importo. Nada foi como eu esperava.

Me perder.

Passar o dia inteiro com uma garota que acabei de conhecer.

Me apaixonar por essa garota como… como…

Como alguém que acredita no Universo.

Como alguém que não é uma Dificuldade Logística.

Meu gorro escorrega na cabeça, e o vento entra nos meus ouvidos. O ar frio queima minha garganta. Meus pés doem a cada vez que batem na calçada, o que faz sentido, porque passei o dia todo em pé. E vou andar uma boa parte do tempo amanhã. Ótimo.

Já estou vendo o hotel e vou parecer completamente descontrolado se entrar correndo desembestado pelas portas automáticas. Então, diminuo o ritmo. Do que estou fugindo, afinal?

As portas do hotel se abrem com um ruído, e eu entro no saguão em um ritmo perfeitamente razoável, tentando recobrar o fôlego.

Não que alguém repare. A funcionária na recepção está reclinada na cadeira, assistindo a algo no celular. Um casal mais velho, bem-vestido, sai do restaurante no saguão e passa por mim a caminho da calçada.

Vou para os elevadores e subo até o décimo primeiro andar com o meteorologista na pequena TV todo para mim. Sol amanhã. Máxima de quase quinze graus. Deve ser um belo Dia de Ação de Graças. Blá-blá-blá.

As portas se abrem no décimo primeiro andar, interrompendo a especulação sobre se vai chover no fim de semana. Saio para o corredor.

E paro, encarando as pequenas placas retangulares, com aquela Fonte de Hotel, na parede à minha frente. Por aqui para esses quartos. Por ali para aqueles quartos.

Quartos dos meninos de um lado dos elevadores. Quartos das meninas do outro.

Começo a chorar.

Este maldito corredor é a gota d'água. Soluços saem rasgando de mim. Não consigo respirar, não consigo enxergar direito, e meus joelhos fraquejam. Desabo no chão em frente aos elevadores, puxando os joelhos para perto do peito. Apertando os punhos contra os olhos.

Não sei o que vou fazer se alguém acordar e me ouvir. Não sei o que vou fazer se uma daquelas portas se abrir e algum acompanhante enfiar a cabeça para fora. Ou, pior, se alguém da banda fizer isso.

Mas ninguém acorda. Ou talvez alguém até acorde e não abra a porta. De qualquer maneira, sou só eu neste carpete bege, chorando até a exaustão.

Porque, por um breve momento, eu me senti livre esta noite. Por um breve momento, me senti uma versão de mim que não estava carregando todas essas merdas. Uma versão de mim que podia apenas existir — foda-se o que os outros pensam —, porque eu poderia tocar tambor com o coração, porque eu poderia me apaixonar, porque eu poderia beijar alguém, porque eu poderia passar o dia com uma pessoa que não parecia se importar com o que estava debaixo da minha camisa ou dentro das minhas calças, que não me conhecia "antes", o que quer que isso signifique.

Mas agora voltei à realidade, onde os meninos ficam de um lado do corredor, e as meninas, do outro, e de alguma maneira isso é aceitável para todo mundo, menos para mim.

Pior, consegui estragar tudo com a única pessoa que me fez sentir...

Bem, o mais *eu* que já me senti.

Parabéns, Leo.

Choro até ficar com uma dor de cabeça latejante. Até meu nariz ficar tão entupido que mal consigo respirar por ele. Até meu rosto inteiro inchar e minha boca ficar com gosto de sal.

E então meu celular vibra.

Eu o tiro do bolso com dificuldade, o pulso acelerado, porque talvez seja Abby...

É minha mãe. Ela está me ligando.

Fico tonto.

— Alô?

— Ah. Leo. Oi.

Ela parece confusa. Será que me ligou por engano? Quem ainda faz isso hoje em dia?

— Mãe? Você... Está tudo bem?

— Sim! Desculpe. Achei que você estaria dormindo e cairia na caixa postal.

Eu enxugo os olhos na manga.

— Por que você estava ligando para a minha caixa postal?

— Ah. Bem. Porque... Eu queria te contar uma coisa. *Nós* queríamos te contar uma coisa, seu pai e eu, mas a gente queria ter certeza de que você ficasse sabendo antes do desfile amanhã...

— Sabendo de quê?

Ela hesita.

— Que eu sinto muito. Nós dois sentimos. Nós... nós conversamos com Casey.

O quê?

— Com Casey? Por quê?

— Ela ligou hoje à tarde. Ela estava... Hum... Estava chateada, porque conversou com você hoje de manhã...

Ai, meu Deus.

— Mãe, está tudo bem, eu expliquei para Casey por que você e o papai não queriam...

— Não, não está tudo bem. Querido, ouça. Nós já estávamos pensando na nossa briga de segunda-feira, e aí Casey ligou porque estava se sentindo culpada depois de falar com você, e tivemos uma longa conversa e... Nós vamos contar para todos. — Ela solta um suspiro. — Nossas famílias. A sua família. Vamos contar pra todo mundo amanhã. E... e se eles não aceitarem você, se não *nos* aceitarem, então vamos pedir para irem embora.

O silêncio no corredor de repente é ensurdecedor.

— Vocês vão... o quê?

— Nós percebemos, conversando com Casey, que... — Eu a ouço engolir em seco. — Não podemos pedir para você esconder parte de quem é para sempre. Nós... não foi nossa intenção, Leo, mas... temos um relacionamento complicado com nossas famílias e... — Minha mãe hesita, como se estivesse se contendo. — Estávamos com medo, e eu sei que isso não é justo com você, mas é a verdade. Era. E eu sei que Casey acha que nada disso é grandes coisas...

Eu esfrego a testa. Minha cabeça está latejando.

— Mãe...

— Leo, deixa eu terminar. Eu te amo, e eu amo Casey, e vocês dois tomam decisões que não fazem sentido para mim, mas... Eu te amo. E, se eu te amo, então eu te apoio, e isso significa que não posso ficar escolhendo quais partes de você eu apoio só porque o restante da família está por perto. Quer dizer, talvez eu não quisesse enxergar isso no início, mas agora enxergo. Você vai ser quem você é com ou sem a gente. E quando Casey disse que falou que você deveria contar para a família sozinho...

Ai, céus.

— Achei que não foi muito justo da parte dela dizer isso, porque é muito para pedir de você. Não é responsabilidade sua lidar com o que eles podem sentir só porque você quer ser você mesmo perto deles. E então seu pai e eu percebemos que... bem... se não é justo Casey esperar que você tenha o ônus de contar para eles sozinho, então não é justo esperarmos que você esconda quem é porque temos medo de contar para o restante da família.

Ah.

Isso é...

— Leo?

Eu encaro o papel de parede bege neutro diante de mim. É isso. É o que eu estava esperando. Uma parte, pelo menos.

E eu…

Meu Deus, eu me sinto tão cansado.

— Leo? — diz minha mãe de novo.

— Oi. — Minha voz soa rouca aos meus ouvidos. — Estou aqui.

— Você está bem?

Sim.

Não.

Não, não estou. Passei meses tentando me encaixar em um molde que meus pais ficavam me dizendo que, de alguma maneira, tornaria minha vida mais fácil. Meses com um sorriso falso para que eles não precisassem ficar desconfortáveis. Semanas dando de ombros como se meu senso de pertencimento fosse menos importante do que o das outras pessoas para que minha escola não precisasse ficar desconfortável.

Por mais que uma parte de mim queira viver naquele romance de Abby, não posso só recomeçar magicamente o último ano. Mesmo que eu agora esteja ouvindo tudo o que tanto queria, e o pedido de desculpas que vem junto — nada disso vai magicamente tapar os buracos que agora existem em mim. Os buracos que existem porque pequenos pedaços de mim que confiavam, que se sentiam seguros, foram arrancados.

Não, eu não estou bem.

Mas tudo o que eu digo é:

— Aham. — Porque não consigo dizer mais nada para minha mãe. Não agora.

Talvez algum dia.

Mas agora não.

— Eu sinto muito por não termos contado antes, Leo, de verdade — diz ela, bem baixinho. — Talvez a gente tenha se acostumado a esconder partes de nós mesmos. Fazemos isso há anos com as nossas famílias. Mas, sabe, isso não é o mesmo que esconder que você saiu às escondidas para ir a um show de rock na adolescência. — Ela solta uma risada esganiçada. — Ou que teve um caso com uma garota na faculdade…

Peraí… *o quê?*

— Isso é quem você é — diz minha mãe. — E isso é… É diferente. Eu quero que você saiba que nós entendemos… que é diferente.

Claramente, Casey e eu precisamos investigar o passado da nossa mãe. Mas, agora, só digo:

— O que você vai dizer para eles?

Minha mãe fica em silêncio. Por fim, diz:

— Bem, seu pai e eu fizemos um pouco de pesquisa, mas acho que... talvez fosse melhor perguntar a você. O que você quer que a gente diga a eles?

É uma pergunta tão simples. E, de certa forma, é a pergunta na qual tenho pensado há meses. Mas, agora que o momento chegou, a resposta não parece nada simples.

Será que eu sempre fui um menino?

Todo mundo só estava errado sobre mim por dezesseis anos?

Ou as coisas mudam e se transformam, e talvez alguém possa ser muitas coisas ao mesmo tempo, ou muitas coisas em diferentes momentos?

E, no fim das contas, isso realmente importa?

Não sei. A única certeza que tenho é sobre o meu eu de agora, deste mês, desta semana, de hoje. Tudo que sei é que esta versão de mim, a versão que passou o dia se sentindo livre, é real. Porque, se não fosse, eu não me sentiria tão livre. Se não fosse, eu não estaria sofrendo tanto.

— Fala pra eles que sou um menino trans — digo.

— Ok — diz minha mãe.

— Fala pra eles que meu nome é Leo.

— Ok.

— Meus pronomes são ele, dele. E que não são uma preferência, eles simplesmente *são*.

— Ok.

— E... que é assim que quero ser tratado, mesmo em relação ao passado.

Ela hesita desta vez, mas ainda assim diz:

— Ok.

Agora sou eu que hesito.

— Mais alguma coisa? — pergunta ela.

— Não sei. Pode ser só isso por agora? E talvez... talvez algo mais depois?

— Pode — diz ela.

Quase quero perguntar o que meu pai vai fazer se a vovó Brewer exigir saber como meus pais puderam deixar isso acontecer. Ou o que minha mãe vai fazer se a vovó Cesari disser que é só uma fase. Ou o que eles vão fazer se algum dos parentes se recusar a aceitar.

Bem. Acho que minha mãe e meu pai vão pedir para eles irem embora. Eu me pergunto se vão realmente fazer isso, se chegar a esse ponto. Casey vai. Tenho quase certeza.

Espero que não chegue a esse ponto. Mas mesmo que chegue...

Eu não me importo. Pela primeira vez, não me importo, porque não preciso. Mesmo que ela esteja tropeçando, mesmo que ainda haja buracos dentro de mim, minha mãe está ouvindo. Meu pai está ouvindo. Até Casey parece estar ouvindo!

Para eles, não sou mais uma Dificuldade Logística. E, hoje à noite, isso é um passo. É o suficiente.

— Eu te amo, Leo — diz minha mãe.

Minha visão fica turva.

— Eu também te amo, mãe.

Soa meio enferrujado na minha boca, como se fosse levar um tempo até eu poder dizer isso sem também adicionar, para mim mesmo, *e você me magoou*.

— Boa sorte no desfile amanhã — diz ela.

— Obrigado. Boa sorte... contando a todos.

— Não se preocupe com isso, querido. Quem sabe? Eles podem aceitar bem, mas estamos preparados se não for o caso.

E essa é a outra coisa estranha em ser trans. Talvez minha família *de fato* aceite bem, mas isso quase não me ocorreu. A ideia de que ninguém vai aceitar bem acaba entranhada na sua pele. A ideia de que você está pedindo demais se espera que eles aceitem. E essa ideia vai corroendo você até que acredite que é um fato.

O que, agora que penso no assunto, venho fazendo há muito tempo.

— Ligue para nós depois do desfile, está bem, Leo?

— Está bem. Pode deixar.

— Boa noite.

— Boa noite, mãe.

Eu abaixo o celular. Dou uma olhada no horário. Faltam menos de duas horas para a quarta-feira acabar. É quase amanhã.

Escrevo uma nova mensagem para Evan.

EU

Tenho um monte de coisas pra contar

VINTE E UM

QUARTA-FEIRA, 22 DE NOVEMBRO — 22H05

ABBY

EU SEGURO OS *cem romances de Clara Jane* contra o peito e olho em volta para as luzes da Times Square. Uma tela contornando a borda de um prédio, acima das portas, me diz que são pouco mais de dez da noite.

Meu Deus, eu sou um fracasso. Estraguei tudo agora.

Por que nunca consigo descobrir o que quero na hora certa?

Por que nunca consigo descobrir o que quero, para início de conversa?

Não acredito que achei que poderia ser a Abby Destemida. A Abby Destemida que é aventureira e espontânea. Que decide o que quer e corre atrás. Que poderia, pela primeira vez, ser de fato a heroína, a protagonista que tem aqueles momentos perfeitos e mágicos.

O problema é que, quando Leo me beijou, por um momento, eu me senti assim. Eu senti *tudo*.

Mas, agora, aqui estou eu, no fim do dia em que pensei que — talvez — o Universo ia fazer algo acontecer para mim... e ainda sou a Velha Abby.

Assustada, indecisa, confusa e pequena.

E sozinha. Só eu e OCRdCJ. De novo.

Perdi um dia inteiro que eu poderia ter passado com Kat, com meus amigos — as pessoas que conhecem a Velha Abby. E joguei isso fora por quê?

Qual é o meu problema?

Não posso continuar aqui parada. Leo disse no grupo que estávamos voltando, e, além disso, nossa banda vai fazer um ensaio geral na frente da

Macy's em cinco horas. O que significa que vou ter menos de cinco horas de sono.

Pisco para limpar os olhos e pego o celular, porque estou congelando e preciso descobrir como voltar para o hotel. Mas estou tremendo e tentando não chorar, segurando um livro, uma bolsa e um celular, e, em vez de apertar o ícone do Google Maps, meu polegar escorrega e abre a galeria de fotos.

E a primeira que aparece é o panfleto que fotografei na livraria. Claro. É a última foto que tirei.

"39th e 18th", disse Ida.

Não é muito longe daqui. E não passou muito das dez da noite.

E o folheto diz que a autora de *Os cem romances de Clara Jane* vai ler um conto — em sua participação de algum evento chamado Escritores da Orla — em um café na West 39th Street com a Oitava Avenida, das 20h às 22h. Hoje à noite.

Olho para o livro em minhas mãos. Eu devia voltar para o hotel. O que quer que hoje tenha sido acabou, e...

E eu não posso voltar. Ainda não.

Abro o Google Maps e, antes que possa pensar melhor, começo a andar. Para longe da Times Square. Em direção à 39th Street.

Caminho cada vez mais rápido, diminuindo o passo apenas por um segundo para jogar o saco de papel amassado em uma lixeira.

São 22h10 quando chego à esquina da West 39th Street com a Oitava Avenida. Reduzo a velocidade, olhando da foto no meu celular para as vitrines.

Ali. O local é um café minúsculo, enfiado entre uma delicatéssen e uma boutique de roupas sofisticadas. MOREAU'S COFFEE.

Meu coração bate tão forte que está quase fazendo eu me mexer, para a frente e para trás, na calçada. Estendo a mão e puxo a porta.

Ela não abre.

Meus olhos pulam para as janelas do café. As luzes ainda estão acesas, mas fracas, e o café está vazio, exceto por uma pessoa atrás do balcão. Uma pessoa que agora está contornando o balcão e vindo na minha direção.

Ela gira a tranca do outro lado da porta e abre uma fresta.

— Posso ajudar?

— Desculpe, eu estava... — Ergo o celular, porque meus olhos estão cheios de lágrimas e não sei se consigo continuar falando.

A mulher estreita os olhos para o celular e depois me lança um olhar de pena.

— Você chegou meio tarde. O evento já terminou. Vai ter outro no mês que vem, mas... estamos fechando agora.

— Eu sei. — As palavras saem esganiçadas. — Quer dizer, sei que estou bem atrasada, eu estava... Eu queria muito conhecer uma das autoras. Ela escreveu meu livro favorito...

— *Os cem romances de Clara Jane*?

— Hum. Isso. Como você sabia?

Ela levanta as sobrancelhas.

— Bem, você está... segurando o livro.

Ah. Verdade. Eu o aperto com mais força e sinto uma leve vontade de ser engolida pelo chão.

A mulher se inclina, desviando de mim, e aponta para o outro lado da rua.

— Ela foi pra lá. Está vendo aquele restaurante? Talvez ainda esteja lá. Terminamos um pouco cedo, mas ela saiu faz só uns dez minutos.

Eu me viro, olhando as vitrines do outro lado da rua. Meus olhos encontram um pequeno toldo vermelho. GINO'S BAR & RESTAURANT.

— Obrigada.

— De nada. — A mulher fecha a porta.

Olho para os dois lados, mas a rua está vazia, então atravesso. Meus dedos estão dormentes, segurando OCRdCJ tão apertado contra o peito que minha pulsação o faz vibrar.

Paro do lado de fora da porta do restaurante e olho pela janela.

E lá está ela.

Viro para a contracapa do livro e olho a foto da autora só por via das dúvidas. A mulher no bar do restaurante está de óculos, diferente da mulher da foto, e o cabelo é mais curto, e ela está usando um caban em vez de uma blusa esvoaçante... mas com certeza é ela. O cabelo cor de areia, a pele pálida, o nariz longo e reto, a covinha no queixo.

Ela está aqui. Eu realmente a encontrei.

Passo a manga pelo rosto, tentando limpar as marcas de lágrimas. Então, respiro fundo e entro.

O restaurante está quente e iluminado por velas, com um jazz agradável tocando baixinho. O barman parece não me ver, ocupado demais guardando copos nas prateleiras. Ainda há algumas pessoas nas mesas dos cantos, mas seus pratos estão vazios e as conversas não passam de um murmúrio.

Eu me sinto um peixe fora d'água de jaqueta, calça jeans amassada e tênis sujos. Dá para ver que este é um restaurante chique. Tem aquelas toalhas de mesa brancas impecáveis — do tipo que eu pensei que todos os restaurantes de Nova York teriam, porque é assim em *Os cem romances de Clara Jane*.

Seguro melhor o livro, vou até o bar e digo à autora:

— Oi, desculpe interromper, mas eu adoro o seu livro.

A Autora tem um leve sobressalto, erguendo os olhos do seu bloquinho. Ela hesita por um instante, e suas sobrancelhas sobem.

— Perdão?

— Eu adoro o seu livro. *Os cem romances de Clara Jane*? — Eu o estendo, como se ela talvez precisasse ser lembrada. — O meu nome é Abby. Estou aqui com a minha banda marcial. Bem, não aqui, *aqui*... em Nova York, porque vamos tocar no Desfile da Macy's amanhã, e... — Estou tagarelando demais. — Desculpe, não quero ser esquisita nem nada. Vi um folheto em uma livraria dizendo que você leria um conto hoje, mas perdi o evento, e a pessoa que estava fechando a loja disse que talvez você estivesse aqui, e eu queria dizer que amo o seu livro.

A Autora sorri, e agora (tirando os óculos e o cabelo mais curto) ela fica igualzinha à foto, inclusive com o mesmo batom escuro contrastante e a maquiagem dramática dos olhos.

— Obrigada. Faz tempo que ouço alguém falar nesse livro.

— Ah — digo. — Sério?

Quer dizer, eu sei que não é um Grande Livro, e que saiu há um bom tempo, mas li fanfics sobre ele, o que significa que as pessoas escreveram fanfics sobre a história. E ela é uma autora. Em Nova York. Acho que imaginei que ela encontrasse pessoas que sabiam quem ela era e que tinham lido seu livro todos os dias.

— Então, você vai tocar no desfile amanhã? — pergunta a Autora.

Ela está tentando ser gentil. Engulo em seco.

— Hum, vou. Na nossa banda marcial. Nós viemos do Missouri.

Ela ergue as sobrancelhas perfeitamente delineadas.

— Ah, uau! É bem longe. Você deve estar muito animada.

— Sim. — Ou eu estava, antes de o dia de hoje estragar tudo. Mas não posso dizer isso a ela. — Nós ensaiamos muito.

— Aposto que sim. — A Autora me dá outro sorriso e se vira, quase imperceptivelmente, de volta ao balcão.

É a minha deixa para sair, mas não consigo. Preciso perguntar, agora que estou aqui; preciso fazer aquela pergunta. A que mandei por e-mail para ela, pela editora. O e-mail que ela nunca respondeu.

Talvez seja bobo, mas preciso de uma resposta. Algo a que me agarrar.

— Desculpe. — Queria que meu coração parasse de bater tão rápido. — Eu estava querendo saber uma coisa... É que eu mandei uma pergunta para você há alguns meses... — (Foi há mais de um ano, mas não quero que ela se sinta culpada.) — Bem, na verdade, mandei para a sua editora, porque é o que seu site diz para fazer, mas nunca obtive resposta, e queria saber se poderia perguntar agora...

Ela se vira, só um pouquinho, de volta para mim.

— Sei que o nome do livro é *Os cem romances de Clara Jane*... — Minha boca está seca. — Mas, no livro, Clara Jane só tem oito romances.

A autora assente.

— Bem, eu li uma teoria no Tumblr de que talvez Clara Jane já estivesse presa naquele loop temporal do mesmo dia antes de a história começar, então ela já teria vivido muitos romances, e só os últimos oito foram mostrados no livro. — Engulo em seco de novo, tentando me acalmar. — Mas já li o livro quase vinte e cinco vezes, e me parece que o primeiro romance nele é realmente o primeiro dela. E ela só tem oito romances, embora o título diga que são cem. Eu queria saber se você poderia esclarecer essa dúvida?

Minha voz sai mais aguda no fim. Tomara que a Autora não perceba.

Se ela percebe, não demonstra. Apenas sorri.

— É uma boa pergunta. Eu não tinha outros romances em mente além dos que estão no livro.

— Ah. Então por que...?

Ela ri.

— Minha editora achou que *Os cem romances de Clara Jane* soava melhor. Um pouco mais grandioso e mágico do que o meu título original.

Grandioso e mágico. Parece algo que eu diria.

E também parece um pouco mentiroso. Propaganda enganosa, como Leo disse.

Fico esperando, mas ela não diz mais nada. Estou morrendo de vontade de perguntar qual era o título original, mas me obrigo a não fazer isso. Talvez seja pessoal. Uma informação que ela quer guardar só para si. Acho que entendo, por mais legal que teria sido postar no Tumblr que ouvi a verdade da boca da própria autora. Com o título original como prova.

Claro que talvez ninguém acreditasse em mim. Quando eu teria encontrado a autora, afinal? Sempre olho a página de eventos no site dela, mas não é atualizada há três anos. Aquele panfleto na livraria foi a primeira vez que fiquei sabendo que ela ia participar de algum evento, e quantas pessoas o teriam visto? Não era nem um evento só dela.

Em vez disso, pergunto:

— Você não ficou incomodada pelo título não ser exato?

A Autora dá de ombros de leve.

— Sabe... — Ela me olha quase com tristeza. — Eu meio que deixei esse livro no passado. Quase não penso nele hoje em dia.

Espera aí, como assim? Como ela pode nem pensar mais nele? Ela o criou. Ela o escreveu. Os personagens, o romance, a história, tudo. Não que eu esperasse que ela relesse o próprio livro tantas vezes quanto eu, mas, de alguma maneira, a ideia de que a Autora seguiu em frente, de que ela nem pensa mais no meu livro favorito, nem parece se importar com ele...

Eu me sinto meio abandonada.

Talvez eu pareça decepcionada, mesmo sem querer, porque a expressão da Autora fica ansiosa e ela diz:

— Quer que eu autografe seu livro?

Olho para o exemplar que Leo jogou em mim e que ainda estou segurando contra o peito.

— Na verdade, já está autografado.

Agora a Autora parece ainda mais ansiosa.

— Desculpe, já nos conhecemos mais cedo esta noite?

— Não! — Eu aceno com a mão. — Me deram uma cópia autografada, ele encontrou naquela livraria, a Strand. Já estava assinada quando ele comprou. — Sei que não deveria continuar, mas não consigo parar de falar: — Ele a comprou para mim porque eu tinha outro exemplar autografado que encontrei em uma livraria no Missouri, e eu ia dar para a minha melhor amiga, mas o perdi na viagem. Hoje de manhã, na verdade... — Estou tagarelando de novo, e pior ainda, meus olhos estão ficando cheios de lágrimas e eu *não posso* chorar. Não na frente da Autora.

— Que legal que você ia dar meu livro para sua melhor amiga. — A Autora parece estar com dificuldade de encontrar algo para dizer.

E isso faz eu me sentir ainda pior.

— Obrigada. — É a coisa apropriada a se dizer. — Na verdade, eu ia contar a ela que... eu gostava dela. Quer dizer, que eu estava apaixonada por ela. Ou... estou. E nós duas amamos *Os cem romances de Clara Jane*, então eu arranjei essa edição especial autografada e escrevi um monte de bilhetes para ela. Desculpa, sei que algumas pessoas acham que escrever em livros é errado...

A Autora balança a cabeça.

— Enfim, eu ia me declarar pra ela nesta viagem, mas acabei perdendo o livro, e um garoto que estava comigo me ajudou a criar um novo plano, e aí ele encontrou este outro livro para mim, e me entregou antes de eu vir aqui, mas enfim...

Estou falando *enfim* demais. Não é uma história para contar a completos estranhos, e a Autora *é* uma completa estranha, embora eu tenha lido o livro dela quase vinte e cinco vezes. Isso não significa que eu a conheça como *pessoa*.

E, no entanto, eu ainda pensei que ela seria exatamente a mesma de quando escreveu o livro. Porque apareci aqui do nada e comecei a fazer perguntas como se tudo o que ela fizesse todos os dias fosse pensar na história que escreveu anos atrás.

O que é muito bobo. Afinal, eu não sou a mesma pessoa que era quando li o livro pela primeira vez.

Não sou nem a mesma pessoa de hoje de manhã.

Eu conheci Leo, e agora tudo ficou diferente.

— Posso fazer mais uma pergunta? — digo.

A Autora sorri e pega a carteira em sua bolsa de couro chique pendurada na cadeira.

— Claro.

— Alguma coisa no livro é baseada na vida real?

A Autora tira várias notas da carteira e as coloca no balcão ao lado do copo vazio.

— Na verdade, não. É um livro, uma obra de ficção. — Ela está quase pedindo desculpas. — É realmente tudo inventado.

Assinto. Faz total sentido. Quer dizer, há um *loop temporal*.

Mas, ainda assim, eu esperava que um pedacinho dele fosse verdade.

— Você acha que o Universo pode ser mágico, como é no seu livro?

A pergunta escapa antes que eu possa me conter. Mesmo sabendo que não deveria fazer outra pergunta. Mas não consigo *evitar*.

Porque se o livro é apenas ficção, se não é baseado, nem de leve, em algum momento especial em que o Universo *deu certo*...

Bem, então tudo o que eu sempre disse a mim mesma é mentira. Não há garantia de que algo vá dar certo para mim. Não há garantia de que eu não vou ser só a garota queer esquisita em um bairro residencial do Missouri, a garota queer por quem ninguém jamais vai se apaixonar ou entender de verdade.

A Autora guarda a carteira.

— Eu acho que o Universo pode ser mágico, às vezes. — Ela abre um sorriso, que desta vez parece até mais sincero do que aquele em sua foto na contracapa de OCRdCJ. — Foi por isso que comecei a escrever o livro. Porque eu acredito nisso, e queria escrever essa história. Às vezes o Universo pode trazer algo mágico para você. Mas, no fim, acho que é tão importante quanto o que você decide fazer com isso. Se não fosse assim, então... — Ela dá de ombros. — Não teríamos voz. O Universo não pode decidir tudo pela gente.

Penso na pista de patinação, em como subi a grade para me juntar a Leo no gelo. Em como Leo se inclinou e me beijou, segurando meus braços com força.

Esses momentos pareceram mágicos, e também...

Momentos que escolhemos.

Meus olhos se enchem de lágrimas de novo.

— É, faz sentido. — Tento dar de ombros de leve. — Quer dizer... é meio mágico para mim você estar aqui. Ou... eu poder conhecer você. — Olho em volta. — Talvez você esteja sempre por aqui.

Ela ri.

— Eu gosto deste lugar. Às vezes venho aqui ficar observando as pessoas depois do trabalho, mesmo quando não vim ler poemas bobos com meu grupo de escritores do outro lado da rua. — Ela pega seu bloco de notas, gesticulando de leve antes de guardá-lo na bolsa. — Gosto de anotar as coisas em que reparei quando observo as pessoas. Bares e restaurantes são ótimos lugares para isso.

De repente, me sinto esperançosa.

— Inspiração para um novo livro?

O sorriso dela desaparece. Ela dá de ombros.

— Talvez.

— Você acha que algum dia vai escrever uma continuação para *Clara Jane*?

Ela balança a cabeça.

— Não. Sinto muito.

Dói ouvir isso, mas não tanto quanto imaginei.

— Tudo bem. Acho que a história de Clara Jane meio que se resolveu no fim do livro.

A Autora assente e desliza para fora do banquinho, colocando a bolsa chique no ombro.

— Sinto muito, preciso ir. Está ficando tarde.

Ela está certa. E eu preciso voltar para o hotel.

— Sim, claro. — Dou um passo para trás, embora não esteja bloqueando o caminho dela.

Ela olha para mim e então diz:

— O que acha de eu autografar o livro mesmo assim? Para ser realmente para você?

— Ah. — Eu estendo o livro. — Tudo bem.

Ela pega uma caneta na bolsa e apoia o livro no balcão, abrindo a capa e escrevendo na folha de rosto.

— Prazer em conhecê-la, Abby — diz ela, e me devolve o livro.

— Obrigada. — Ela se lembrou do meu nome. — Prazer em conhecê-la também.

Ela me dá um último sorriso e se afasta, os saltos das botas batendo no chão polido do restaurante. Eu a observo sair para a calçada, enrolando um cachecol xadrez em volta do pescoço. Em alguns passos, ela desaparece de vista.

— Com licença? — O barman bate de leve no balcão para chamar minha atenção. — Infelizmente, estamos fechando.

— Ah. — Percebo que os poucos clientes restantes nas mesas também estão começando a se levantar, pegando os casacos enquanto uma garçonete recolhe pratos e guardanapos. — Desculpe. Eu… eu já vou.

Saio do restaurante para a calçada. Estou sozinha. A Autora deve ter dobrado uma esquina, pegado um táxi ou algo assim. Saio do caminho dos últimos clientes deixando o restaurante, rindo juntos e se afastando pela rua.

Sei que deveria começar a andar também. Tenho que voltar para o hotel, e, quanto mais eu demorar, menos tempo vou ter para dormir antes do grande ensaio em frente à Macy's.

Mas não consigo não abrir o livro em minhas mãos. Na folha de rosto, abaixo do autógrafo antigo e desbotado, a autora escreveu:

Para Abby — O universo é o que você faz dele.

VINTE E DOIS

QUINTA-FEIRA, 23 DE NOVEMBRO — 03H15

LEO

NÃO SEI COMO estou acordado agora. Também não sei como consegui dormir.

Mas dormi. Entrei de fininho no meu quarto de hotel sem acordar Gina, Zuri ou Rebekah. Lavei o rosto com água fria, escovei os dentes e, então, fiquei completamente sem energia. Só caí na cama que estava dividindo com Gina, ainda com a roupa da rua, e apaguei.

Quando voltei a mim, o alarme do celular da Gina estava tocando.

Mesmo não sendo uma pessoa matinal, acordei num pulo. Completamente desperto. Talvez porque não conte realmente como uma *manhã*. Ainda está escuro. É o meio da noite, não importa que o meu celular tente me dizer que é um novo dia.

Meu celular está quase sem bateria. Porque eu peguei no sono antes de colocá-lo para carregar.

No momento, estou no saguão do hotel, com o uniforme preto e dourado da banda marcial, a barretina preta escondendo o cabelo, que está ainda mais arrepiado do que antes, se é que isso é possível. O saguão está bem movimentado agora, com plumas douradas indo para lá e para cá. A srta. Rinaldi, com uma jaqueta preta com *Springfield* escrito em letras douradas brilhantes nas costas, se aproxima do sr. Corbin, que está parado perto dos elevadores segurando uma bandeja com quatro copos de café, com uma cara de moribundo.

Ao meu lado, Evan diz:

— Você jogou um *livro* nela?

Acabei de contar tudo para Evan e Gina. Cada parte de ontem que os dois não viram. Cada evento que aconteceu enquanto eles estavam na excursão na qual todos nós *deveríamos* estar.

— Você deu um *beijo* nela? — pergunta Gina.

As palavras começaram a jorrar assim que Gina e eu encontramos Evan nos elevadores. Ele apenas apontou para a última mensagem que eu tinha mandado para ele, do corredor do hotel depois de falar com meus pais, e comecei a desabafar. Falei enquanto o elevador descia até o primeiro andar. Falei enquanto entrávamos em um pequeno depósito nos fundos para desempacotar nossos instrumentos. Falei enquanto saíamos do pequeno depósito para ficar parados sem graça no saguão, esperando o sinal para sairmos para nosso último ensaio — a passagem de som diante das câmeras em frente à Macy's.

Acho que nunca falei tanto na vida.

Tento dar de ombros casualmente enquanto ajusto a alça do meu tambor de marcha nos ombros. E tento ficar atento (de maneira nada óbvia) para ver se encontro Abby. Se estamos prestes a sair para nossa última passagem de som, talvez a banda dela também esteja.

— *Leo*.

Tenho um sobressalto. Evan está me lançando um olhar de pura reprovação, ainda mais intimidador graças ao enorme sousafone em volta do seu torso, com sua campana prateada apontada diretamente para mim.

— Você beijou uma garota — diz Evan — e jogou um livro nela, literalmente, o que significa que sente alguma coisa por ela. Então, o que você vai fazer?

Olho feio para ele.

— Eu não sinto nada por ela.

É mentira, mas digo mesmo assim. Porque tudo o que contei a eles foram os acontecimentos. Tipo, que eu beijei Abby. Não contei sobre a avalanche de sentimentos que veio junto.

Evan resmunga.

— Sente, sim. E ela sente alguma coisa por *você*.

— Ela não sente nada. Eu joguei um livro nela.

— Aham — diz Gina.

— E aí nós gritamos um com o outro.

— Aham — diz Gina de novo.

Eu me viro e olho feio para ela.

— Por que você fica repetindo isso?

Gina me lança um olhar muito entediado.

— Você não joga um livro e grita com alguém de quem não gosta.

O que ela tem na cabeça?

— Joga, sim, na verdade. É exatamente o que você faz quando não gosta de alguém.

— Não. — Gina mete o dedo pequeno no meu peito. — *Você* não faz isso. Se não gosta de alguém, *você* simplesmente se recusa a falar com a pessoa. Dá um gelo nela. Faz A Cara. Agora está nos dizendo que gastou tanta energia *discutindo* com alguém? Você está apaixonado por ela.

— E se eu estiver? Não importa.

— Não acredito que você não contou pra gente ontem — reclama Evan, fazendo bico.

— Eu não contei exatamente por isso! Porque eu sabia que vocês iam fazer drama, e nem importa. Eu caguei tudo porque tudo na minha vida está sempre cagado, e ela obviamente não sente o mesmo, então tanto faz.

— Tudo na sua vida não está sempre cagado — diz Evan. — Quer dizer, pelo que você contou do telefonema, seus pais estão fazendo um esforço para descagar tudo.

Eu me encolho.

— Por favor, não fale em cagar e nos meus pais na mesma frase.

— Eu não falei. — Ele fica ofendido. — Eu disse *descagar*.

A srta. Rinaldi dá alguns apitos curtos, como se estivéssemos em um campo de futebol americano ao ar livre.

— Vamos lá! Vamos lá! — Ela acena com os braços em direção às portas do saguão. — Me sigam, por favor!

Nossa banda-ameba começa a se mover devagar, nos afunilando pelas portas e saindo para a calçada. Fico feliz por estar usando ceroulas por baixo do uniforme da banda, porque está *frio*. Consigo ver minha respiração.

A srta. Rinaldi acena com uma lanterna para que possamos vê-la, e lá vamos nós. Pela calçada, com os acompanhantes dos dois lados para nos conter, um longo trem de banda marcial.

— E aí, o que você vai fazer? — pergunta Evan.

Sopro nas minhas mãos.

— Como assim?

Gina balança a cabeça.

— Meu Deus, é um inútil.

— É mesmo — concorda Evan.

Tenho a forte impressão de que os dois passaram boa parte das últimas doze horas falando sobre mim enquanto eu estava com Abby e não podia me defender.

Também sei que estão me provocando, mas não consigo me conter.

— Por que sou um inútil? — pergunto.

Evan parece felicíssimo por eu ter caído na armadilha.

— Porque você está completamente apaixonado e é óbvio que Abby sente o mesmo. E mesmo assim você está aqui parado dizendo: "Como assim?"

Resisto à vontade de largar minhas baquetas e estrangulá-lo.

— Você não ouviu nada do que eu disse? Abby está apaixonada por Kat. Lembra da Kat? Aquela outra pessoa no grupo? Abby perdeu a cabeça depois que eu a beijei porque ela gosta de *Kat*. E, mesmo que ela goste de mim, só um pouquinho, eu gritei com ela. E joguei um livro nela! Você acha mesmo que ela ainda gosta de mim depois disso?

— Viu só, é disso que estou falando. — Evan enxuga uma lágrima imaginária enquanto viramos na esquina. — É assim que eu sei que você me ama. Você não discute assim com qualquer pessoa.

A vontade de estrangulá-lo aumenta.

— *Evan*.

Ele suspira.

— Leo. Você está apaixonado pela Abby.

— Não estou, não.

— Você literalmente acabou de admitir isso.

— Não importa.

— Importa, *sim*.

— Evan, é tarde demais para...

— Não é tarde demais se você admitir...

— Tá bom! — grito. — Eu estou apaixonado pela Abby!

Cerca de metade da banda para de repente e se vira para me olhar. Assim como alguns dos acompanhantes. E mais algumas pessoas com crachás e coletes refletores laranja que parecem estar redirecionando o trânsito para fora da rota do desfile.

Se o Universo quisesse mesmo me ajudar, esta grade de rua na qual estou pisando cederia para que eu pudesse sumir e escapar de todos os olhares. Mas o Universo me odeia, então a grade permanece firme e forte.

— Por que pararam? — A srta. Rinaldi dá outro apito. — Vamos, Springfield!

As pessoas se viram, uma a uma, e a banda-ameba começa a se mover de novo. Com todas as barreiras em cada cruzamento, nem precisamos esperar pelo sinal de pedestres. Podemos continuar andando, direto pelas faixas de pedestres, a rua livre e pronta para amanhã. Ou... hoje. *Aff*, por que não estou dormindo agora?

— Tá bom, eu estou apaixonado pela Abby — digo, mais baixo. — Ela é engraçada, legal e linda, e eu não entendo a obsessão dela por romances, mas ela me faz querer ler esses livros mesmo assim. Estão felizes agora?

— Muito felizes — diz Gina, mas Evan balança a cabeça solenemente.

— Você ainda não disse o que vai fazer — comenta ele.

Abro a boca, embora não saiba o que dizer, porque não planejava fazer nada a respeito disso, mas Gina me poupa do trabalho de pensar em uma resposta.

— Puta merda — diz ela, apontando.

Mais adiante, iluminada por holofotes e postes de luz e um monte de grandes lâmpadas em tripés na rua, está a Macy's. Um prédio bege, antigo e alto, como metade dos prédios que vi em Nova York até agora, mas não tem como *não* saber que é a Macy's. Quer dizer, sim, MACY'S está escrito em letras douradas na lateral do prédio, mas também há um peru inflável gigante descansando no toldo acima da entrada da loja, sem falar no enorme letreiro ACREDITE, vários andares acima. Cada letra brilha.

De cada lado da entrada, há fileiras de arquibancadas vazias. E do outro lado da rua, no meio de todas as luzes, estão as câmeras. Câmeras em tripés. Câmeras em carrinhos. Há até uma câmera num maldito guindaste. E agora todas estão apontadas para — eu fico na ponta dos pés para ver por cima das cabeças da multidão — outra banda marcial. Por um segundo, meu coração acelera, mas essa banda tem uniformes vermelho e branco. Eles parecem quase bengalas de doce.

A jaqueta de Abby era roxa e branca. Não é a banda dela.

— De novo! — ladra uma voz pelo megafone. Clara e profissional.

Trezentas bengalas de doce correm para suas posições. Um apito soa, a linha de tambores conta e um segundo depois a banda começa a tocar "Rudolph, a rena do nariz vermelho". Alegre e animado.

Como o que Abby disse sobre as canções de Natal da banda dela. *Se pode ficar mais animado, nós animamos.*

Meu Deus, será que tudo vai me fazer pensar em Abby?

As câmeras deslizam suavemente ao redor da banda. Acho que é o último ensaio deles, inclusive da equipe de filmagem.

Depois de um minuto, percebo que Evan e Gina me encaram.

— O que foi? — digo.

— Nada. — Evan desvia o olhar rapidamente.

Percebo que os dois estão esperando que eu entre em pânico, como aconteceu todas as vezes que vi uma câmera nos últimos tempos. Estão esperando para ver se vou surtar, como fiz na segunda-feira.

Mas, em vez disso, só penso em Abby.

A banda à nossa frente termina, e os ecos mal se extinguem antes de a voz ao megafone ladrar:

— Ótimo, podem sair, pessoal.

A srta. Rinaldi apita.

— Preparem-se! — grita ela.

Essa é a nossa deixa para entrarmos em formação, nos amontoando atrás da faixa com os dizeres *Springfield High School.* Gina desaparece na seção de trombones. Evan se junta aos sousafones. E eu vou para meu lugar entre os tambores, pronto para marchar bem na frente das câmeras.

Giro as baquetas entre os dedos, enquanto um si bemol lento começa ao meu redor. O som misturado de todos afinando os instrumentos. É alto e difuso ao mesmo tempo, o ar frio devorando o som, embora ele também reverbere caoticamente pelos prédios e calçadas ao nosso redor.

Dois apitos de Lindsay Waggoner. A comandante-mor indicando que devemos levantar os instrumentos.

— Springfield High — diz a voz do megafone. — Vamos lá.

Outro apito de Lindsay. O líder da seção de tambores de corda bate suas baquetas para marcar o tempo, e começamos a marcar o ritmo. Marchando no lugar. Contamos até oito, e então a linha de tambores começa.

A memória muscular assume o controle, tudo o que esqueci na segunda-feira voltando com força enquanto a linha de tambores impulsiona todos para a frente. Olho para meus pés. A rua de fato está verde, abaixo de nós. Um grande retângulo verde, como vi na TV.

Será que Abby já viu isso tudo? Será que a banda dela está na nossa frente? Ou atrás de nós?

Ela vai adorar. Trovejando pela noite assim, em frente a arquibancadas vazias, sob luzes tão brilhantes no quarteirão que parece que estamos no meio do dia.

É um espaço liminar. Um ensaio geral. Uma passagem. Tudo em uma cidade que não está nem totalmente acordada, nem totalmente adormecida. Outro momento de transição. Outro ponto intermediário.

Chegamos ao fim de "Seventy-Six Trombones", e me saio bem. Eu acho. Nem sei direito. Estou no piloto automático; isso é melhor do que esquecer para onde ir, pelo menos. Mostra que de fato ensaiei à exaustão.

Mas também não me sinto de fato presente. Não como me senti quando estava tocando freneticamente naquele tambor horrível com os músicos de rua, com Abby sorrindo para mim por trás do clarinete.

Congelamos em nossas posições finais, a última nota ecoando pela rua.

— Próxima — diz a voz do megafone.

E nós nos viramos, exatamente como ensaiamos em casa, e marchamos, tocando nossa pequena coda, como faremos de verdade em... seis horas? Cinco? Que horas são, afinal?

A coda falseia, e o ritmo é interrompido assim que saímos do retângulo verde, o apito de Lindsay sinalizando que podemos sair da formação e parar de tocar. Acompanhantes e pessoas de colete acenam para seguirmos por uma rua transversal. A srta. Rinaldi aplaude, as mãos erguidas para que possamos vê-las. No desfile de verdade, terminaremos com um pouco mais de graça, mas por enquanto...

Estamos economizando energia. Não tem ninguém aqui para assistir, de qualquer maneira. Penso, por um segundo, em escapar de novo. Usar a escuridão e o caos das equipes de filmagem para abandonar minha banda e procurar por Abby. Ela deve estar em algum lugar por aqui, certo? A banda dela também precisa fazer uma passagem de som.

Mas desisto da ideia quase tão rápido quanto ela me vem à mente. Não sei onde Abby está. Ela pode já ter terminado o ensaio e saído da rota do desfile, até onde sei. E, de qualquer maneira, não tenho como ser muito furtivo com um tambor atravessado no corpo, uma pluma dourada balançando na cabeça.

É tarde demais. O máximo que eu poderia fazer é mandar uma mensagem para ela, quando pudermos nos sentar. Seria a coisa sensata a fazer, embora eu não saiba o que dizer. *Desculpe por ser babaca* não é nem de longe suficiente.

O som de outra banda marcial ecoa pela rua. Alguma outra escola fazendo sua passagem de som. Escuto, porque não consigo deixar de ter esperança, mas eles estão tocando "My Favorite Things", de *A noviça rebelde*. Não um *medley* de canções natalinas animadas. Não é a banda de Abby.

Abro caminho pela minha banda, indo para a seção de metais graves, atrás de Evan e Gina.

VINTE E TRÊS

QUINTA-FEIRA, 23 DE NOVEMBRO — 05H30

ABBY

AINDA ESTÁ ESCURO quando nos arrastamos até o restaurante para o café da manhã. Desta vez não é um Planet Hollywood, mas é bem parecido, só que sem as várias fantasias de filmes. Espaçoso, iluminado com fracas luzes roxas, rosa e azuis, com grandes mesas redondas cobertas por toalhas de mesa simples. No meio do restaurante, há uma mesa comprida de bufê com pratos quentes cobertos, cestas de bagels e garrafas com suco de laranja e café.

Sem dúvida, não é como o restaurante funciona normalmente. Eu me pergunto se a Macy's contrata restaurantes para oferecer café da manhã a todos. Ou talvez nossa escola tenha pagado pela comida. Eu nem sei.

No momento, não me importo. Estou tão cansada que poderia dormir em uma dessas mesas.

Em vez disso, entro na fila com todo mundo, bocejando e pegando um prato de papel. Nem reparo no que coloco nele. Só sei que botei suco de laranja no meu copo porque fico parada por tempo demais tentando me decidir entre suco de laranja e café, e Morgan me cutuca com o cotovelo.

— Terra chamando Abby. Você está segurando a fila.

Eu me sento com Kat, Morgan, Amira e Jared Nguyen, que parece ter se recuperado do seu enjoo infeliz no barco turístico. A mesa vai se enchendo aos poucos, com outros alunos que tocam instrumentos de sopro, todos meio que murmurando, cansados demais para falar alto.

Talvez eu devesse ter pegado café. Eu me sinto um zumbi. Minha cabeça dói. Mal dormi três horas, porque, mesmo estando exausta quando finalmente cheguei ao hotel, ainda levei um tempão para pegar no sono.

Kat acordou quando tentei entrar de fininho no quarto. Ela entrou no banheiro comigo, os olhos semicerrados por causa da luz, e perguntou se eu estava bem.

Eu pensei em mostrar o exemplar de OCRdCJ. Pensei em tentar explicar. Contar sobre A Autora e o que tinha acabado de acontecer. Mas, no fim, eu só disse *aham*, nada além disso. Afinal, o que mais eu poderia dizer? Por onde ia começar a história? Como poderia explicar sobre A Autora sem explicar sobre o livro, sem explicar por que eu tinha o livro, por que Leo tinha me dado um exemplar para início de conversa?

E aí tudo sairia do controle. E eu sentia que perderia o controle junto. Então, tentei sorrir, me virei e peguei minha escova de dentes. Kat ficou ali parada por mais alguns segundos, e então, pelo espelho, eu a vi balançar a cabeça e suspirar antes de sair do banheiro.

Quando finalmente me deitei ao lado dela, Kat já estava dormindo de novo. Ou parecia estar. E eu fiquei lá, olhando para o teto, para a janela e para o meu celular carregando na mesinha de cabeceira, torcendo para que ele se acendesse com uma mensagem de Leo.

Não acendeu.

Amira cutuca meu braço e aponta para o meu prato.

— Abby, você voltou a comer bacon?

— Não. — Mas, quando olho para baixo, lá está ela, uma fatia de bacon, bem no meu prato. Não tenho qualquer lembrança de tê-la colocado ali.

E, claro, isso me faz lembrar de quando contei a Leo sobre como eu tinha parado de comer carne de porco. Tagarelando naquela loja de costura em Chinatown. O jeito como ele sorriu para mim, o canto de sua boca se curvando, o que agora sei que conta como um sorriso de verdade. Pelo menos para ele.

Um sorriso de verdade que ele não confia a qualquer pessoa. O que faz com que valha muito mais.

Olho de relance para Kat, sentada ao meu lado, mas ela não olha para o meu prato. Está mexendo no celular, como se não tivesse ouvido o comentário de Amira. Ela está olhando fotos de Nova York, percebo. Devem ser fotos que ela tirou ontem, sem mim. Talvez Evan até tenha lhe mandado suas fotos da estação de metrô abandonada.

Empurro o bacon para o canto do prato. Kat mal trocou três palavras comigo desde que a acordei na noite passada. Finalmente estamos no mesmo lugar — ela está até sentada ao meu lado —, e é como se Kat não quisesse nem falar comigo.

Dou de ombros para Amira.

— Acho que estou bem cansada. — Finjo um bocejo, que logo se transforma em um de verdade.

Morgan encosta a cabeça na mesa.

— Sério. Eu poderia dormir agora mesmo.

Amira ainda me observa.

— Você está bem mesmo?

— Sim. — Tento sorrir. — Ótima. — Encho a boca de batata para provar minha sinceridade.

Amira não parece convencida, mas volta a comer.

Na mesa ao lado, o celular de Kat vibra. Ela o pega bem rápido, as mãos em concha escondendo a tela para que eu não consiga ver nada. E ela continua sem olhar para mim.

Como um pouco de ovos mexidos, mas está bem sem sal. O que está acontecendo? O dia mal começou. O sol nem nasceu ainda. E tudo parece errado.

Por um segundo, queria não ter pegado o trem errado, porque, se eu não tivesse feito isso, talvez Kat fosse a pessoa perguntando se estou bem, em vez de Amira. Talvez eu até tivesse tomado isso como minha deixa: o Universo me dizendo que era o Momento. Se eu não tivesse conhecido Leo, talvez agora eu pegasse meu exemplar cuidadosamente anotado de *Os cem romances de Clara Jane* e o entregasse a Kat. Ou talvez estivesse sentada de mãos dadas com ela por baixo da mesa, porque eu teria dado a ela O Livro ontem.

Por outro lado, se eu não tivesse conhecido Leo, Kat não teria motivo para perguntar se estou bem. Ninguém teria, porque eu não estaria me sentindo como me sinto agora. Quem sabe se eu teria encontrado o momento certo para dar O Livro a Kat ou contar que a amava.

Abaixo o garfo.

Aqui estou eu, sentada ao lado de Kat, fantasiando sobre o que poderia ter acontecido ontem se o dia tivesse sido diferente, só que...

Só que a única parte de ontem que eu realmente gostaria que fosse diferente é o fim. Se pudesse fazer tudo de novo, como Clara Jane, eu não me afastaria no momento em que Leo me beijou. Eu não cairia de bunda no gelo. Eu não estragaria tudo. Eu o beijaria de volta, e então...

Então eu voltaria ao hotel e contaria tudo para Kat, porque ela é minha melhor amiga.

Só quero que Kat seja minha melhor amiga. Não minha namorada. Não meu amor verdadeiro. Só a minha melhor amiga.

Merda.

Meus olhos estão ficando cheios de lágrimas de novo. Sinto um nó na garganta. Eu não conseguiria comer mais nada agora, mesmo que tentasse.

Tenho que sair daqui, ou vou começar a chorar.

Empurro minha cadeira para trás. Ela raspa o chão com um barulho alto. Kat, Amira e Morgan olham para cima.

— Desculpa. — Pego minha mochila do chão. — Só... Hum... banheiro. — Eu me viro e ando o mais rápido possível em direção à placa de banheiro em um canto do restaurante.

Os banheiros ficam em um corredor, um pouco como no Chelsea Market. Este corredor é muito menor e mais estreito, mas os banheiros ainda estão bem um do lado do outro. HOMENS e MULHERES. Penso de novo em Leo, e um misto estranho de fúria e pesar me corrói por dentro. Nunca passei muito tempo pensando em banheiros antes, e agora fico brava por não ter pensado.

Empurro a porta com a palavra MULHERES. Abro a porta de uma das cabines, fecho o tranco atrás de mim e encosto as costas nela, segurando a mochila contra o peito.

O que estou fazendo aqui?

Fecho os olhos com força. Eu deveria estar lá fora, tomando café da manhã e reclamando de como estou cansada, ao mesmo tempo inquieta, esperando o tempo passar até chegar a hora de voltarmos ao início da rota do desfile e fazer tudo pra valer.

Mas, em vez disso, estou aqui, tentando não chorar, porque estou com saudade de Leo. Saudade dele balançando a perna e tamborilando com os dedos. Saudade dele colocando óculos de sol engraçados. Saudade dele tocando bateria apaixonadamente, como se não houvesse mais nada no mundo. E tudo o que quero agora é saber se ele está bem. Se teve notícias da família sobre o que pode acontecer hoje, sobre como vai ser quando voltar para casa. Tudo o que quero é beijá-lo, com todo o meu coração, e então lhe dizer que aquele beijo foi *tudo*. Dizer a ele que foi mágico e rir quando ele franzisse a sobrancelha, desconfortável.

Eu quero agradecer pelo livro. Mesmo que ele o tenha jogado em mim.

A porta do banheiro se abre com um rangido.

— Abby?

Droga. É Kat.

— Desculpa. Já estou indo. Hum… me dá só um minuto — digo.

Torço para ela aceitar essa resposta e ir embora, mas isso não acontece. Kat suspira, e seus passos se aproximam.

— Abby, o que está acontecendo?

Pressiono os dedos contra os olhos. Não posso continuar escondida aqui. É Kat. E ela está falando comigo.

Eu deveria começar a falar com ela.

Respiro fundo e abro a porta da cabine.

Ela está me esperando ao lado das pias, de braços cruzados por cima da jardineira; as calças do nosso uniforme são basicamente jardineiras roxas bem decotadas. Kat tirou a parte de cima do uniforme — a jaqueta roxa e branca com a gola rígida e os botões prateados — e está vestindo apenas uma camiseta de manga comprida.

É algo que sempre gostei em Kat, e em estar na banda com ela. Kat adora moda, costura e usar os lindos vestidos que ela mesma faz, mas, sempre que estamos na banda juntas, ela veste roupas tão simples quanto as minhas. O mais importante é estar confortável durante o espetáculo. Ela não tenta se destacar. Seu cabelo está preso em um coque bagunçado que ela pode esconder sob a barretina, e ela quase não usa maquiagem agora, só um pouco de delineador.

Em outras palavras, na banda, ela não é Kat, a futura designer de moda. Ela não é Kat, do Tumblr. Ela está no mesmo nível que eu. Ela é só… Kat. Mesmo que agora esteja irritada.

Coloco a mochila na pia do banheiro e abro o zíper.

— Eu preciso te contar uma coisa.

— É. — A voz dela é um pouco brusca. — Precisa mesmo.

Sei que mereço a alfinetada, mas ainda dói.

— Desculpa por não ter voltado quando você esperava. Ontem à noite. E desculpa por ter pegado o trem errado…

— Abby, a questão não é o trem. — A expressão de Kat se desfaz. De repente, nunca a vi com um semblante tão magoado. — A questão é você ter me deixado de lado. Eu passei o dia todo escondendo que você sumiu, e pareceu que você nem se importou.

Eu a encaro.

— Eu me importei, *sim*.

— Era para ser a *nossa viagem*. Juntas. Em Nova York.

— Eu sei.

— Mas você me deixou de lado mesmo assim. — Ela pisca, como se estivesse prestes a chorar. — O dia todo.

Abro a boca, mas não sei o que dizer. Porque ela está certa. E eu me sinto péssima.

— Eu... eu sinto muito. Sei que era para ser a nossa viagem. Sei que esse era o plano, e eu me importava com ele, de verdade. Eu estava tentando fazer algo pra você. Foi o que aconteceu o dia todo. Quer dizer, peguei o trem errado por acidente, mas depois disso... tudo o que fiz depois foi por você. Eu só... não podia contar.

Ela me encara, confusa.

— Como assim?

Meu Deus, espero muito que ninguém entre no banheiro agora.

— Eu tinha um plano para a viagem. Encontrei um exemplar de capa dura autografado de *Os cem romances de Clara Jane* na livraria.

Kat está confusa.

— Que livraria?

— A Benny's Books, em Kansas City. Sabe, onde a gente encontrou o livro pela primeira vez? — Engulo em seco. Consigo ouvir minha pulsação nos ouvidos. — Mas, enfim, eu sublinhei meus trechos favoritos do livro e escrevi um monte de anotações pra você nas margens, e ia te dar o livro, porque estávamos em Nova York nesta viagem... — Minha voz vacila. — Mas aí peguei o trem errado ontem, um monte de coisa aconteceu, e eu acabei deixando o livro no trem. Aí, durante o restante do dia... tudo o que eu fiquei fazendo... foi para tentar consertar o plano. Leo teve uma ideia: como eu não podia recuperar o livro, talvez a gente pudesse ir a todos os lugares que aparecem no livro, como o Empire State Building...

Kat fica surpresa.

— Você foi ao Empire State Building?

— Fui. — Pego na mochila a moeda de um centavo que Leo encontrou na plataforma de observação e a coloco na pia entre nós. — E aí a ideia era encontrar um suvenir de cada lugar, assim ainda teria uma relação com o livro. Mas também teria a ver com a gente e com a viagem, e eu poderia te dar os presentes em vez do livro. Então foi o que nós fizemos. Foi o que passamos o dia todo fazendo. Fomos ao Empire State Building e encontramos essa moeda na plataforma de observação. E eu comprei este ímã de metrô na Grand Central. — Pego o ímã e o coloco ao lado da moeda. — É um vagão de metrô antigo. E fomos ao Chelsea Market, e comprei uma bala de caramelo para você. — Eu a ponho ao lado do ímã. — Porque... Você se lembra da cena no livro com os caramelos?

— Lembro... — Kat está olhando para os objetos na pia.

— Nós também fomos a uma feira de Natal lá na Union Square, e a Union Square não tem suvenires, mas encontrei um enfeite. — Eu coloco a pequena flauta prateada ao lado da bala de caramelo. — E fomos a Chinatown... Sabe, como num dos primeiros encontros de Clara Jane... e encontramos uma loja de costura bem pequenininha, e comprei este botão pra você. — Eu o pego, mas não consigo colocá-lo ao lado de tudo. — É o seu signo do zodíaco, e pensei que você poderia costurá-lo em alguma das suas roupas. Você é tão boa nisso...

Era isso que eu ia dizer, certo? Algo sobre como a acho talentosa desenhando roupas, tocando flauta. Como ela é bonita. Quanto ela é importante para mim. Todas as coisas que você deve dizer a alguém quando se declara para ela. E todas essas coisas ainda são verdade. Ela é tão boa em moda e em tocar flauta. Ela é tão bonita. Ela é tão importante para mim.

— Kat... — Eu respiro fundo, com dificuldade. — Eu sou gay. Ou... achava que era. Eu sou queer, de qualquer maneira. E... — Engulo em seco, tentando manter a voz firme. — Eu trouxe o livro pra você, depois passei o dia todo encontrando um monte de suvenires porque... eu tinha esperanças de que o Universo ia me dar um momento perfeito, mágico para contar... para mostrar... que eu... eu estava apaixonada por você.

Coloco o botão ao lado do enfeite de flauta.

Kat estende a mão e o pega cuidadosamente, virando-o várias vezes nos dedos, olhando para o porquinho.

O momento se arrasta por tanto tempo que parece que estamos em nosso próprio loop temporal. Alguns segundos se repetindo indefinidamente, até uma de nós descobrir o que dizer.

Finalmente, Kat diz baixinho:

— Estava?

Meu coração se parte.

— Acho que estou apaixonada pelo Leo — confesso.

Algo no rosto de Kat muda, bem de leve, mas não sei o que significa.

— Me desculpe por ter abandonado você. Sei que essa viagem deveria ter sido nós duas em Nova York, e foi assim que começou para mim, de verdade. Me desculpe por não ter contado antes. Eu estava tão confusa quando voltei ao hotel, porque tinha acabado de brigar com Leo. Ele me beijou, e acho que eu sabia que estava começando a gostar dele, mas tinha passado meses gostando de você... Sinto muito por não ter contado isso antes também. Eu... não conseguia encontrar uma maneira de fazer isso em casa.

Kat ergue os olhos do botão. Ela abre a boca, mas nada sai.

Ai, meu Deus. Ela não sabe o que dizer. Claro que não sabe. Acabei de despejar tudo isso nela, e em um *banheiro*. Por que sou tão desajeitada?

Kat olha para tudo na bancada.

— Eu te amo, Abby — diz ela, mas algo em sua voz me diz o que está por vir. — Como amiga.

— Tudo bem! — Engulo em seco de novo. — Quer dizer, eu gostava de você antes, mas não quero estragar as coisas entre a gente e...

— Acho que não gosto de ninguém. — Agora Kat olha para mim. Ansiosa.

Espera aí. O quê?

— Eu nunca... nunca gostei de ninguém. — A voz de Kat mal passa de um sussurro. — Ou... talvez eu já tenha gostado, porque às vezes... acho as pessoas bonitas. Mas não quero sair com elas. Eu não... não sinto vontade de beijar ninguém ou... esse tipo de coisa. — Ela se mexe. Seu sapato range no piso de azulejos.

— Tudo bem. — Fico meio confusa, meu cérebro tentando desesperadamente acompanhar suas palavras. — Então, você está dizendo...

— Tenho pesquisado no Google e acho que talvez eu seja assexual — revela Kat. — E talvez... talvez arromântica. Quer dizer, eu amo ler OCRdCJ. E fanfics. E gosto muito de falar sobre essas histórias com você. Só não sei se... se eu quero esse tipo de romance. Para mim.

Ah.

— Não quero que você fique magoada. — A voz de Kat vacila. — Você é minha melhor amiga. Não quero que nada mude...

Tudo o que consigo pensar em dizer é:

— Você estava pesquisando no Google?

Kat cora.

— E... Hum... no Tumblr. Sei que parece meio estranho, mas eu não sabia mais o que fazer...

Eu rio. O que é a coisa errada a fazer, totalmente, mas não consigo me conter. Estou rindo — e também meio que chorando — ao mesmo tempo.

Kat parece magoada de novo.

— Abby...

— Não, desculpa, não estou rindo de você. Juro. — Eu me forço a respirar fundo. — É só que achei que fosse só eu. Achei que era a única pesquisando no Google e olhando o Tumblr queer. Até li um fanfic gay de *Clara Jane*...

— Aquele em que Chris é Christina?

— Sim, essa mesma.

Kat abre um pequeno sorriso. Eu também. Ambas olhamos para a pequena coleção de suvenires na bancada.

Eu esfrego a manga nos olhos.

— Então você não sente atração por ninguém?

Kat dá de ombros.

— Não sei. Até agora, não. Às vezes acho que só quero amigos e... isso basta. — Ela me olha de relance. — E você é muito importante pra mim. Como amiga. E é por isso que fiquei brava. Eu estava tão animada para fazer a viagem com você, andar de metrô, ver *Wicked*...

— Eu sei. Sinto muito. Especialmente por *Wicked*. — Eu hesito. — Foi bom?

Ela sorri de leve.

— Foi incrível. — Então, ela suspira, e sua expressão fica ansiosa de novo. — Então, você é queer, e eu sou ace... Isso também é queer? Não sei.

— Também não sei direito, mas acho que você pode ser queer se quiser. — Estendo a mão e cutuco o braço dela. — Obrigada por me contar.

— Desculpa por não ter contado antes — diz ela.

— *Eu* que peço desculpas por não ter contado antes.

Kat olha de novo para o pequeno botão de porquinho que está rolando entre os dedos.

— Fico feliz por você ter me contado agora. Quer dizer... nós podemos voltar para casa e sei lá... ser queer juntas?

— Podemos. — A ideia de voltar para casa dói um pouco. — Ainda não contei para os meus pais.

— Eu também não. — Kat olha para cima. — Posso estar junto quando você contar, se quiser.

Ela oferece com toda a naturalidade, mas sei, pela expressão no rosto dela, que a oferta é séria. Minha garganta se fecha de novo. Preciso engolir várias vezes antes de conseguir dizer:

— Eu também.

— O que você vai fazer com relação ao Leo?

Eu solto o ar.

— Não sei. Está tudo... confuso.

— Por quê?

— Porque nós brigamos e, de qualquer maneira, nos conhecemos há pouco tempo, e tem toda essa coisa de que eu achava que era gay e agora...

As sobrancelhas dela se erguem.

— Agora o quê?

— Bem... — O que tenho permissão de dizer? O que Kat já percebeu, suspeitou ou ficou se perguntando? — Leo é trans.

Kat apenas me olha.

— Transgênero — explico.

Agora o olhar dela é Expressivo com E maiúsculo.

— Tá. E daí?

— Eu... não sabia se você sabia.

— Eu não sabia, mas e daí?

Não sei como responder a isso. Acabei de contar para minha melhor amiga que estava apaixonada por ela e que sou queer. E agora eu sei que minha melhor amiga é ace, e Leo ser trans não provoca qualquer espanto.

De repente, penso em Ida. No tempo que passei na Strand, cercada por pessoas queer. Eu me pergunto o que ela diria se eu lhe contasse. De alguma maneira, suspeito que ela falaria: "Viu só? Eu falei que estamos em todo lugar."

— É só que… não sei o que sou, se estou apaixonada pelo Leo. Quer dizer, eu gostei do Blake Orlowski por um tempo…

— Eca — diz Kat.

Meu rosto cora.

— Não é esse o ponto. A questão é que eu estava apaixonada por você, e *eu sei* que estava, mesmo que não me sinta mais assim. Mas agora estou apaixonada pelo Leo. Então… que tipo de queer eu sou? Bi? Pan? Outra coisa?

Kat me encara.

— Abs, quem se importa?

Eu hesito por um instante, surpresa.

— Não precisa de um rótulo para se apaixonar por alguém, precisa? — Kat me dá um sorriso. — Quer dizer, você gosta do Leo. Isso não… basta?

Eu a encaro.

Pensei que se encontrasse o rótulo — a coisa que eu sou além de *não hétero* —, então eu saberia *quem* eu sou. Do que deveria gostar. De quem deveria gostar. Como se o rótulo viesse com uma cesta de brindes: *parabéns, aqui estão as coisas das quais você precisa para ser lésbica.* Quer dizer, por que outro motivo eu estava olhando hashtags de roupas queer no Tumblr e analisando por que uso camisas de flanela xadrez há anos?

Até ontem. Ontem, convivi com um grupo de queers que talvez tivessem rótulos, mas eu não sabia direito quais eram, e não me importei com isso, e eles também não. Quer dizer, Ida me disse que *nem gostava* de rótulos. O que não quer dizer que rótulos não sejam importantes ou que eu nunca vá encontrar um que queira usar um dia, mas…

Abro a boca, e o restante da verdade começa a jorrar. Conto a Kat tudo o que não contei na noite passada. Conto sobre como quase beijei Leo no topo do Empire State Building e depois o beijei de verdade na pista de patinação no gelo. Conto a ela as coisas horríveis que falei pra ele, e sobre o livro, e sobre A Autora.

Quando finalmente paro de falar, Kat diz:

— Leo encontrou outro exemplar de *Clara Jane* para você?

— Sim. A gente estava em uma livraria… é meio que uma longa história, mas… — Não sei como terminar a frase, então pego o livro na mochila. Não tive coragem de tocar nele depois que voltei para o hotel, então está na minha mochila desde então. Entrego o livro para Kat.

Ela o pega com certa reverência, abrindo-o e passando os dedos pela mensagem da Autora na folha de rosto.

— "O Universo é o que você faz dele" — diz. Então me olha. — *Abby*.

— O quê?

Kat bate na mensagem no livro.

— Você acabou de me dizer que estava esperando o Universo te dar um momento mágico, certo? Quando você estava tentando me entregar o livro. Então, esse plano não deu certo, mas e se... e se você não estivesse errada?

Fico perdida.

— Como assim?

— E se o Universo te *deu* um momento mágico, só não era o que você esperava? Talvez o momento mágico tenha sido pegar o metrô errado com Leo. Talvez o Universo tenha colocado você e o Leo juntos, e talvez... talvez você esteja certa, e as coisas possam mesmo ser grandiosas e mágicas às vezes.

Eu a encaro enquanto repasso mentalmente o dia de ontem. Eu pisando em cocô de cachorro. Correndo escada abaixo. Pulando no vagão de metrô, bem ao lado de Leo. E tudo depois — todos os desencontros, os desvios, as confusões...

Tudo o que eu pensei que estava acontecendo porque o Universo não se importava, ou talvez até me odiasse... Tudo o que pensei que estava estragando o momento perfeito pelo qual eu tanto havia esperado...

— Mas é tarde demais, de qualquer jeito — digo. — O momento passou. Já vamos embora de Nova York.

— Daqui a umas vinte e quatro horas — rebate Kat. — Mas olha só o que você fez com as últimas vinte e quatro. — Ela vira o livro e o segura para mim, ainda aberto na folha de rosto. — Talvez o Universo só possa te ajudar até certo ponto, Abs, e depois você tem que fazer o restante.

Olho para a mensagem no livro.

Para Abby — O Universo é o que você faz dele.

O que eu faço dele. Eu. Aquela que pisa em cocô de cachorro, que pula a grade para entrar na pista de patinação no gelo, que lê obsessivamente seu livro favorito vinte e quatro vezes e meia, que não tem ideia de qual rótulo queer é o dela, mas se apaixona mesmo assim.

A versão de mim que, agora, não consegue saber a diferença entre o que é o Universo, o que é mero acaso e o que é escolha minha, e sinceramente isso não importa, porque talvez tudo seja meio mágico.

— Então, o que eu faço agora? — pergunto.

Kat suspira.

— Assim, é melhor você voltar e terminar de tomar o café da manhã, acho. Ainda temos todo o desfile pela frente.

Ah. Verdade.

— É, acho que é meio importante. — Eu olho de novo para o conjunto de suvenires na bancada. — Ainda são seus, se quiser.

Kat os coloca na palma da mão com todo o cuidado.

— Claro que eu quero, sua boba. Você é minha melhor amiga.

VINTE E QUATRO

QUINTA-FEIRA, 23 DE NOVEMBRO — 9H

LEO

EM ALGUM LUGAR mais adiante na rua, uma sirene ressoa e os sons de aplausos e vivas batem nos arranha-céus e voltam para nós. É a maior plateia que já ouvi, maior até do que a multidão de quando competimos nos regionais na última primavera. O som de aplausos e vivas se espalha pela rua como uma onda, enquanto todos entendem o que está acontecendo e as pessoas nas calçadas começam a gritar também.

O desfile vai começar.

Lá vamos nós.

Meu estômago se revira, e não sei se é por nervosismo, ou pelo café que bebi, ou por ter dormido cerca de três horas.

Ou por meu celular estar com cerca de cinco por cento de bateria.

Eu deveria ter mandado uma mensagem para Abby enquanto estávamos no café da manhã. Mas não sabia o que dizer, e então meu celular estava com dez por cento, depois oito… e agora estou com medo de mexer nele para qualquer coisa. Porque e se a Abby me mandar uma mensagem?

Ou meus pais?

Eu achei que Evan e Gina fossem estar me enchendo o saco agora para mandar mensagem para Abby, depois do tanto que me perturbaram por causa dela durante o ensaio geral. Mas eles estavam distraídos durante o café da manhã. Evan não parava de olhar para o celular e trocar olhares com Gina, e em determinado momento, quando ela anunciou que ia ao banheiro, ele disse que iria junto, o que foi simplesmente estranho.

Aff. Vamos começar a andar a qualquer momento agora. Preciso encontrar Evan. Ele não está tão na frente. Talvez eu possa passar por entre todo mundo, bem rápido, e pegar o celular dele emprestado. Porque mesmo que eu não saiba o que dizer, tenho que mandar uma mensagem para Abby. Tenho que lhe dizer que me arrependo, ou que *não* me arrependo, ou…

Lindsay Waggoner apita. *Preparar*. O enorme balão de Pikachu à nossa frente começa a se mover. Ela apita duas vezes. *Instrumentos a postos.*

Merda. É tarde demais.

Tiro Abby da cabeça. Minha família também. Não posso fazer nada agora. Estou preso aqui pelo restante do desfile.

Então, o melhor é *estar aqui* de fato. Treinei muito para isso e já perdi tempo demais em pânico, e estressado, e estragando ensaios em campos de futebol americano.

Hoje, não.

Começamos a marchar, todos nós na linha de percussão batendo as baquetas nas beiradas dos tambores para marcar o ritmo para o restante da banda. As pessoas lotando as calçadas aplaudem e dão vivas de novo enquanto começamos a tocar nos tambores um ritmo para impulsionar todos. Os acompanhantes que caminham ao nosso lado acenam para a multidão. O sr. Corbin está com menos cara de moribundo hoje de manhã. Ele carrega uma mochila com garrafas de água e kits de primeiros socorros, assim como todos os outros acompanhantes. Acho que o café que ele tomou mais cedo ajudou também — seu sorriso parece sincero enquanto acena, e eu juro que marcha quase saltitando.

Até onde sei, ele ainda não faz ideia de que me perdeu pela maior parte do dia de ontem.

Não sei quanto tempo passa até chegarmos ao grande retângulo verde: o fim do desfile, o grande espetáculo final para as arquibancadas cheias de gente e as câmeras em frente à Macy's. Estou completamente concentrado, de uma maneira que me faz sentir como se o tempo tivesse deixado de ter importância.

Tenho que dar crédito à sra. Rinaldi. Ela planejou perfeitamente. Porque, embora eu não faça ideia de quanto tempo leva para chegarmos à Macy's, tocamos "Seventy-Six Trombones" (sem a coreografia) três vezes, em três pontos diferentes, e cada uma de nossas canções adicionais — as que tocamos em outros desfiles e competições — duas vezes, o que é exatamente o que ela nos disse que planejava. Além disso, os músicos de sopro têm pequenos intervalos entre as músicas, enquanto a linha de percussão preenche o silêncio. E até a linha de percussão tem algumas pausas para descansar, durante as quais tocamos apenas as bordas dos tambores para manter o ritmo da marcha. Todos juntamos energia para a próxima música.

Tudo fica quieto à medida que nos aproximamos de Herald Square. Nenhuma das bandas pode tocar aqui — estamos perto demais das câmeras. Consigo ouvir vivas e aplausos a distância. Vão ficando mais altos à medida que viramos a esquina na 34th Street e marchamos para a frente das câmeras. Eu assisti a este desfile na TV tantas vezes que dá para imaginar os locutores da NBC, mesmo que eu não consiga vê-los ou ouvi-los agora.

— *E aqui vem a Banda Marcial de Springfield High School, direto de Springfield, na Carolina do Norte...*

A energia da multidão atinge o meu peito, as minhas veias e ressoa no tambor à minha frente.

— *...Estes setenta e cinco jovens com idades entre catorze e dezoito anos vão tocar o clássico "Seventy-Six Trombones" de* Vendedor de Ilusões...

Chego ao meu lugar no retângulo verde. Minha marca. Toco as baquetas no mesmo ritmo da linha de percussão ao meu redor enquanto toda a banda se vira como uma só para as câmeras.

— *...Sob a direção de Jennifer Rinaldi, esta banda marcial tem dominado as competições no sul recentemente, algo que ninguém esperava, mas eles têm detonado bandas maiores com suas habilidades impressionantes...*

Está bem, provavelmente não vão dizer essa última parte, mas isso não significa que não seja verdade. E eu me orgulho disso. Eu me orgulho de quanto treinamos para chegar até aqui, e não vou deixar nada atrapalhar isso de novo.

As câmeras estão a menos de um metro do meu rosto, porque estou na borda do retângulo, bem na frente. O lugar que me aterrorizava dois dias atrás.

Mas agora fico de cabeça erguida quando o apito soa de novo e a luz do sol bate nos instrumentos de metal ao meu redor, e eu olho para a frente exatamente como deveria, porque estou aqui pela minha banda — uma parte do todo — e cansei de ter medo de ser visto.

A linha de sousafones se move primeiro, seguida pelos trombones. Agora a linha de percussão se divide enquanto os trompetes nos cortam ao meio. Meus pés seguem os movimentos que sabem de cor. Minhas mãos tocam com o ritmo que eu poderia reproduzir dormindo, mas estou mais acordado que nunca.

Os metais estridentes vibram no pavimento. Cada batida do tambor envia uma pulsação pelo meu corpo. A energia da multidão em volta me impulsiona para nossas formações, mas também sou parte do impulso que move os demais. Somos todos uma força cinética juntos, e eu sinto: *aquilo* que tanto quis de volta.

Não é só liberdade. É mais do que isso.

É o infinito.

Pura energia que nunca vai se esgotar. Alegria sem limites. Aquela sensação de tocar algo que nunca vou compreender totalmente, mas não preciso. Saber que está lá basta.

Mesmo em algo como "Seventy-Six Trombones".

Chegamos ao último verso. Sandy Dixon se abaixa ao meu lado, e eu me abaixo depois dele, e Gavin Holtz depois de mim. Uma onda percorre a nossa banda, todos abaixando e depois se levantando de novo. E agora uma última volta — o letreiro brilhante ACREDITE passa piscando —, e ficamos *imóveis*.

Um segundo de silêncio enquanto a última nota ecoa pela rua.

A multidão ruge.

Mantenho a boca fechada, como devemos fazer, embora o ar que estou puxando pelo nariz não pareça suficiente. O apito soa. O líder da seção marca o ritmo de saída, e a linha de percussão começa o ritmo de marcha. Como uma só entidade, minha banda se vira no lugar e marcha para fora do retângulo verde.

Acabou.

O que quer que esteja me esperando quando eu voltar para casa — consegui. Eu concluí a apresentação. Nós concluímos a apresentação.

Não foi nem de longe o fim do mundo. Foi maravilhoso.

11h15

Terminar um desfile é sempre meio estranho. Já desfilamos antes. Springfield tem um desfile muito pouco impressionante no Quatro de Julho, que conta com a nossa banda, o prefeito e, sei lá, vinte pessoas, mas também participamos de desfiles estaduais. E terminar é sempre um pouco... anticlimático. Não é como cruzar a linha de chegada de uma corrida ou algo assim, quando as pessoas gritam e comemoram até o fim. Às vezes nem é tão óbvio onde o desfile de fato termina.

Essa sensação é mil vezes mais intensa no Desfile de Ação de Graças da Macy's. Na TV, o desfile termina com a chegada do Papai Noel em um enorme trenó em frente à Macy's. Há confete e neve falsa. É bem climático.

Mas para nós... Bem, não sei onde estamos em relação ao Papai Noel, mas nós apenas chegamos ao fim e vemos de novo as pessoas com os casacos refletores. Somos direcionados para uma rua transversal. Os acompanhantes chegam com água. A sra. Rinaldi passa aplaudindo e sorrindo. As pessoas começam a pegar os celulares para tirar fotos.

Celular. Tiro a faixa do tambor, coloco-o cuidadosamente no chão e pego o aparelho no bolso. A tela está apagada. Aperto o botão para acendê-lo e nada acontece.

Merda.

Evan chega abrindo caminho pela multidão, o que é fácil quando você é um Vingador com um sousafone, com Gina e seu trombone logo atrás.

— Leo! — Ele levanta a mão para bater na minha. — Toca aqui!

Eu ignoro sua mão erguida.

— Evan, me dá seu celular.

— Por quê?

— Preciso mandar uma mensagem para a Abby, e o meu descarregou. — Eu levanto o celular.

Evan abaixa a mão, e ele e Gina se entreolham.

— O que você vai falar pra ela? — pergunta Evan.

— Que eu fui um idiota? Que estou totalmente apaixonado por ela? — Solto um suspiro. Um grunhido frustrado. — Não sei. Por que você se importa? Me dá o celular!

— Não — diz Evan.

Ele está brincando?

— Como assim, "não"?

— Eu estou usando meu celular.

— Não está, não! Está no seu bolso! Como assim você está usando?

Gina suspira.

— Evan, mostra logo pra ele.

— Mostrar o quê? — pergunto.

Evan tira o celular do bolso e o segura bem na minha frente. Na tela, há uma mensagem de texto.

KAT

A Abby ama o Leo!!!

Eu fico encarando as palavras. Fico tonto. Abro a boca, mas nada sai.

— Ótimo — diz Gina. — Agora você quebrou o Leo.

Evan está perplexo.

— *Você* me disse pra mostrar.

Finalmente, consigo falar.

— Quando você recebeu isso?

Evan desliza a tela para eu ver o horário da mensagem.

6h45.

Hoje de manhã.

Estou com dificuldade de processar essa informação.

— Abby ia se declarar pra Kat. Quer dizer, é por isso que fomos atrás de todos os suvenires dos lugares do livro. Nós tínhamos um plano. Abby tinha um plano. Isso significa que Kat a rejeitou?

Evan suspira.

— Leo...

— Tem certeza de que Kat não está confusa? Talvez Abby ainda esteja esperando o momento certo...

— *Leo*.

— ... tipo depois do desfile. Talvez Abby só tenha contado sobre mim e Kat ficou confusa...

— Leo! — grita Gina.

Eu paro. Ambos estão me olhando como se eu fosse a pessoa mais burra do planeta.

— Kat me mandou essa mensagem porque nós três estávamos falando sobre vocês dois ontem — explica Evan. — Quer dizer, vocês sumiram. Óbvio que a gente ia criar outro grupo e tentar descobrir o que vocês estavam aprontando.

Gina passa seu trombone de uma mão para a outra e pega o próprio celular, enfiando-o debaixo do meu nariz e rolando a tela devagar, mensagem após mensagem.

KAT

Vocês acham que o Leo e a Abby estão a fim um do outro??

EVAN

Será que a gente devia perguntar?

GINA

Não, vamos ser discretos.

As mensagens se tornam um borrão enquanto Gina rola a tela mais rápido, até parar em uma mensagem de Evan às 5h38 hoje de manhã.

EVAN

Alerta vermelho, Kat. Me avise o que descobrir.

Pisco para a tela, confuso.

— Alerta vermelho?

Evan sorri todo orgulhoso de si mesmo.

— Isso, alerta vermelho. Entende? Vermelho como *amor*, como corações vermelhos e...

— É uma piada de tio do pavê, Evan — diz Gina, com paciência limitada. — Eu te disse.

Evan lança um olhar magoado para ela.

— A questão é que, depois do espetáculo ontem, a gente ficou achando que vocês podiam gostar um do outro, mas não tínhamos certeza, então todos concordamos em tentar descobrir o que estava acontecendo quando vocês voltassem. Mas aí, é claro, vocês demoraram uma vida para voltar. E depois, no ensaio, você disse que estava apaixonado pela Abby, então mandei uma mensagem para Kat para avisá-la. — Ele olha para Gina de relance. — A gente achou que devia tentar descobrir se era recíproco.

— Mas Abby ama *Kat*. — Não consigo esquecer essa parte. O dia de ontem foi todo em função disso. — Ela ia fazer uma grande declaração de amor grandiosa, como nos filmes...

Gina esfrega os olhos.

— Aham, você disse isso umas cem vezes.

— Só estou dizendo que não faz sentido.

— Quem se importa? — Evan balança os braços. — A vida não faz sentido! Aceita logo!

Minha cabeça começa a doer de novo.

— Bem... e agora, o que eu faço?

— Sério? — pergunta Gina. — Você está perguntando pra gente?

— Pra quem mais eu perguntaria?

— Talvez pra você mesmo? — Evan está quase irritado. — Olha, eu te amo, cara, mas às vezes você não é a baqueta mais brilhante da percussão.

Gina franze o cenho.

— Evan, o que isso significa?

— Eu sei que você passou por um período difícil — prossegue Evan, ignorando Gina. — Então entendo por que você está assim.

Olho feio para ele.

— Ok, primeiro de tudo, vai se f...

— Leo. — Evan olha feio de volta. — Meu amigo. Meu querido e lerdo amigo. Sei que você está acostumado com as pessoas sendo babacas e achando que você é esquisito e que não precisa ser tratado com respeito...

— Está tentando fazer eu me sentir *pior*?

— ... mas às vezes parece que você já entra numa situação achando que vai se ferrar e aí acaba se sabotando antes que a outra pessoa consiga fazer isso. Sério, fiquei até meio aliviado quando você teve aquela briga gigantesca com seus pais na segunda, porque parecia que você estava prestes a explodir há séculos.

Gina assente, séria.

— Bem, eu te *falei* — digo. — Minha mãe ligou, e isso já está sendo resolvido, então...

— Sim, isso é ótimo, mas estou dizendo que às vezes você precisa se arriscar. *Você*. Pare de ficar esperando a outra pessoa abrir os olhos primeiro. Sério, se você continuar esperando o restante do mundo dizer: "Está bem, legal, você pode ser feliz agora..." Você nunca vai ser feliz. O mundo é uma *merda*. Tem racismo, mudanças climáticas, homofobia, pandemias e...

— Evan. — Gina bate no braço dele. — Menos, cara.

Evan respira fundo.

— É só que... talvez você devesse criar sua própria alegria, Leo. Fazer o que você quer, e dane-se o que qualquer outra pessoa pense.

Nunca ouvi Evan falar assim. Com tanta veemência. Talvez só alguns meses atrás, quando discutiu com Samantha Weller sobre quais arranjos de banda têm as melhores partes de sousafone.

— Hum. — Obrigo meu cérebro a funcionar. — O que eu poderia dizer a Abby?

— Que tal a verdade? — sugere Gina.

— Que eu não esperava que alguém se apaixonasse por mim porque sou trans?

Ela revira os olhos.

— Não.

Certo. *Chega, Leo.*

— Que eu a amo, mesmo que seja assustador pra cacete admitir, porque nos conhecemos há, sei lá, doze horas?

Evan está pensativo.

— Quer dizer, doze horas juntos são quase doze encontros individuais, que em geral seriam distribuídos ao longo de... sei lá, três meses? Então tudo bem.

Gina o encara, desconfiada.

— Seu argumento é assustadoramente bom pra alguém que quase namora uma tuba.

Eu solto o ar. Uma respiração lenta e trêmula.

— Está bem. Certo. Estou pronto. Me dê o celular, Ev.

Evan segura o celular fora do meu alcance.

— De jeito nenhum... — diz.

— O quê? — Eu balanço a mão no ar, mas ele é alto demais, e o sousafone está no caminho. — Qual é o seu problema? Você *acabou* de dizer...

— Kat falou que a banda delas está atrás de nós — rebate ele, irredutível. — Então, se você for por ali — ele aponta para o caminho de onde viemos —, provavelmente vai encontrá-la uma hora.

— Você só pode estar brincando.

Evan apenas exibe um sorriso inocente.

— A cena grandiosa, Leo. É melhor você ir logo, porque desta vez acho que não vamos conseguir esconder seu sumiço por muito tempo.

Não sei se quero abraçá-lo ou socá-lo. E não tenho tempo para decidir. A qualquer momento, os ônibus vão aparecer no meio desse caos de balões, e carros alegóricos e gente, e vamos colocar nossas coisas neles e partir para o almoço.

E os acompanhantes com certeza vão fazer a chamada quando estivermos nos ônibus. Então, se eu for fazer alguma coisa, é melhor ser rápido.

Tiro minha barretina e a empurro para Evan.

— Toma conta das minhas coisas — digo.

E então eu me viro e começo a correr.

VINTE E CINCO

QUINTA-FEIRA, 23 DE NOVEMBRO — 11H18

ABBY

PARA ALGO QUE passamos tanto tempo nos preparando, o momento em frente à Macy's passa rápido demais.

Nossas formações são perfeitas. Nosso ritmo é impecável. A multidão está aplaudindo, e é tudo que eu sonhei que seria...

E então acaba. Mais de um ano de ensaios, eventos de arrecadação de fundos, planejamento... e agora acabou. Nos afastamos das câmeras e marchamos para fora do grande retângulo verde. Estou sem fôlego, e minha adrenalina despenca, e estou me dando conta — *ai, meu Deus* — de que ainda vou precisar acordar para o ensaio da banda na segunda-feira de manhã...

Quer dizer, é claro que sim. Não é como se tudo fosse simplesmente parar depois desse desfile.

Mas também, estranhamente, eu quase esperava que sim. Que seria isso. O dia de hoje seria *tudo*. Esta viagem seria tudo. Meu momento mágico em Nova York com Kat, e agora...

E agora?

Eu deveria ter mandado uma mensagem para Leo assim que saí do banheiro no café da manhã. Ou enquanto tirávamos nossos instrumentos do ônibus e íamos para a nossa posição na rota do desfile. Ou enquanto esperávamos atrás da faixa da nossa escola, na frente de um enorme carro alegórico de Lego.

Mas não mandei. Não sabia o que escrever. *Desculpa por ter gritado com você, na verdade eu te amo, pena que estamos indo embora de Nova York?*

Tudo parecia importante demais para uma mensagem de texto.

Mas agora o desfile acabou, e estamos saindo da formação, perambulando pela rua. Os acompanhantes estão distraídos por um grupo de rebeldes liderado por Jared Nguyen, que tenta escapulir para assistir ao restante do desfile de um bom ponto na calçada.

Pego meu celular. Vou mandar mensagem para Leo agora. É melhor do que nada. Ele deve estar aqui por perto, e talvez eu tenha uma chance de encontrá-lo. E preciso encontrá-lo.

EU

Ei, acabamos de terminar. Você ainda está por aqui?

— Abby! — Kat colide comigo, um braço firmemente ao meu redor, a flauta apertada na outra mão. — Nós desfilamos! Nós desfilamos!

Eu a abraço de volta, mas sua empolgação parece distante. Não consigo o mesmo nível de entusiasmo, por mais que tente.

Ela se afasta.

— O que houve?

— Mandei uma mensagem pro Leo. Mas ele não está respondendo.

Kat olha para meu celular.

— Dê um tempinho a ele.

— É. — Eu sei que ela está certa. Talvez ele esteja em uma posição mais atrás no desfile, ainda marchando. Talvez esteja distraído colocando as coisas no ônibus da banda. Ou talvez esteja ao celular com a família.

Tomara que tenha dado tudo certo com a família dele.

Eu espero. Um minuto. Dois. Cinco.

— Ele respondeu? — pergunta Kat.

Balanço a cabeça. Tento dar de ombros.

— Está tudo bem. — Não está.

Kat me observa, mordendo o lábio. E então ela enfia a mão no bolso da calça e pega o celular.

— Abs, eu deveria ter perguntado primeiro, e me desculpe por não ter feito isso, mas... — Ela está rolando a tela cheia de mensagens, rápido demais para eu ler. — Eu estava falando com Evan e essa garota, Gina, ontem, porque a gente ficou se perguntando o que estava rolando entre vocês...

O quê?

— Mas, enfim, Evan me mandou uma mensagem umas cinco e meia da manhã, porque... hum... — Ela para de rolar as mensagens e segura o celular contra o peito, olhando nervosa para mim. — Ele disse que Leo gosta de você.

Eu a encaro. Meu cérebro congela. Tudo o que sai da minha boca é:

— Você estava falando com Evan?

Kat faz uma careta.

— Eu sei, deveria ter te perguntado antes...

Mas eu chamei Leo de babaca. Estraguei tudo.

— Abby?

Eu mexo na correia da minha barretina e entrego meu clarinete.

— Você pode... pode ficar com as minhas coisas?

Kat pega a barretina e de alguma maneira consegue segurar meu clarinete na mesma mão que a sua flauta.

— Abby, o que você vai fazer?

— Leo não está atendendo o celular...

— Sim...

— Eu preciso... preciso muito encontrá-lo.

Kat olha para mim, e, por um segundo, penso que ela vai argumentar. Mas não acontece. Ela solta o ar e diz:

— Evan acha que eles estão mais à frente; parece que terminaram antes da gente. — Kat inclina a cabeça. — Vai lá. Jared está dando uma oportunidade, de qualquer maneira.

É verdade. A rebelião liderada por Jared parece crescer, e os acompanhantes estão claramente sem saber como agir enquanto tentam fazer o grupo obedecer.

— Obrigada — digo para Kat.

Ela sorri.

— Manda um oi pra ele.

Eu me viro e esbarro em Morgan, que está com o celular erguido para filmar a rebelião, e passo entre as grades para a calçada. Ninguém repara. Pego meu celular. Talvez se eu tentar ligar para Leo...

Mas minha ligação cai direto na caixa postal.

Se a banda de Leo está mais adiante, então preciso ir para a frente do desfile. Ou para o que *era* a frente, antes de tudo acabar em caos.

Meu Deus, talvez Leo nem esteja mais aqui. Talvez a banda dele já esteja no ônibus ou no hotel.

Ou já esteja deixando Nova York.

Começo a correr, desviando das pessoas agasalhadas com casacos e chapéus, gente fantasiada de elfo, um grupo de dançarinos vestidos de bengalas doces, até um monte de palhaços com sapatos enormes e narizes vermelhos.

— Com licença! Desculpa!

Meu coração bate tão forte que parece que vai sair pela boca. O ar frio faz meus ouvidos doerem. Prendi o cabelo em uma trança para que não ficasse caindo no rosto durante o desfile, mas agora está se soltando, os cachos voando no meu rosto.

A multidão não diminui. Mais pessoas fantasiadas. Mais gente segurando as cordas dos enormes balões que voam acima, tão gigantescos que projetam sombras do tamanho de prédios pela rua. Mais pessoas de colete com walkie-talkies. Mais participantes descendo de carros alegóricos imitando casas de gengibre.

É uma confusão. Nunca vou encontrar Leo. Deve haver milhares de pessoas aqui. E não tenho tempo para ir muito longe ou não vou conseguir voltar. Não sem que alguém perceba.

— Abby!

Leva um segundo para eu vê-lo. Não só por causa da multidão, mas porque quase não o reconheço em seu uniforme preto e dourado da banda. A única pista é seu cabelo — o cabelo bagunçado e escuro que *ainda* está arrepiado de um lado.

Leo corre em minha direção.

De repente, me sinto leve. Eu aceno. Pulo várias vezes enquanto corro, porque quero ter certeza de que ele me viu e que saiba que eu o vi também, e *por que eu sou tão baixa?*

Tenho alguns vislumbres dele enquanto atravesso a multidão. As pessoas ao meu redor estão tirando fotos — devo estar estragando várias. Mas não me importo. Sorrio tanto que parece que meu rosto vai rachar. Tenho que piscar várias vezes para não lacrimejar e não sei se é por causa do frio ou porque meu coração está tentando explodir para fora do peito.

Desvio de um monte de crianças vestidas de dinossauros (em qual carro alegórico estavam?), e de repente Leo está bem na minha frente. Nós dois paramos derrapando, quase batendo um no outro.

E eu digo, sem fôlego:

— Eu te amo.

Leo sorri. Um sorriso de verdade. Maior do que qualquer outro que me mostrou antes.

— Eu também te amo.

Estico o braço, agarro as lapelas do uniforme dele, puxo-o para baixo e o beijo.

Ele me beija de volta, passando os braços ao meu redor, e sinto que poderia ficar neste momento para sempre. Quem se importa com o que qualquer pessoa em volta pensa? Agora, estamos de volta ao nosso espaço liminar: entre o *antes* e *o que vem a seguir*.

Haverá um A Seguir. E, ao beijá-lo, de repente me sinto pronta para isso. Para voltar para casa, contar aos meus pais, voltar à escola como uma garota queer, seja lá o que isso signifique.

Não sei quem se afasta primeiro. Talvez nós dois ao mesmo tempo, deixando o espaço liminar para trás. Avançando, juntos, para o que vem a seguir.

— Desculpa ter gritado com você — digo.

— Desculpa ter jogado um livro em você — diz ele.

— Mas eu realmente gostei do livro. — Minha voz falha. — Obrigada por ter comprado o livro para mim. Eu conheci a autora!

— Que autora?

— A autora que escreveu *Clara Jane*!

Ele hesita, surpreso.

— Sério?

— Sério! Foi... — Espera aí. Não. Não é assim que quero usar meu tempo. — Eu conto depois. Tenho que ir já, já...

— Eu também...

— Eu quero que haja um depois — admito. — Se você quiser. Quer dizer...

O rosto dele se enche de alívio.

— Eu quero muito — diz ele.

— Há um acampamento de verão de banda marcial em Ohio. No verão. Perto de Cincinnati...

— No Instituto de Marcha de Verão de Ohio. — Ele sorri. — Sim. Evan e Gina estão falando nisso há meses...

— Eu vou. No verão que vem. Acho que tenho uma boa chance de ser aceita...

— Talvez todos nós possamos ir. Você, eu, Evan, Gina, Kat...

— Bem, o acampamento dura quatro semanas. — Meu coração se enche de esperança. — E depois disso...

— Evan quer visitar a Universidade de Iowa — acrescenta Leo. As palavras saem atropeladas; nunca o ouvi falar tão rápido. — Ele está pensando em se inscrever. Eu poderia ir com ele de carro e a gente poderia passar no Missouri no caminho ou algo assim... Não é longe, né?

Depende da sua definição de *longe*, mas não quero pensar nisso agora.

— Eu quero visitar faculdades na Costa Leste também. Não só Nova York.

— A Carolina do Norte é meio que na Costa Leste — diz Leo. E ele também soa esperançoso.

Espera aí. Carolina do Norte...

— Como ficaram as coisas com a sua família? — pergunto. — Você está bem?

Leo aperta minhas mãos e sorri.

— Sim. Meus pais vão contar a todos.

Meu coração bate tão forte que me sinto tonta.

— O quê? Quando?

— Não sei. — Ele ri de verdade, balançando a cabeça. — Hoje de manhã? Eu acho? Meu celular está totalmente sem bateria, então não sei como ficou isso.

— Quer usar o meu? — Mas não quero soltar as mãos dele. — Você pode mandar uma mensagem pra eles ou ligar ou...

— Não, tudo bem. — Ele solta o ar devagar. — Estou bem, na verdade.

Sinto um nó na garganta.

— Quer dizer, isso é incrível...

— Vou falar com meus pais mais tarde, e aí eu conto como foi. — Ele se inclina e encosta a testa na minha. — Prometo.

— Certo. É, a gente pode fazer uma chamada de vídeo. — O rosto dele fica embaçado na frente dos meus olhos. Não quero dizer o que vou dizer. Quero meu próprio loop temporal, para poder viver o dia de hoje de novo e de novo. — Eu tenho que ir.

Leo se afasta, só um pouco.

— Eu também.

Pisco para afastar as lágrimas, porque não quero que esta lembrança seja um borrão. Quero vê-lo com todos os detalhes — as sardas no nariz, os lindos pontinhos verdes em seus olhos, o espaço entre os dentes da frente — antes de ter que me contentar com a versão mais pixelada da tela do celular.

— Eu te amo, Leo.

Ele sorri. Não é tão grande desta vez. Um sorriso pequeno, só meu.

— Eu te amo, Abby.

Ele me beija, e eu o beijo, fechando os olhos para memorizar cada detalhe deste momento, para que eu possa guardá-lo comigo e revisitar sempre que precisar.

O beijo termina, e eu abro os olhos. Há muito mais que quero dizer a Leo, muito mais que quero perguntar a ele, mas tudo vai ter que esperar.

Agora, estamos sem tempo.

Aperto as mãos dele. Leo aperta as minhas de volta. E então ambos soltamos.

E eu me viro e corro.

LEO

Vejo Abby desaparecer na multidão da calçada, o que não demora muito, já que ela é muito baixinha. Por um tempo, ainda consigo vê-la se movendo entre as pessoas. Seu uniforme roxo e branco. Sua trança solta balançando nas costas.

E então ela some.

Aí eu me viro e começo a correr também.

Estou ofegante quando alcanço Evan e Gina, que felizmente não saíram do lugar desde que me afastei. Nossa banda toda ainda está pela área. Um dos acompanhantes passa perto de nós, murmurando algo ao celular sobre os *ônibus presos nesse maldito engarrafamento*.

— E aí? — pergunta Gina. — Como foi?

Eu me inclino para a frente, as mãos apoiadas nos joelhos, tentando recobrar o fôlego.

— Leo! — grita Evan.

Eu me endireito, segurando a lateral dolorida do meu corpo.

— Eu a encontrei.

— E?

— E foi incrível. Uma cena romântica grandiosa. Parem de ser enxeridos.

Gina vibra de alegria, e Evan me agarra em um abraço de urso, o que é muito desconfortável, porque ele ainda está com o sousafone.

— Leon Brewer! — berra ele. — Estou tão feliz por você!

— Me larga! — Eu me desvencilho de seu aperto e esfrego o rosto. Tenho quase certeza de que minha bochecha ficou marcada pela tuba.

— Vamos lá. — Gina bate no meu braço e mexe a cabeça. — O grupo começou a andar.

Os ônibus devem ter conseguido atravessar o engarrafamento, porque os acompanhantes estão reunindo todo mundo, e a sra. Rinaldi apita para chamar nossa atenção. Pego minha barretina e a alça do meu tambor enquanto a banda se desloca pela rua. No fim do quarteirão, consigo ver um grande ônibus preto.

Mas fico para trás, só por um momento, e olho para os arranha-céus. Para a faixa de céu azul entre eles. Respiro o ar frio e ouço o zumbido da cidade ao redor.

É o que Abby faria.

Eu me pergunto se vou esbarrar com ela, no hotel. É possível, acho.

Mas, por outro lado, estamos com a agenda cheia pelo restante do dia. Almoço. Colocar as coisas no ônibus. Cochilar. E depois um último jantar na Times Square — e, sinceramente, estou devendo um tempinho a Evan e Gina.

Talvez, em algum momento, em algum lugar, todos nos encontremos.

Eu, Abby, Evan, Gina e Kat. E se isso não acontecer...

Bem, há mensagens de texto. E FaceTime. Amanhã, na viagem de ônibus para casa, pelo tempo que meu celular capenga aguentar. No dia seguinte, em Springfield. Na semana seguinte. No mês seguinte.

Coloco a alça do tambor no ombro e sigo Evan e Gina.

Tenho tempo para descobrir o que vem a seguir.

E isso basta.

AGRADECIMENTOS

Seria de se pensar que, depois de escrever um livro, o segundo seria mais fácil.

Isso é mentira. Segundos livros — ou segundos livros *publicados*, porque este com certeza não é meu segundo livro — são difíceis.

Patricia Nelson, que literalmente passou horas ao celular comigo, trocando ideias e discutindo os furos da trama e outros pontos complicados: *obrigado*. Você continua sendo a melhor agente de todas.

Sylvan Creekmore, que comprou este livro depois de uma proposta de três frases: obrigado por acreditar que ele um dia teria mais do que três frases e, depois, quando isso aconteceu, colocá-lo no caminho certo.

Sarah Grill, que encarou dois terços da jornada de edição e cinco terços da minha ansiedade com isso: obrigado por todas as vezes que disse, com o máximo de gentileza possível, "ainda não chegamos lá". Você é uma editora incrível.

Obrigado à equipe de produção, Eric Meyers, Melanie Sanders, Nicola Ferguson e Lena Shekhter, por transformarem minhas palavras em um livro tão bonito. Obrigado, Kerri Resnick, por criar uma capa de contos de fadas incrível, e Myriam Strasbourg por trazê-la à vida com calor e magia. Obrigado à minha maravilhosa assessora, Meghan Harrington, e à minha incrível equipe de marketing, Rivka Holler e Brant Janeway, além de todos da equipe de vendas e bibliotecários por suas indicações e por ajudarem a colocar este livro nas mãos de leitores. Sou grato pelo apoio de toda a equipe da Wednesday Books.

Nunca fui descolado o suficiente para fazer parte de uma banda marcial, então um enorme obrigado a Erik Rose e Robyn Gerry-Rose por responderem às minhas inúmeras perguntas enquanto eu escrevia o livro e por depois lerem uma versão inicial da história para corrigir meus erros sobre os instrumentos. Também sou extremamente grato à banda marcial de Greendale High School por filmar sua experiência viajando para o desfile da Macy's para que um ex-colega do Wisconsin pudesse aprender com ela, e ao diretor da banda, Tom Reifenberg, por generosamente responder às minhas perguntas. Tomei algumas liberdades pelo bem da narrativa (a maioria das bandas de ensino médio passa vários dias fazendo turismo em Nova York e também ensaia enquanto está lá; eu comprimi a linha do tempo), mas fiz o meu melhor para ser o mais fidedigno possível em relação à experiência real. (Sim, realmente há um ensaio para as câmeras às 3 da manhã na noite anterior ao desfile.)

A autenticidade também foi meu objetivo (geral) ao retratar a cidade de Nova York, e preciso fazer um agradecimento especial ao meu editor, Sam Dauer, por sua incansável verificação de fatos. Quaisquer imprecisões na narrativa foram erros meus ou pequenas licenças poéticas tomadas em nome do romantismo.

Muito obrigado a todos os autores que gentilmente ofereceram elogios antecipados ao livro. Obrigado aos membros da minha comunidade de escritores que ouviram, aconselharam, se solidarizaram e comemoraram comigo: Dahlia Adler, Jennie Bates, Deanna Day, Claire Forrest, Jen Ferguson, Caroline Huntoon e Nicole Maggi.

Laura, obrigado por acreditar em mim e me apoiar em mais um desafio.

E, por fim, o mais sincero agradecimento a todos os meus leitores: àqueles que leram *Always the Almost* e me acompanharam até aqui, e também àqueles que encontraram este livro primeiro. Sou muito grato a todos vocês.

Impressão e Acabamento:
LIS GRÁFICA E EDITORA LTDA.